novum  pro

TURCHÁNYI V. ZSÓFIA

Zajlás

novum pro

Ez a könyv
e-könyvként
is elérhető

www.novumpublishing.hu

© 2021 novum publishing

ISBN 978-3-99107-700-8
Lektor: Sósné Karácsonyi Mária
Borítókép: Turchányi V. Zsófia
Borító, tördelés & nyomda:
novum publishing

www.novumpublishing.hu

Megemlékezés

S. Petics Kristófról

„Egyszer egy valaha hűn szeretett Árnyék azt tanácsolta nekem, hogy a rémálmodás átkát áldásként használjam fel, s vessem papírra a lehunyt szemhéj alatt elém tetsző látványt, bármily hátborzongató is legyen."
Kristóf már ekkor is a részemet képezte, én pedig az övét, akárcsak test az árnyékát, a teázó kalapos az eltévedt kislányét. 2020-ban az én legkedvesebb barátom más világok vizeire evezett, így rám hárult a megtisztelő feladat, hogy a közös álmok egy részét valóra váltsam. Köszönettel tartozom Kristóf családjának, annak a végtelen bizalomnak, aminek hála a barátom versei így, e történetbe olvadva tovább élhetnek.

„Csak szirmot váltunk…"

*A valósággal való bármilyen egyezés
csupán a véletlen műve.*

**Ennek nem szabad
újra megtörténnie.
Pedig muszáj.**

*Filozófusok,
Forradalmárok,
Dalnokok s bosszús
Hadvezérek,
Hívők, eretnekek,
Tervezők s ártók
Szelleme vezet.*

*Papok és angyalok
Sámánok s égő
Látomások,
Zaklató zenék,
Zakatoló fémek,
Csöngő vasláncok
S csodás szirének
Kísérik utam.*

*Fogyasztók s termelők,
Féltőn elengedők,
Céltudatos szolgák,
Büszke mag…
Színükben állva
Egyként mozognak.*

*Velem az ördög
És velem az Isten,
S velük a véletlen.
Ösztönből merített,
Igazult szándékkal
Szállok tovább.*

Előszavak

1997. Nyár. Anyám születésnapja. Sok évnyi próbálkozás után megfogantam, és lettem Valentin Hedvig. Elődeim és utódaim, az embrió manegement asztrálemberei mind elbuktak a harcban, de én nem. Én makacsul megmaradtam. A bűntudat, amit a testvéreim helyett kapott élet miatt érzek, arra sarkall, hogy olyasvalaki legyek, aki minden utat megkockáztat.

A baba csuklik, örül, ha anya bort iszik, talán a dohányosok illata iránti szeretete is magzati korából származik. Meggyőződésem, hogy nem lehettem egyedül az ultrahangképek kimutatásai ellenére. Mindenért, amit kaptam, csakis anyámnak és apámnak adhatok hálát. Anyámnak, annak a testnek, ami 1997 oroszlánjától 1998 bikájáig hintáztatott. Két héttel tovább maradtam odabent. Nyugtalan idegen voltam a méh mélyében. Féltem a kiúttól, méltán, hiszen ridegség fogadott. Egy kövér, fehér ruhás ápolónő keze a lilult végtagjaimon.

Pár szót az ötéves korom előtti időkről. Budapesten, a fővárosban egy magas, galériázott polgári lakás. Ez dereng. Itt még együtt éltem az anyám első házasságából született testvéreimmel. Viktória és Vendel. Már a gimnáziumot is maguk mögött hagyták, mire utánuk pottyantam. Régen volt, inkább korán. Mégis emlékszem, hogy csecsemőkoromban megállapítottam; unom a játékaimat. Hogy új kell. Aztán rémlik, hogy már szaladva a tőlem alig pár méterre fotelizálódott nagypapa elérését tűztem ki célul, ami kilométeres kihívásnak látszott. A karácsonyifát is égig érőnek láttam.

11

Volt egy éjszakai akció, amiben alvóhelyet váltok. A sajátom és a szülők ágya közötti úton leszereltem magamról a csordultig telített pelenkát, majd közéjük bújtam.

Egyebek; a sárga póniló eltulajdonítása a bölcsődében, és a négy másik Hedvig arca, akik befészkelték magukat a kuckóba, de nekem nem hagytak helyet. A penta mindig kakukktojás maradt. Aztán elköltöztünk.

I.

1

Nyersanyag

Első rész

Eger következett, korántsem metropolisz. Csak mi; papa, mama, gyereke. Kertes, családi bázist akartak építeni, hogy legyen hová menekülni az áramlás elől. Annyira különböztem mindentől és mindenkitől a famíliában, hogy később sem lepett meg, ha a tanárom is az iskola Good Will Huntingjának titulált ahelyett, hogy segített volna választ találni: mi a csoda legyen belőlem? Már az oviban is a deviánsokba zúgtam csak bele. Megedzett a későbbi kihívásokra. Meg kellett tanulnom, hogyan álljak ki a vétkesek mellett úgy, hogy elhiggyék, ő az áldozat. Égetni való voltam persze én is. Kleptomániás, sohasem alvó. Ha valaki nem kívánta a társaságom, egy sötét zugba kergettem és megharaptam. Unalmamban gyakran szétcincáltam valamit. Ízekre szaggattam a könyveket, amiket találtam a polcon; olvadtra csócsáltam a sólisztgyurma pogácsákat, vagy összeesküvés-elméletekkel szórakoztattam az aludni vágyó bajtársakat. Néha kukkoltam. Patrik és Döme a legelső fütyiméregetést űzték. A fiúk félig kitakarózva, letolt gatyával egymás felé fordultak. Büntetésben voltak, mint én. Messze Döme nyert, a kis, anyajegyes Patrik labdába sem rúghatott. Anyám pont aznap megkérdezte:

– Na, és mégis mivel töltöd az időt alvás helyett az oviban?

Mire azt feleltem;

– A fiúk kukiját nézem.

Máskor kiszámoltam, hogy ha egymás után ötször kikéredzkedem pisilni, pont letelik az alvásidő, és kezdhetek mocorogni.

Ünneplési céllal a kertünkbe hívtam a fél óvodát. Azzal a csordával az élen, akik csak akkor vágytak a barátaim lenni, mikor fehér ruhát adtak rám, és az óvoda pintye gyanánt a karácsonyi játékban főszerepet kaptam. Ettől függetlenül olyan magányos maradtam, mint az elhagyott fülbevalóvég. Még a saját születésnapomon is. Csak tökhintó-romok, meg széttrancsírozott torták maradtak a gyerekcsapat után. Meg az félig leolvadt gyertya.

Egyetlen barátom volt az óvodában: Bella. Ha már ő sem foglalkozott velem, akkor kétségbeesetten rávetettem magam, ő pedig ledobott. Addig vetődött balra, jobbra, előre és a falnak, hogy átbukfenceztem rajta és a betonra zúgtam. Jó nagyot koppant a fej. Volt sírás. Aznap tudtam aludni.

Barbieruha-tolvajlás, biciklisták fején landoló homokbomba-torpedók, valakik után kiabált „Isten veled!"-ek. A büntetés mindig két hét az ebédlőben, udvar tilos...

Ringlispíl, torpedók, hintaszék, libikóka, pörgettyű, sírás, büntetés, felfázom, pisilni kell, valakinek betörik a feje, biciklivel esett el, Alexet megbüntetik, a húga sír, engem megbüntetnek, a kötény az enyém, nem kérnek belőlem, megy az ordítás, a fogunk kiesik, sok őszinte óvodás, anyák napja... Tatam, tatam. Lelassulunk.

Aztán unatkoztam. Könyveket küldtem a halálba, hogy a saját leporellóimból pótolnom kelljen. Ezt kivédendő inkább ébren rajzoltam, amíg meg nem érkezett az anyautó. Ez nagyon ment. Egyedül firkálni csendben.

Mivel nem maradt másik otthona a féltestvéreimnek, Vendel és Viki az én gyerekszobámban préselődött össze, akár egyetlen közös véredényben. Egy heverő volt meg két matrac, az egyik kicsi, rózsaszín, zöld és fekete szívecskékkel. Az volt az enyém. Mi aludtunk földön a bátyámmal ketten. Sokszor az apámnak hitték. Mivel Viki főleg öcsinek hívta, én is úgy becéztem, és néha ma is úgy tűnik, mintha tényleg az volna. Közben meg az is lehet, hogy pont egyidősre nőttünk. Vendel egyszer azt mondta, csodált. Csodált, mert nem féltem megszólalni. Pedig csak egy kislány voltam egy távoli városban, akit a családi ünnepeken anya feltett a kerti asztalra, hogy szavaljon verset. Mindig gyűlöltem. Mármint a kényszerszavalást. Azért mosolyogva teljesítettem minden feladatot. Nem zavart a közönség, nem rontottam rímet, hamar kikopott belőlem a lámpaláz.

Iskola. Másodikban egy táborban meztelenül cikáztam fel és alá egy faházban. Csak lányok. Mondtam, hogy mindegyikünknek ilyen van. Rám hívták a nevelőőrsöt és felöltöztettek. Az eláltalánosodás iskolai éveiből mind a hatot egyhelyben toporogva töltöttem. Ez a továbbiak tükrében meglepő. Továbbra is rossz voltam, mint aki a pokolból szabadult. Az egész intézményben engem anyakönyveztek legutoljára, és híressé váltam. Volt ám bosszú itt is azért a tébolyért, ami a lábaimon járt. Nem tudtam egyedül aludni, csak úgy és akkor, ha az apám az ágyam végén ült, vagy már éppen horkolt. A lépcső felett égett a lámpa. Soha nem alszom jól azóta sem, ha sötét van és csend. Pedig csend nincsen. A pulzus és az idegrendszer feszülése folyamatos mély és magas vonyítást csap a fejben. A valódi űr hangtalanságát meg sem tapasztalhatjuk. Ettől függetlenül a gyermeki horror maradandó. A szatyroktól, amik különös, torz arcokként verték vissza a fényt; a fürdőszobaszekrény tükröződő gombjaitól, és legfőképpen a szüleim ágyának messzebbi sarkától, amit estéről estére meg kellett közelítenem, minden áldott éjjel át kellett bújnom a tű és a rettegés fokán, hogy eljussak a menedékig: az anyám és apám melletti kettő és feledik helyhez, az enyémhez. Soha nem tudhattam, mi rejtőzik a sötétben. Lehet, hogy a T. rex, vagy a vakondfejű doktor lesorvadt bordaközi izmokkal és kifolyó szívvel.

A táborokban a kalciumtabletta finom volt, a rémület ellen azonban érvénytelen.

Igyekeztem a nyári nappalokat azzal a Janka nevű fruskával tölteni, aki kiköpött úgy festett, mint én. Figyeltem rá, vihogására, az okosságaira, a szüleire, a húgára, a rétesbajnok nagymamájára, a rétesbajnok nagymamájának szövetbabáira, a csirkéikre, a darazsakra, a disznóvelőre, amit épp evett a nagypapája, és a kevéske vízre, amivel megtöltötték azt a zöld kádat, mikor náluk aludtam. A szüleim is figyeltek rá és arra, hogy ő megismerje az én nagyszüleimet, hogy legyen kivel játszania. Aztán eljött a tanév és Janka megkért, hogy ne menjek a közelébe, nehogy az osztálytársaink megtudják, hogy mi jóban vagyunk. A hiperaktivitás enyhe és elcsépelt kliséje a szabad szellem megbéklyózásának. A gyerek nem hiperaktív, a gyerek folyamatosan mozgásban van, mert fejlődnie kell. Ő maga a spirál tézise, antitézise és szintézise, minden tegnapelőtti és tegnapi tette új fejlemények csoportosulása.

Hamarabb tapasztal, mint egy kutya, aki tegnap még nem tudta, hogy az intés „ülj le!" jelentést hordoz. Hamarosan minden renomémat gallyra vágtam az osztályom szemében. Hiába az idősebb srácoktól a szerelmes üzenet, hiába a sok rohadt oklevél, ölelésáradat, amivel az elém vetődőket kitüntettem. Lelkesedésem a „Hé, te leszbi vagy?" verseny címvédő nyertesévé tett.

Volt ring. Durva, vérre menő. Küzdelmek színterévé változott reggelente az oktatóközpont. A nyakunk lilult, az orrunkból, térdünkből folyt a vér, az ablakból biztattak azok a roma gyerekek. Negyedjére járták a harmadikat, s persze nem idén érte őket az UV. Én inkább közéjük álltam. Velük együtt haragudtam mindenre. Zümmögtem, mint a cserebogár. Akkoriban így is hívtak.

Negyedikben jött egy új lány. A főnevelő unokahúga, Cili. Ő még szabad volt. Gondoltam, lecsapok rá. Legyen a barátom, ha már ilyen szépen kérem. Egy szépnek ígérkező napon, gondoltam, pajtásom lehetne egy havas sétában az udvaron. Mégsem. Zsuzskával tartott, akinek akkoriban váltak a szülei. Meglehet, volt miről beszélgetniük. Neki sem volt éppen békés sziget az otthona... Én bepipultam. Láttam őket egymásba karolni pusmogva, hát fogtam a kis cigánylányt, Mirtillt, és magammal cibáltam az udvar határát képező falhoz.

– Te most segíteni fogsz nekem! Nem kell belenyúlnod, de ha kérdezik, közösen csináltuk! –Némán állt mellettem, míg én dolgoztam. Fagyott hókupacokkal írni kezdtem a falra, mintha kréta lenne: „Zsuzska + Cili = Lesz..."

És jött egy nevelő.

– Hedvig, mi ez?

Mirtill beköpött. Ilyen ez; a tolvajláshoz jó partner kell, ezt minden valamirevaló rabló tudja. Engem szépen megloptak. Ellopták az egyébként is pislákoló önbecsülésem. Lebuktam. De a vicc, hogy én kerültem ki áldozatként a slamasztikából. Kiderült, hogy rólam már évek óta mindenki ezt mondja. Jól tudtuk, hogy a leszbikus mit jelent. Kár, hogy azt remélték, nem értjük. Tízévesen is értettünk mi MINDENT. Kilestük valami szövegből, kérdeztünk a testvértől, vagy csak a nevelőink voltak óvatlanok. Cili húzott ki a pácból;

– Igen, Zsuzska már nekem is mondta, hogy vigyázzak veled, mert valószínűleg a lányokra buksz.

Felmentettek, a többieket meg elítélték rágalmazás gyanújával. Odahaza viszont komolyan vették a sok pocskondiázást. „Mostantól lányokat ölelni tilos!"

Ugyanez a Zsuzska alig fél év múlva a legjobb barátnőjének nevezett. Egy ominózus házibulin, az enyémen, eltörte a kezét. Furcsán alakult. Megvettem dekára, mert lelkiismeretfurdalásból tisztára nyaltam a kis fenekét. Egyszer ketten játszottunk az egri ház emeletén. Akkor már inkább szüleimmel akartam lenni. Féltem, hogy nem töltök velük elég időt, mielőtt meghalnak.

Hatodikban minden alkalommal ketten voltak hetesek. Nem névsorban, hanem kor szerint. Botond és én voltunk az utolsók a sorban. A két legfiatalabb. Ki akart szellőztetni, míg én az ablak alatt ültem. Megharagudtam, mert épp január közepe volt, és nem vágytam a hidegre. Folyton forrt a vérünk, ennyi épp elég volt. Boti kinyitotta, én becsuktam, Boti kinyitotta, hát én be, nyit, csuk, nyit, csuk, nyit, és puff egy pofon. És puff egy megint. A pad két oldalán álltunk, én a székem mellett, ő a locsolókannával a másik szélen. Rángatni kezdett, addig cibált, míg át nem nyekkentem az ő oldalára. Na, engem sem kellett félteni: ütöttem, paskoltam az arcát, a nyakát, csíptem, kapartam, rúgtam, ahol értem, aztán bedühödött. Taszított engem, és velem együtt a székeket a következő padsorból a tábla irányába, a nyakamon a keze, a feje vörös és foltos az ujjaimtól. Nekilökött a falnak, és már fojtogatott. A levegőben voltam, a hátammal töröltem a táblát, ez a kis pukkancs meg úgy felfújta a kerek, tejfölöshajú képét, hogy majd' kipukkant. Már gyűltek a véraláfutások és a piros pettyes foltok a karmolások helyén, piff, paff, puff... arcra, szemet nyomd ki, rúgj láb közé! És nyomultak körénk az osztálytársaink, megint ring.

– Üsd, vágd, ez az, Botondó, add meg neki, hadd sírjon, nem anyád!

Valaki berohant. Jön a nevelőnk. Oszolj!

A mázlim az volt, hogy a roma gyerekekkel mindig is nagy szövetségben álltam, ezért ha a reggeli gyepálások királya, Patron közelében cangáztam, egész biztosan nem kötöttek belém. Anyukám be- beugrott az iskolába tenger szabadidejében különböző okokból; jótékony leszek a kiránduláson, jótékony leszek a farsangon, jótékony leszek a karácsonyi bulin, jótékony leszek a gyereknapon. Nem adományokra kell gondolni, hanem jó szóra, fánkra, pezsgőre, körömlakkra, hajfonásra, plusz zsebkendőre, esernyőre, tornacuccra, uzsonnára, mosolyra, amiből a kerületi roma gyerekeknek különben kevés jutott. A mi osztályunkban hárman voltak, ebből ketten már régóta taposták ezeket a padozatokat. Nem jutottak tovább a hatodikból. Egyszer-kétszer úgy megsajnáltam őket, hogy melléjük ültem az ebédlőben. Elmondtam nekik, hogyha nem gonoszkodnak a többiekkel és nem lopnak a tanáriból, akkor nem lesz semmi baj. Például Patron igazán letehetne arról, hogy kilapít minden focizót. Mirtill és az idősebb, Tilda pedig rossz szagú volt és hideg. Hát én fogtam magam, és egyszer a páros libasorban Tildus mellé álltam. Megfogtam a kezét. Gerincemen nyirkos hideg futkorászott. Szinte el sem hitte, hogy vele akarok beszélgetni. Persze azt nem várhattam, hogy ezentúl közkedveltségtől roskadjak össze, de megérte. Matilda boldog volt. Pár évvel később láttam Patront a családjával egy buszon, bevásárlás után. Patron egyedül cipelte az anyja és a testvérei holmiját. A népes csoport bevette magát a hátsó, hatüléses szekcióba. Messziről kiabál:

– Ott a Hédi, látjátok? Ő az én barátom!

Tőlük nem kellett tartanom, bármilyen sötét is legyen a felhő. Bezzeg a kutyáiktól! Na, azok voltak ám éhes fenevadak. Az el nem osztogatott tízórai maradék szalámija lapulva lifegett az ebédes dobozban, mikor az iskola kivezető ösvényének végén felbukkantak. Eleinte óvakodva, lomposan, egymásra kacsintva. Felmosófej-szőrű nyáladzók, kicsik, erősek és öregek. Együtt cserkésztek be. Nem tudtam jól szaladni, de ha megtettem volna, ők is lódulnak... Fehér Isten. Már a pataknál jártam, bőven félúton, mikor megálltam. Megfordultam. Megállt a tömeg is. Szétterültek a járda mellett, a kóró- és pitypangmezőn. Betöltötték a semmit az iskolai ösvény és a roma központ postája között. Lehajoltam, kicipzároztam a táskám, az ebédes dobozból elővettem a maradék szalámiskenyeret, és bár kettes voltam kislabdadobásból, akkorát hajítottam rajta, hogy a falka túlsó végén landoljon. A dögök rávetették magukat. Csak úgy hullámzott az autómosó-kefe. Rohantam, lélekszakadva. Ne nézz hátra, Hédi, ne nézz hátra!

A kopókkal folyton meggyűlt a bajom. Artúr kutyámmal kódorogva is megtámadtak. Számomra az állat az állat. Nemigen érti a nyelvemet. Bár van valami titkos telepátiám a kedvencekkel és lelencekkel, azért mégiscsak jobban örülök, ha a pult meg az utca túloldalán maradnak. Ugyanakkor kell a szabályt erősítő kivétel.

A dúvad-időszak akkor ért véget, mikor először iskolát váltottam.

Hatosztályos gimnázium, kompetencia alapú oktatás. Felső kategóriás önjelölt seggfejek önjelölt megalomán seggfej gyerekeinek gyűjtőhelye. Éljen! Remek helyem volt. A gólyatáborban fiúnak néztek. Hiába fogytam az előző nyáron apám felszólítására, semmi sem ellensúlyozta a rövid, mikrofonszerű hajat, a színes tornacipőfűzőket és a kapucnis pulcsit.

Egyszer lefogtak. Diáknapokkor addig szorították karjaimat gúzsba, míg egy végzős ki nem vasalta a számukra megtűrhetetlen erdőt a fejem tetején.

Eredményeim, sorban idézve:

Osztálykirándulás: „Takarodj kifelé, te, ki mondta, hogy beteheted ide a lábad?"

Piros törölköződm volt, ami hullatta bolyhait: „Pfuj, Puli (új, magasztos becenevem), összemenstruáltad a zuhanyzót!" Mögém settenkedett egy lány törölköződben, amit nem vettem észre, hát mikor mégis zajt csapott, megfordultam. Épp, mikor ledobta a törölköződt. „Azt a kurva, Puli, te tényleg leszbikus vagy?!" A fiúknál is lehengerlő sikerem volt: „Ezt a kettőt elfogadnám, de ha vele kéne járnom (ujjal rám mutatott), bizony lehánynám!" Aztán fordult a kocka, mikor egy nálunk három évvel idősebb fiú, nevezetesen Vince, kiszemelt barátnőjének. Bár épp foltokban rohadt a bőröm egy különleges fertőzésnek hála és csupa seb voltam, kiemelt a tengődésből.

A lányok barátsága forró. De csak mint a lángokkal nyaldosott vaselefánt hasa, amibe zárva vallatni kívánnak. Az a nyár is épp úgy forrta el saját vizét. Sosem szerettem a focit, de arra a hétre elhittem, hogy igen, ez hasznos és hazafias hobbi. Tábor. Mi aerobikozni mentünk, vagy mi a szösz, ami a domborodó combokra ragasztotta az éhes, capitoliumi fiútekinteteket. Marcell és Oszkár. Alfa és ómega. Marcell egy csók erejéig lépett be velem a táncba, Oszi majdnem egy hónapnyi bájcsevejre mellettem maradt. Leveleztünk majd közölte, hogy az arcomra is alig emlékszik. Éppen eléggé nyár volt még ekkor is, úgyhogy be kellett látnom, Vince hiába rostokol odahaza. A szüleim sajnálták, hogy dobtam, de nem sejtették, miféle mániákus különc áll a kedves, semmitmondó mosolyok mögött.

A lányok a táborból partit rendeztek. Helyszín: egy apartmanház. Anyuka üvölt egy korlát mögül:

„– Rendeljetek pizzát, és legyetek csöndesebbek!", apuka pedig kis híján kilapít bennünket a zebrán, négy kerékkel. Vandalizmus lett belőle. A gonosz szerepét kaptam – jé, nahát! A szüleim hoztak muníciót az üres hűtőbe. A lányok a teraszt locsolták az üdítőkkel, engem pedig az udvarra zártak. Visszamásztam az ablakon. Újra kizártak. Mikor másodjára is visszakerültem, a fürdőbe menekültek. Attól féltek, meghaltam odakint, és a kezemben kést tartva várom őket a nappaliban, mint zombi. Ehelyett csak álomba zuhantam. Mikor előmerészkedtek, fog-

22

ták a hajhabot és a fogkrémet a táskámból, és a bugyi és a fenék
közé fehér habcsókot fújtak, hogy ragadjak és szégyenkezzek.
Felrezzentem. Ők a fürdőbe szaladtak megint. Letöröltem ma-
gamról mindent, bentről kinyitottam a teraszajtót és leléptem.
A kertben ébredtem a hintaágyon, hasamon egy macska enyel-
gett. Szerencsére pólóm épp még volt, de reggeliért mezítláb in-
dultam. Nem adtak: „Te nem vagy fizetővendég".
    Délben nyílt a szobánk ajtaja. Beslisszoltam. Bosszú. Vécépa-
pírgirland, fogkrém és has, szappan és ülőke új, kortárs barátsá-
ga köttetett. Aztán eltűntem. Apataxi-kegyelem és karma-ka-
rom. Egy évnyi rajzkupacomat felejtettem odabent. Büszkeségből
nem fordultam vissza. Majd meglesz! A nyárnak vége. Szilvesz-
ter éjjel láttam a házigazdát, aki bevallotta, hogy a rajzokat ki-
dobta valami néni, talán a takarító.

Tanévkezdés. Amint kiderült, hogy facér vagyok ismét, máris
újra a ranglétra aljára csúsztam. Az osztályfőnök szerint min-
den rendben volt. Csak irigykedtek. Legalább egy barátra rá-
találtam; Dominikára. D-nek becéztem. Az első volt, aki vég-
re hasonlított valamire bennem is, nem csak rám. Talán még
az illatunk is testvére volt a másikénak. Éppen ezért Vince az
ő életébe is beletrappolt, de hamar elhessegettetett. Ha jól tu-
dom, még két ilyenforma barátnővel is megpróbálta. Fejenként
két hónapig bírták.
    A nyolcadik osztály csöndesen telt, munkával. Nemigen volt
kihez szólnom, de legalább nyugton hagytak. Dolgoztam, hogy
felvegyenek a dráma tagozatos iskolába Debrecenben. Nagy,
sárga, lapos város volt az ország legkeletibb régiójában. Apa új
munkát kapott ott és gondoltuk, jó lesz utánatelepedni. Janu-
ár hetedikén volt az előfelvételi. Akkor megismertem azt a fiút,
aki teljes hátralévő életem fantomja lett. Úgy hívták: Leander.
    A felvételi előtti napokban balhé tört ki anyám és köztem.
    Az orrból hirtelen vér csöpög. Szokásos, gondoltam. Az ilyes-
mi egyre gyakoribb volt. Izgalom? Most azonban fürdőszoba,
tamponálás, kinyújtott láb, fejet előrehajtani... Épp az énekta-
nárnővel telefonálok. A kéz vérben ázik, de a vonal már néma.

Nem áll el, nem akarja. Egyik vécépapírgumó a másik után piros szirommá szottyad, és minden más is barnásvörös foltoktól latyakos. Anyát kiáltok. Jön. Kétségbeesik. Aztán meg a lépcsőről esik le. Oda a bokája. Előttem tócsa. Előre fejjel! Viki épp otthon. Alám tol egy edényt, ami szépen telik. A karjaimon száradó barna nedv felrepedezik, mint a pikkely. Viki kisfia fölöttem áll, és végtelenül tanácstalan.

   – Ne aggódj, Dorián, csak festettem megint...

   Az énekórát lemondtam.

Nyersanyag

Második rész

Lettünk mégis
Arca színeinknek
Befolyt ma végleg
Szemembe
Szavad.
Jöttödet áldom
S kívánom
Maradj.

Leander

Huszonkét óra huszonkét perc júniustól a tölgyfa alsó ága és a ház előtti csatornafedő volt a sövénnyel. Ott kezdődtünk MI. Megkínáltam a rágógumival.

– Lehetett volna ez a nap bármilyen ízű: epres, áfonyás vagy banános. De csak mentolos maradt, pont, mint a rágód. Azért kösz...

– 22:22. Kívánj.

– Kívántam.

Csend volt. A Patológiai Intézet alatti pince csendes zúgása belevegyült a puha és párásodó sötétségbe a lámpák sárgájában. A fekete levelek eltakartak minket a fürdőszobaablaktól, ahonnan anyám akár figyelhetett is volna. Ez csak a miénk volt. Az ajka, az ajkam.

Aztán csak az első három hét különös keserűsége fityegett. Nem szerettem a manóhangot részegen, és nem szerettem a nyálban tocsogó örökkéket sem.

Nyárutó

Épp elbástyázódtam. Egerből átkerült a hangsúly erre a keleti lápra. Erre az elátkozott, okker zsákutcára cseréltük a hegyeket. Az új csapattársak eddig csendesnek, kimértnek és misztikusnak találtak. Az avatás során nem hoztam a szintet. Lila voltam és harsány a kezdők táborában. Olyan túlzás, ami felett a frissen összeverődött évfolyam képtelen volt napirendre térni. Lean és Zoárd is, aki egy korábbi találkozón hozzánk kovácsolódott, találtak maguknak valaki mást és vonzóbbat. Mármint mind a ketten ugyanazt az egy félvér lányt találták. A központi ellenségemmé szegény Dália változott. Lean minden elektronja átvándorolt a csaj atommagjára, én pedig ott álltam hoppon a tükör előtt, és ordítoztam azzal az önmagammal, aki három nappal korábban még létezett.

Ki vagyok? Ki vagy te?

Nyersanyag

Harmadik rész

Az új szobámat egy régi portré alapján rendeztük be. A legtöbben puccos szórakozóhelynek tekintették, de akadt bőven, aki rettegett benne. Például én.

Hirtelen és ellenem induló magányom a szüleimet arra sarkallta, hogy hazarángassanak Egerbe, de tiltakoztam. Kudarc lett volna. Nem tetszett a rükverc. Fogoly voltam már saját magamban is.

Két hónapig tepertem. Vártam valamire. Az új életben különös bánásmódban részesültem: „Téged földbe kell döngölni, különben nem lesz belőled ember", ahogy Ilka néni, az iskola művészeti igazgatója mondta. „Nem lehetek veled, ha nem leszel színésznő, nekem színész barátnő kell, hogy tudjak vele dolgozni", ahogy Leander mondta. „Fogadjunk, hogy te is be vagy tépve, mint a többiek!", ahogy az anyám nap mint nap mondta. „Kurva jó! Ne mosd le!", ahogy az elsősök avatásakor Alex, a zsebórás, kockás inges másodéves mondta, amint megpillantotta rajtam a Joker-jelmezt.

Elmondtam, videóra vettem és leírtam mindezt, hogy a későbbi énem visszanézze és válaszoljon. Megpróbáltam, de rá kellett döbbennem: az időhurok tiltott szövevény. Nem, kicsi Hedvig, nem beszélhetek róla.

Őszközép

Egy furcsa hegyvidéki utazás során Leander mégis az ölembe pottyant. Illetve hátulról nekem csúszott egy háztetőn, ahonnan látszódtak a csillagok. Megint az ajka, az ajkam, de csak titokban, három egész hétig. Megszületett a tízparancsolat, amivel Leander megszabta mindennapjaim. Ő ebben az időben kezdett újra színházban játszani. Második főszerep. Most, hogy keveset volt az iskolában, Zoárddal megduzzadt a kötelék. Teabeszerzéseken együtt figyeltük Alexet és a majdnem-fivérét, Bogdánt, akik éhes farkasokként kóboroltak a folyosókon. Soványak voltak, és hírhedten feketék. Máris rajongtam, csöndes, megvetéssel vegyes kíváncsisággal rajongtam értük. Az egyedüliek voltak, akik már rájöttek, hogy elkél fölém egy esernyő Leander rám zúduló átkainak zuhatagában, és állták a sarat.

A tízparancsolat pontjai a következők voltak;

1. nem mehetek az iskolába szoknyában, az alakom úgy körte
2. nem mehetek az iskolába bakancsban, mert abban hajszálnyit még mindig magasabb vagyok
3. nem mehetek az iskolába smink nélkül, mert alig ismer rám
4. nem mehetek az iskolába kibontott hajjal, nem tetszik neki
5. nem mehetek az iskolába ékszerekkel, csak a lakat maradhat, aminek a kulcsa nála van
6. nem érhetek hozzá a kezemmel, mert kutyának érzi magát tőle
7. nem mesélhetek rólunk senkinek, de elsősorban az anyámnak nem, mert hazug vagyok
8. nem beszélhetek Alexszel
9. nem beszélhetek Bogdánnal
10. nem beszélhetek Arnolddal (Alex másik oldalbordájával)

+1. reggelente a radiátoron várjam, lehetőség szerint ajándékkal.

28

Lean igyekezett a teljes falkát távol tartani – mondanom sem kell, hogy a következő nyártól az addig viszolygó Zoárd is világraszóló cimborája lett a fentnevezetteknek. Mi lettünk Zoárddal az ikerszirmok azon a virágon, aminek közös magva a sötétség 3D-je; dac, dölyf, düh.

Karácsonykor lógtam először irodalomóráról. Leannal szívtuk egymás vérét szokás szerint, a büfé melletti radiátoron. Mint ekkor is, a radiátorrácson ücsörgős nyűglődéseknek többnyire céltalan smárparti lett a vége. A másik véglet a sírás, ami után egy alkalommal a női mosdóba menekültem. Leander követett. Az egyik mosdóból a paravánon át mászott a másikba, és a válaszfalon billegve, leeresztve a lábait taposott rám. „Legyek hálás, hogy hozzám ér!"

Leander egy ártalmatlannak induló hazugsággal már szilveszter hajnalán elvette tőlem tisztaságomat anélkül, hogy egyáltalán jelen lettem volna. Bogdán és Alex figyelték, amíg elégett szájában a gyantás fű, és kifaggatták. Elmesélte meg nem történt nászunk történetét. Mindegyiket.

Aztán folytatódtak a képtelenségek. Az osztályfőnökünk látta a romlást, de nem bennünk és nem rajtunk. A gonoszsággal feketére meszelte a farkasokat. Bogdán, Arnold és Alex sápadt az el nem követett bűnök vakolata mögött, de az senkinek sem szúrt szemet, hogy Leander türelmes folyondárrá változik. A szüleim kávéra hívták szegény, kétségbeesett tanárnőt, akit Gombának becéztünk, és óvatosan győzködni kezdték;

– Kornélia, kérlek, ne taszítsd folyton a karjaiba!

Kornélia, a Gomba elvileg belátta, hogy szőke és kék szemű a bibi, de a biztonság kedvéért még egyszer görénynek titulált mindenkit a fekete családban. A berögződések ellen nincs érv, ami nyomna a latban.

Másnap történhetett, hogy napnyugta után Lean a szokásos térítő telefonra invitált a vezetékesen. Erre az intervallumra eltűntem a klotyóban, javarészt sírni.

– De Hedvig, nyugodtan örülhetnénk egymásnak, szeretkezhetnénk a szabadban, futkározhatnánk meztelenül réteken, de te még mindig fogoly vagy, az a sötét éned nem hagyja a másikat élni boldogan. Arról nem is beszélve, hogy képtelen vagy tiszteletben tartani az én világom határait. Tudom, hogy a múltkori próbán bent jártál a kamarában. Szólt az ügyelő. Megkértelek, hogy ilyenkor ne koslass utánam! Ha nem akarsz színésznő lenni, ám legyen, de akkor az én templomomat be ne mocskold! Valójában mindkettőnket az ego ural, az vezet előre a törtetésben, de neked engem támogatnod kell... úgy képzelem, hogy én majd fekszem a kanapén az esti előadás után másnaposan és borostásan, te pedig szaladsz a kis papírtekercseiddel meg jelmezeiddel, hogy időben odaérj a melóba.

Valahol itt szólhatott közbe anyám az ikervonalon. Egyperces, értetlen sokk válaszolt az oroszlánhangra, majd Leander folytatta recsegve;

– Ne haragudj, Kamilla – anyámat szólította –, de Hedvig maga hozza a döntéseit, én csak segítek, hogy a fény útjára térjen.

Anya rendezte a többit. A reszketéstől és a kimerültségtől egyébként is csak a lüktetésre tudtam volna figyelni az agyamat átszövő érhálózatban. Szivárog ide-oda a nyirok és a vér. Volt, nincs. Volt, nincs. Volt, nincs. Hol a kincs? Kilincs.

Másnap a Gomba, na jó, Nelli néni magához hivatott. Leander valahogy így konvertálta az estét:

– Egyszerűen nincs magánéletünk. Hedvig anyja még a telefonbeszélgetéseinket is lehallgatja, ki tudja mit még, olvashatják a naplóját, az üzeneteinket...

– Nézzétek, bucikáim, ez gyakori az ilyen súlyosan sérült emberek esetében. Láttam, Hedvig, hogy anyukád nyakán műtéti hegek vannak, és tudod, azok, akik ilyen súlyos traumákat élnek át, azok lélekben megrokkannak egy kicsit. Este igyunk egy kávét itt a Mandorlában – mutatott a szemközti kávézó feliratára –, megbeszéljük, hogyan lehetne ezt megoldani. Kitalálunk valamit nektek.

Anyám nyakán a hegek csak egy régi pajzsmirigyműtétet bizonyítottak. Mégis csak akkor hittem neki, ha nem éppen Leander mellett álltam. Olyankor tudtam, hogy ő az egyetlen, akitől menekülnöm kéne. Ő nem fekete volt, hanem sárga. Mint a láp, mint a város, mint a darazsak kitinruhája, és mint a napfény, amitől a bőrömet előszeretettel óvtam. Egyre rohamosabban fogytam, egyre kevesebbet aludtam. Hevesebb lett a tánc, ádázabb a rajz, és nehéz lett a ketrecen a rács, nem tudtam többé csak úgy kislisszolni alóla.

Az az esti kávé a Mandorlában arról szólt, hogyan hozzunk létre álprofilt magunknak a weben, rejtett telefonszámot, töröljük az SMS-eket...

Hiába volt a szüleim pár nappal korábbi kérelme, az iskola szívesebben látott minket egymásra vajazva, mint külön tányérra szeletelve.

A sötétség ezután is csak tovább nőtt annak ellenére, hogy minduntalan magasabbra és magasabbra kapaszkodott a Nap. Meghalt a nagymamám. A néni egy nap – a hipochondriájának megfelelően – összecsuklott. Trombózis, lebénult a fél teste. Egy budapesti kórházban két hónapig nyúzták, pedig már aligha akadt néhány perce a felismerés oltára előtt ujjakat kulcsolni. Egyszer látogattam meg. Kitűzték a temetést, egyenesen a tizenötödik születésnapom bástyájára.

Ekkorra Leanderrel együtt bekerültünk egy tehetségkutató pszicho-programba. Hetente egyszer, háromórás terápia. Ücsörgés. Halandzsa magunkról, arról, ahogyan a világot látjuk. Hó végén csoportfoglalkozás.

Csak én szerettem eljárni, de akkor már epekedve. Ez volt az egyetlen hely, hetente három órában, ahol nem volt tilalom. Ahol úgy és azt mondhattam – akár Leanderről is –, ami csak eszembe jutott. Őszőkesége, Leander nem tudta értékelni ezeket a szeánszokat. Annál jobb! Az akkori pszichológusom, azt hiszem, voltaképpen tartott tőlem. Legalábbis éppen annyira félt, mint amennyire a szívébe zárt. Hétről hétre mindenről pontosan beszámoltam neki. Ő lett az első számú barátom.

Leander még több időt töltött a színházban. Mondhatni, tojt rám. Nem ért rá. Nem ért rám. A mindenféle próbák után az iskola és a színház közti parkban megpróbáltam karon ragadni és elmondani neki, hogy mi járt a fejemben akkoriban. Hogy meghalt a nagyi, hogy a szülinapomon temetjük, hogy Ő mennyire hiányzik... Azt mondta, nem érti, miért tartom fontosnak a születésnapomat, miközben a színházoldalt pásztázta a dohányzó arcok ismerős jelei után, és vágyott vissza. Mintha nem csak egy órája történt volna, hogy kilépett onnan. Minden percét annak a kurva épületnek szentelte.

Nos, hát igen. Egy születésnap. Végül is csak egy nap, minek megünnepelni, miféle önzés ez részemről, hogy azt reméltem, fontossá tehetem ezt a napot bárki szemében, aki kívül áll rajtam.

Hazáig buszozott velem.

Miután hazaértem, a szobámba rontottam. Emlékszem, hogy dekódoltam az asztalomon hervadó sárga tulipánokat. Alig egy hete Leander adta... Ahogy ott álltam az asztalom előtt a haldokló tulipánokkal, kitört belőlem a sikítófrász. Az egyszerű, üveghangú ideg. A szüleim bejutottak a szobámba. Rúgkapáltam, míg anyám igyekezett eltüntetni a szirmokat, ordítoztam és körmeimet belevájtam apám karjába.

– Miért kell mindennek meghalni?

Emlékszem a másnapra. Alex szinte azonnal kiszagolta rajtam a kimerültséget és a zsibbadást. Csapzott voltam. Letudtam egy „fáradt vagyok"-kal. Alex nagyon büszke volt rám. Tudta.

– Lám, milyen erős vagy, kicsi Alice!

Alex már az árnyékommá változott. Én Alice, ő meg a Bolond a kalapban. Bogdán is megszokott, sőt meg is szeretett talán. Néha elém állt valami hülyeséggel:

– Én is szeretem a rajzos lányokat. Dugnám a rajzos lányokat – vetette oda két cigi-pippantás között Bogó, és sapkáját a fejébe csapta. Máskor így szólt a folyosón megtorpanva:

– Hedvig, az a helyzet, hogy érdemes és méltó férfiúnak érzem magam arra, hogy elvegyem a szüzességed. Öt perced van, gondold át, míg elszívom ezt a cigit. Tudod, csak az a lány foglalt, akin éppen fekszel! – Mindezt persze azután, hogy ráébredt; szilveszter éjjel Leander nem mondott igazat. Olyan voltam, akár a hó; érintetlen, de semmiképp sem tiszta. Meglehet, koszos légen át hullottam a földre.

Még többet írni, még kevesebbet enni. Bonbonból napi egy. Szerdán egy narancsot lehet. Húsvétkor megrázott egy idősebb fiú, Alvin, aki több ízben fél karral ráncigált ki valamely katedrális omladozó gerendái alól. A katedrális az önbecsülés és az önmagunkba vetett hit piedesztálja volt. A pulpituson a józanságom haldokolt prédikáció közben, és az ereklye a föld alatt maga volt az emlékezés. Én tékozlóként csak álltam a bélletes kapuzatban, várva, hogy a földrengéssel szűnjön és újrainduljon a magasba törekvés gótikája.

– Kint vagy az életedből! – mondta ez az Alvin. Bámult a szemeimbe ekcémasebhelyes arccal és tovasuhant a folyosón. Hatott. Hazatérve Egerbe megállíthatatlan nyomorúság tört fel belőlem. Szavak nélkül, sótlanul-sósan. Egy percet sem szárazom hagyva. Húsvét van.

Egyik nap a szürke, kötött ruhám volt rajtam, aminek a dereka keskenyedett. Fekete harisnyában, selyemtornacipőben voltam, oldalra rendezett copffal, és a velocipédes nyaklánccal, amit Lean néha megdicsért. Elvben ezzel a szettel tarolhattam volna. Minden darabján megakadt már valaha Leander tekintete. De hiába vártam. Folyton a csalogány Fridával és Dáliaval láttam. Orchideák, gyilkos szulákok.

Megfejtés személyesen Leander tolmácsolásából:

– Nézz már magadra! Láttad ma Dáliát és Flórát? Olyanok, mint a virágok. Üdék és jókedvűek, de… Te olyan vagy hozzájuk képest, mint… mint egy… mint egy özvegy…

Kuss. Nincs hang. Síp sincs. Nincs kép. Már megint hol az a kurva kilincs? Sincs.

Alex és Bogdán véletlenszerűen gyömöszölte lányok, többek között egy prostitúcióra termett osztálytársam szájába a nemi szervét. Ezt is elnéztem nekik. Felőlem? Igazuk is lehetne…

Az már jobban bökte a csőröm, hogy Leander is egyre jobban igényelte ennek a hosszú karmú, gnóm lánynak a tapasztaltságát. Miközben én, pláne a kezeimmel, hozzá nem nyúlhattam. Meg volt tiltva.

Hamarosan osztálykirándultunk.

Lean kijelentette, hogy nem illik az osztálykiránduláson egymással foglalkozni, ellenben illik mindenki mással. És akkor a falvédőről lemászott a csinos, kreol, futásban és fociban érdekelt DÁLIA! Elmehettem világgá. Leander a bizonyos cső végén csak és kizárólag őt látta. Éjszaka nem a saját csendes lánykuckómat választottam, hanem inkább a bűzlő, izzadságpenészes fiútanyára tettem a voksom, ahol zúgott a hangfal. Odalent már javában zajlott a vetkőzős póker vízipipával, az emeleten pedig a rejtett pálinkák mögött megbújt az a kevéske fű és a láncdohány. Na, ide vágytam én. Nagyon. Pipáztam, aztán meg a zajok csitulásával össze gondoltam bújni az alkohol-nyirok szagú, szinte ájult Leanderrel. Legalább pár csókra. Se fűtés, se ágynemű. Másodjára terveztük összeismerkedni. Meztelencsiga-harapás. Hideg, ragadós és fájdalmas. Még nem történik meg. Nem igazi. Mikor alápréselődtem a korhadó heverőn és megsimogattam az oldalát, kuncogott és a fülembe súgta; „Jaj, Dália, ne csináld már!"

Nagyot nyeltem, de talpra mégsem ugrottam. Ehhez nehéz volt, és még mindig rajtam hevert.

Végül mellette töltöttem az éjjelt. Arra ébredtem, hogy az osztályfőnök minden lányt kizavar a házból, mondván, micsoda szemérmetlenség kvázi „idegen" fiúk ágyában kikötni. Idegen. Mi is az az idegen? Az, akinek a nyála folyik a kezeden és a kulcscsontodon a próba kellős közepén? Egyedül engem mentett fel a büntetések alól. A párosunk iránt táplált, elfogult majomszeretete és a „ha a párjával alszik az ember lánya, az rendben van" jelszó kihúzott minket a pácból. Bár ne így lett volna!

A kirándulás végén Noéminél aludtam. Noémi tetszett Leandernek, ezt be is vallotta. Igaz, hogy közben rám telepedett és kis híján belelapított a busz ülésébe, mint ahogyan pitetésztát nyomkodnak a formába. Ő volt a töltelék.

Ez a Noémi, esküszöm, még nekem is tetszett. Tejfehér volt a bőre, édes, eperillatú, és olyan ártatlan szemekkel meredt az emberre, mintha tegnap született volna. Eszeveszettül sok pogácsát ettem náluk áfonyás joghurttal. Mindent, de mindent a gimnáziummal kapcsolatban a porig szidtunk és cincáltunk. Társak lettünk az ítélkezésben. Ez lett a barátság alapköve. Később ő volt a második lány, akivel nyelvespuszit váltottam. A szája puha volt és félénk. Azt hiszem, ez a lányokkal való jó barátságaim titka... mindig így alakul.

Eljött a sötétlobogós ünnepnap, a születésnapom. Cicoma, punnyadt vetődés a karfás fotelba. Körbeforgattam a monstrum széket, unottan, akár egy kisgyerek. Be a kocsiba. Nagycsalád. Budapest. Legtöbbeknek fogalma sem volt arról, hogy tizenöt lettem aznap. Mindannyian egy urnaszállító autót nézni jöttünk, koszorúkat halmozni a ravatalozóba, ahol a változatosság kedvéért búcsúztató verset mondtam a pulpituson a túlvilágról. Az *elről*, az *odáról*. A tor után aztán anyámék felköszöntöttek egy hungarocell tortával a hajdanvolt nagyi nappalijában.

Tudták, hogy semmi ehetőt nem kérek a születésnapomra. „Kívánjuk, hogy legyen még..."

Na ja.

Az év végi vizsga az *énjelenet* megrendezése volt. Jelmez, a beállítások, a fény a hang... mindent magunk találtuk ki. Antré-bravúr. Méltó portrét illett volna skiccelnünk a drámatagozat tablójára arról, kik is vagyunk. A főpróba épp gyereknapra esett. Nemigen kalimpálhattam Lean közelében, mert a változatosság kedvéért a hosszúkörmű riheronggyal – akit különben rendszeresen végighallgattam, és amennyire tőlem tellett, szántam is – volt elfoglalva. Persze az én jelenetemet gyakoroltuk el utoljára. Névsorban haladtunk.

Az első kép a színpad elejéről indult. A lépcsőn ültem, onnan a virágszirom Flóra és Leander a karomnál megragadva rántott a tér közepére. A rángatástól a pódium elnyűtt deszkahada éles fogakkal felszántotta a combom és a tomporom. Hosszú, mérgezett szálkák nyomultak az irhába. Fájt, de a már emlegetett művészeti vezetőnk, Ilka néni folytatást és hisztistopot parancsolt. Mehet elölről! Még egyszer, tovább!

Mivel velem végére is ért a próbanap, a programban gyereknapi játszadozás következett Jorbán, Leander családjával. Epermisu, pizza, kártya, darts, krikett. A nyeremény: sör meg csoki. Betegre ettem magam.

Még a játékok előtt földobogtunk Lean szobájába a lépcsőn. Nem jártam itt gyakran, legfeljebb ötször összesen. Legutóbb még az osztálykirándulás előtt. Akkor szépet simogattunk egymáson. Bemutattuk B-t A-nak, A-t meg B-nek. Így hívtuk. Nem szerettünk semmit a nevén nevezni. Meztelenek voltunk, mint az angyalok, szégyen és érintés nélkül. Lámpás lógott a plafonról. Bágyadt fény kószált a fehér lepedőcsíkok között, amik átszelték a mennyezetet. Az ölében feküdtem, ő gitározott, és kíváncsian méregette az oldalam, a nyakam, a karom.

Most azonban szó sem volt bágyadt mámorról és fényvándorlásról a leplek fövenyében. Itt izzadság volt, kimerült dac és félelem. Fent a szobában máris nekem esett volna, de figyelmeztettem, hogy csak ruhacserére jöttünk, és izzadtak vagyunk, és várnak odalent, és egyáltalán, még kicsik vagyunk ehhez, nem, és nem akarom, és NEM. Nem beszélve a szálkákról... Megsértettem. Még saját portáján belül, családja előtt – pedig még ajándékot is kaptam tőlük karácsonykor – sem tűrte a közeledést. Nem fogta a kezem, nem engedte az ölelést.

Rossz voltál, Hedvig?! Bünti lesz.

A játékok végén húsz perc maradt az apataxi hazastartig. Emelet. Ágy. Ruha. Húznak. Megnyúznak.

Izzadtság. Ne. Ne kiálts. Meghallják.

Ez fáj. Hagyd abba. Nem érted, hogy ez fáj? Fejezd be.

Lihegés. Zaj. A pulóver a nyakamban, a térdemig gyűrve, ami rajtam volt: nadrág és bugyi. Nem érted? Hagyd már abba, nem érted? Nem akarom! Fáj!

Csend.

Az izommerevség nem létezik. A tested teljesen feladja a küzdést, és felülről nézed, ahogy megerőszakol. Csókjátszmának indul, ettől fogva lopás. Visszavonhatatlan.

Három perc múlva abbamaradt a testemen nyomva és csúszkálva folytatott rángás.

Elernyedés. A fájdalom után semmi. Csend.

Nem érzek semmit. Semmit érzek.

– Uahh, hát ez gecijó volt!

– Talán jobb lett volna, ha mind a ketten elmegyünk.

– Én már elmentem.

– Mi? – Felugrottam. – Hová?

– Nem tudom, de nézd meg, van valamennyi ott az ágyon is. Ismerkedj meg vele, mostantól sokat fogsz vele találkozni! Lehajoltam az ágyhoz. Dolmen, kék lepedővel. A rugós matracon valami fehér, szemcsés és ragacsos dolog nyúlánk teteme feküdt egy fiú első öldöklésének.

– Gyerekek, indulunk! Gyertek, Hédit haza kell vinni!

Kimegyek a mosdóba, pisilek. Pici, tényleg alig pár csepp vér a kagylóba folyik. Leander büszkén beleugrott a szürke melegítőjébe, majd a kocsiba. Gázpedál. A telefonján pötyögte el nem küldött üzenetben: „Sikerült, volt vér!"

Kiszálltunk az Egyetemkertben.

– Akkor mostantól csinálhatjuk mindenféle pózokban, meg ilyenek?

Én már a hazafelé vezető úton a pánik-tejút kozmikus posványára léptem. Elengedte a kezem.

– De várj, nem húztál óvszert! Ez így nem lesz jó. Mi van, ha terhes leszek?

– Á, nem hiszem, hogy leszel. Hogy jönne össze elsőre? Majd beszélünk! Csövi!

Bementem az ajtón, fel a lépcsőn, és a szüleim tárt karral fogadtak:

– BOLDOG GYEREKNAPOT!

Ajándékom egy aznap vásárolt, régiségvásáros babakocsi, benne egy dermesztő játék maci.

– Apa meg tudnád nézni a fenekem? Asszem, beleállt pár szálka...

Az este a sürgősségin folytatódott. Apám nem tudta egyedül kihalászni a világot jelentő deszkákat a fenekemből, ezért aztán kötöző, fel az asztalra, fekvés, tetanusz, nagy tű, ordítok, vérzik az orrom.

Tócsa alattam, a zöld kórházi ágy barna a vértől, ami már a számon is folyik. Egy hétig kötelező kötést hordanom.

Leander odalépett hozzám hétfőn:

– Már unom, ami van. Jobb lesz, ha szakítunk. Szia.

Este, a terápián elmondtam szegény pszichológuscsajnak, hogy mi történt. Még később a színházban lepaktáltam a prostival, hiszen ő gyakorlott volt a műveletben. Csak meg kellett szereznem az árát egy esemény utáninak. A pénzt a születésnapomra kaptam. Éppen futotta.

Kedd reggel táncolni mentem a pince üres balett-termébe. Lean betoppant, és fészkelődött a hangfalon.

– Nem értem, minek ez a felhajtás. Majd, ha teherbe esel, elveteted!

– Ó igen? Van neked erre negyven-ötvenezer forintod?

– Nincs, de szerintem akkor is felesleges.

Végül is eljött velem és a kurtizánnal a kórházba, ahol napi kilencven roma kislány könyörgött ugyanezért a bogyóért. Megalázott a nővér. „Hány éves vagy? TAJ van? Lakcímkártya?" „Tizenöt?! Még ez is... Hogy lehetsz ennyire ostoba?" „Anyád mit szól? Hogy nevelt?"

Mondhatom, remek.

A pszichológus kedves volt. Minden órában felhívott és megkérdezte, hogy vagyok, hogy viselem. A szüleimnek egy mukkot nem szóltam, elég volt a gigászi ragtapasz a fenekemen. A szálkák helye azóta is mint időjárásjelző működik. Aki látott már ilyet, tudja, hogy ez a tabletta akkora dobozban van, mint három óvszer (talán nem is véletlenül – inkább hétszer három gumi, mint egyazon áron egyetlen ebből, amitől talán meddő maradsz életed hátralevő részére). Sokáig vártam, míg az üres doboztól megszabadultam. Pár évvel később égettem el a teraszon. A ribanc szerint Leander is megkönnyebbült, mikor bevettem. Valójában fogalmam sincs, mit érzett, de négy évvel később azt mondta, úgy érzi, megöltük a közös gyerekünket. Illetve, én öltem meg. Elsősorban. Ki tudja.

Jobb annak a babának, hogy soha nem született meg, hogy nem lett egy öszvér, kettőnk elegye. A következő pénteken bemutattuk a jelenteket. Azt kértem mindenkitől, hogy feketében legyen. Leander egy pár piros zokniban és egy már-már magától elsétáló melegítőnadrágban állt színpadra, aminek a szárát a zoknikba gyűrte. Kis híján az egészet tönkrevágta, de a közönség meghökkent. Aztán a meghökkent tekintetek tapsra csalták a kezeket, és meghajlás. Zajvihar.

Alex gratulált, Bogdán kezet rázott, a szüleim büszkék voltak, Lean pedig végig Dáliát bámulta. Dália a kistestvérével játszott... Mint később megtudtam, soha fogalma sem volt arról, hogy Leander mennyire vágyódott utána. Megbocsátottam neki, és elengedtem azt a marcangoló féltékenységet. Egyszer, elragadtatva az érzelmektől, elképzeltem, ahogy megnyúzom ezt a lányt. Aprólékosan, kiélvezve, mint egy narancsot, aminek már a látványától is megered a nyálam. Sajnálom. Nem bírtam. Dália aztán Zoárd oldalára került. Elég hosszan. Jól tette, felvillanyozta.

Minden év végén az utolsó időszakot egy közös, négy órás vizsgadarab összeállításával töltöttük. Gálahét. Lean ott tartott, hogy voltaképpen nem a párom, de baj az is, ha távol maradok, és az is, ha közelebb lépek. Az iskola mellett ülve, a dohányzós rejtekhelyen próbáltuk kirángatni őt a hisztériából Zoárddal, de egyre csak azt hajtogatta, hogy takarodjak, mert megölöm őt, mert megölöm, én őt megölöm, megfullad tőlem. Mindezt azután, hogy a táncblokk gyakorlása közben karon ragadott, behúzott egy terembe és megkérdezte:

– Te most akarsz engem?

Félreértettem.

– Jaj, igen, nagyon! – és a nyakába ugrottam.

Hátrébb lépett, előrántott egy kék kotont a zsebéből. Még egy kék tárgy, ami ártani akart nekem, akár a lepedője.

– Rendben, Hedvig, akkor feküdj egy padra!

– Jesszus, te nem vagy ép, Leander!

Mi következett? Bőgés, zokogás, hüppögés, míg a bennem dolgozó sötét kiújulása ismét terítékre került. Közben járkált a padokon.

– Hihetetlen, hogy te senki örömének nem tudsz örülni, hogy te mindenki fölé helyezed magad! Tudod, én megpróbáltam segíteni neked, de mindhiába, nem tanulsz. Azt hiszed, előrébb való vagy? Látom a szemedben a féltékenységet mindenkire, aki jobb, mint te. Te arra teremttettél, hogy tönkretedd az ő örömüket is. Flóra, Noémi, Zoárd, Alex, bárki legyen az! A rendezőnk a színházban anno azért nem válogatott be téged a darabba, mert tudta. Megmondta, hogy te senkivel nem tudsz együtt dolgozni.

A litánia maradékából nem maradt meg semmi, csak a veszedelem. Az elmehasadék. Hogy, hogy nem, a végén vad csókcsatában törtünk ki, amikor ránk nyitott egy felsőbb éves lányosztag.

– Ilka néni azt mondja, ha nem mentek vissza, ki lesztek rúgva a gálából!

Hát vissza. Inkább vissza oda, mint beragadni ide. A gyakorlás közben kiült az arcomra a hitetlen döbbenet, amit a máris karanténba helyezett Bogdán és Alex tökéletesen leolvashatott róla. A nagyszünetben kitálaltam. Fülhegyezés után Leander elpárolgott a második felvonásra. Nem tudtuk, merre jár.

Aztán megláttam. A tornaterem ajtajában ült egy svédszekrényen. A lábain felszakadt egy var, a vére piros kis fonalakban hímezte a sifont. Elé álltam. Az ujjaival lemázolt egy kis vért a lábszáráról, hogy a nyakamra kenje, majd saját mellkasára.

– Te ölsz meg. Megölsz!

Hirtelen sokkomban csak annyit fogtam fel, hogy vérzés van, zsebkendő kell.

Mire találtam, ha ezren nem állítottak meg, hogy „Hedvig, mi ez rajtad? Úristen, hisz' te vérzel!", akkor senki sem. Egy kupac zsebkendővel a férfiöltözőbe rontottam, ahol már mosdatták Leant. Mikor meglátott, kiverte kezemből a papírkupacot és elviharzott. Összekotortam, és utána... Hedvig, lódulj! A harmadik emeleten találtam rá. A sötét folyosón ült, annak is a legvégén, egy piros padon, továbbra is vércseppeket hullajtva egymásba. Csipp egy, csepp egy, öt csepp...

Közelebb értem.

– Lean ne csináld, légy szíves! Hiszen vérzel, hadd segítsek!

De őfelsége konokul újra kiütötte kezeimből a zsebkendőköteget.

40

– Nem a lábam vérzik! – és elinalt.

Egy héttel később mellé ültem egy padon, hogy meghívjam az első kiállításomra.

– Kicsit elkéstél a beszélgetéssel – morogta, mikor az első csoportos kiállításomra hívtam.

Ezután este. Álltunk a megnyitón a kis rajzos szektával, ahol a hippi Fruzsival és a magát elektro-gótnak tituláló Zillével másoltuk az agyagkorsókat. Pár ráadás-vendéget csalódottságom ellenére is meghívtam.

Aztán mégis megjelent egy undi házipapucsban. Noémi a nyakába ugrott, de nekem nem is köszönt.

– Hát te?

– Képeket támadt kedvem nézegetni. Nem miattad vagyok itt...

– Gyere, üljünk be az egyik terembe! Na és hogy' telt a napod?

– Ünnepelgettem.

– És mit?

– A névnapomat.

– Te jó ég, nem tudtam! Megköszönthetlek egy puszival?

– Te nekem nem adhatsz. A te puszid mérgező! Gondolkodtam. Tegnap írtam egy verset Dáliának, és rájöttem, hogy míg te folyamatosan csak bántasz, ő soha nem ártott nekem. Több olyan emberre van szükségem, mint amilyen ő.

– Értem, szóval Dáliának írtál egy verset – bambulok.

– Igen, miért? – Az arcomat fürkészte. – Na, mi lesz? Meg sem hatódsz? Pfuj, mi lett belőled, Hedvig. Már alig tudom, hogy is hívnak... Hédi Valentin. Nézel néha tükörbe?

– Ja, szoktam. Mit kéne tennem? Sírva térden kúszni, hogy bocsáss meg megint?

– Például. Esetleg azzal még érhetnél valamit, de elvesztél. Látom, mi vagy.

Felállt és faképnél hagyott. Nem tágít a szokásos vesszőparipáktól. Kész ménes van már belőlük. Két hörcsögpofára tömtem magam a teasüteményekből, majd kiviharzottam az udvarra.

Ott anya és anya harca kitörni készült. Anyám elcsípte Leandert, és minden, számára eddig világos információt rázúdított Lean anyukájára. Szegény persze mit sem sejtett, és majd' kitért a hitéből.

– Ezekhez nincs jogod, Leander, még hogy tízparancsolat! –
A fejét csóválta, szemei kigúvadtak.

– Ha neked Hedvig nem felel meg, akkor hagyd inkább bé-
kén! – bökött anyám Lean karjára.

– Akkor tudod mit? – köpött szinte anyámra. – Békén lesz
hagyva!

– Sajnálom, Kamilla, nem tudtam, hogy mi történik. Akkor
gondolom, nem jöttök holnap hozzánk sütögetésre – váltott szü-
letett feleségbe Lean-mama.

– Azt hiszem, jobb lesz, ha most ettől eltekintünk...

Pedig a másnap egybeesett az első évindulónkkal.

Tudtuk, hogy valamiféle köszöntést mindennek ellenére csak
megejtünk. Én rajzoltam egyet reggel gyorsan, hogy még ide-
jében befussak a próbákra, ami lapzárta után is az iskola pin-
céjéhez szögezett bennünket. A rajzon mi ketten voltunk, két
fának támaszkodva, két parton. Az ő kezében döglött varjú, a
kedvenc állatom.

Rohadt nyárvégi karnevál. Ez már nem gála. Ez túlmunka.
Még egy kis időhúzás a szünidő előtt. Lean az iskola lépcsőjén várt
egy ajándékszatyorral, amit aztán sokáig őrizgettem. Kék, matt
és síkos borítás, fehér cipőfűző-fülek. Valahol utálom a kéket.

Csomagjában levagdosott virágfejek voltak, egy levél meg egy
rajz nekem a kibaszott Napról és egy fehér, pántos ruhácska. Ő
meg a feketét utálta. Főleg bennem, meg rajtam.

Nem értette az angol dalszöveget, amit a neki ajándékozott
rajz hátoldalára írtam, pedig bőven lehetett volna aznapi peni-
tencia. Nem akartam beszélgetni, siettem volna a gyakorlásra,
de ő ismét lelketlen cafkának bélyegzett, mert nem akartam
alávetni magam a napi kínzásnak.

Már hívtak is bennünket. Először. Aztán másodszor... ahogy
elindultam a hívás irányába, visszanézve láttam, ahogy ül a pi-
rosló padon és rázkódik, ahogyan sír.

Épp gondoltam, átvedlek a próba előtt, mikor meghallottam
lépéseit kongani a pincelejárón. Odanéztem. Kezében a rajzom.
Lehajtott állal, szinte felakadt szemekkel meredt rám. Ketté-
tépte a papírt. Aztán újra ketté. Újra. Hallom a papírt, ahogy

42

szakad. Közben látom, egyre közelít, és cincálja, marcangolja. Lassan már csak galacsin. Némán tajtékzott benne egy emberfeletti ösztön a pusztításra, az én elpusztításomra. Második sikítófrász. Sikítórobaj. Harakiri volt, ami belőlem megint szájon és orron át ömlő vérként tört fel. Összerogytam.

Kerestem a vérben tocsogó darabokat a földön, majd öszszegyúrva a kezembe fogtam, ő pedig csak állt felettem és nézett, összefont karokkal.

– Ezt azért kapod, mert széttépted a lelkem! – közölte billent állal, és a takarítók raktárába toloncolt. Csak kívül volt kilincs. Mikor erre rájött, berontott és fölém magasodott addig, amíg kizokogtam magam a sarokban. A rajztetemet egy kukába dobta.

Megjelent egy takarítónéni, aki azt gondolta, a vér a baj. Elfogadtam a segítségét. Míg lemostuk az arcom, ez a lidérc követett, pedig próbáltam kérni, hogy takarodjon a nyomomból. Mikor a takarító lelépett, kihalásztam a szemetesbe pocsékolt munkámat, de Leander a csuklómnál fogva már felfelé lökdösött a lépcsőn. Ki az udvarra. Ott körbevonszolt minden kosárpalánk és épület alatt. Sírásommal felzavartam az érettségiztető tanárok nyugalmas vizét.

Újra meg újra felsírtam, mint egy pólyás. Szinte fojtogatott az ölelések közben. Megjelent egy tanár, még egy, meg még egy.

– Hangosak vagytok, fejezzétek már be!

Mindig elém állt, ne látsszon, hogy gyötrődöm, és csupa kékzöld-lila folt vagyok.

A szégyentúra után a hátsó kifutón roskadtunk össze. Ő a konténerbe dobta a maradék papírcafatot, én pedig leültem. Ő is leült. Hátrébb csúsztam, utánam mászott, majd felállt és cseresznyét szedett.

– Na mi van, nem segítesz? Vagy úgy! Felőlem azt csinálsz, amit akarsz. Rád akartam állni, hogy bakot tarts – mondta.

Itt az idő. Anti-egércsapda. Nem figyelt, hát felálltam és kibányásztam a rajz kitartóbb csonkjait. Ezalatt véget ért a kétórás próba. Magától értetődően nem mentünk be. Kijöttek az idősebb fiúk biciklivel a yardra:

– Ha nem jöttök, holnap kirúgnak titeket! – Deja vu. Lean takart, meg ne lássanak. Deja vu.

Megfordult, a kezemben a ragacsos kupacot látta. Deja vu.

– Na, jól van, választhatsz! Vagy én, vagy a rajzod?!

– Tudod mit? A rajzom!

– Jó! – csapott egyszerre hadonászva mindkét karjával. – Én mindig téged választottalak! A színház helyett is, Flóra helyett is, Dália helyett is, de te megátalkodott dög, te az önzéseid rabja vagy, tégy, amit akarsz, nem érdekel! – és eltűnt a sötét iskolában. Én összeroskadtam, és fogalmam sincs, meddig a gombolyagot szorongatva bömböltem a földön, a konténer mögött, a tűző déli napban.

Este vártam őt. Békésen rajzolgattam, felvettem azt az új fehér ruhát, és huszonkét óra huszonkettő perckor kavics ütközött a balkonajtómra. Ott volt. Ott állt vigyorogva. Tejbe tök. Tökbe tej. Kutyatej. Tej.

Felmászott, mint egy macska, azon az ereszen, ami a madarakat is aligha bírja...

Apám kiszagolta. Bejött a szobámba és közölte: vagy bejön Leander és mindenkit szépen üdvözöl, vagy nincs randevú.

– Húsz percet kaptok.

Leszaladtam. Mély, meghasadt áhítat. Újra... a nap többi részlete szinte meg sem történt.

Másnap a főtemplom előtti sövények alatt heverésztünk a téren.

– Most egy darabig ne gyere Józsa közelébe, mert anyám nem akar ott látni a keddi kitárulkozásotok fényében – közölte.

A következő napon évet zártunk. Sok lány elveszítette, akit eddig hálójába vont, én viszont nagy levegőt véve dicsekedhettem. VAGYUNK. Egyben.

A felindulásban szem elől tévesztettem Leandert, de indulnom kellett Egerbe, így csak egy üzenetet írtam. „Most mennem kell, majd beszélünk, szeretlek, puszi."

Válaszolt: „Okés."

Ettől a perctől fogva augusztus közepéig Leanderről semmit nem tudtam, nem láttam, nem hallottam. Nem voltunk mégsem. Sem együtt, sem egyedül. Egyik sem.

2

Patrónus

Szitkozóda

/Pezsdül a mérged e Tintapalackba/

Pezsdül a mérged e tintapalackba újra bemártva
Szaga kínzó matt feketének egyszeri lángja,
Melyben a végzet mennyei táncot jár a szavára
Könnyeden intő hűs zivatarnak rózsavirága.
Benne a szándék, benne az ösztön, szirmai mégsem,
Nappala ormán lejtik a táncuk néma szavakba.

Az a nyár fülledt volt. Magányos és egri. Mérhetetlenül sokat zabáltam; mindent, ami édes. Meg is gyarapodtak kétségbeesett kilóim.

És teltek és gyűltek és teltek a napok, míg egy budapesti gyerekcsapattal közösen bele nem csorogtak egy pszichológiatáborba. Azzal a tehetségkutatós izével váltottunk rá jegyet.

Ez a tábor olyan kölykök gyűjtőhelye volt, akik valamilyen szempontból nem illettek bele a mikrotársadalmukba. Focisták, költők, multitehetségek, matekosok, rákból felgyógyultak, olyanok, akik valami testi hiányossággal születtek, és mind azzal töltötték az előző fél évüket, hogy hetente és havonta találkozzanak a terapeutákkal. A sorból kilógás meg ez máris közös volt bennünk.

Felszálltam a buszra. Zavarodottan tekintettem a hátsó fertályra, ahol már ült pár megszeppent, de tiszta szempár. Jelentéktelen ülést választottam. Se elöl, se hátul, se középen. Mellém huppant a hangos és gyermeteg Liza. Máris csacsogni kezdett, hamar ledarálta az egész életét. Nem tömören és nem röviden. Együtt figyeltük ki a szőke fejtetőt, ami egy Barbie baba orrában folytatódott. Elöl ült, bal oldalon, egyedül az ablaknál. Nem is értettem, efféle hercegnők mit keresnek a számkivetettek között. Sok lett a selyem meg a párna?

Leszállva szemtől szembe kerültem a Barbie-val, aki mind a 180 centijével másnaposan dülöngélt előttem acélbetétes bakancsban, terepmintás leggingsben, szakadt koncertpólóban és katonatáskával. A csalódástól meleg mosoly futott végig rajtam, és rajta is. „Hát szia!"

Ő volt Vanda, az univerzális tehetség, aki vagy tizenkét iskolában tette tiszteletét tizenhárom év alatt. Remekül varrt, rajzolt, főzött, soha nem hallgatott zenét, viszont tizenöt éves kora ellenére elképesztő lendülettel vetette magát veszélyesnél veszélyesebb helyzetekbe.

Minden este tábortűz volt. El kellett mesélnünk, ki miért van itt, mit szeretne tanulni egy hét leforgása alatt. Észre sem vettük a bőrünk alá kúszó lángok melegségét, egészen az utolsó napig.

Este a tábortűz körüli zajzenészet után kifeküdtünk öten bámulni a csillagokat. Liza, Vanda, én és két fiú. A szőke Lehel ártatlanul szívta magába az illatom, míg Ágoston csokornyakkendő és hózentrógli hiányában videómutogatással bizonygatta a benne rejtőző angolos intellektust. Olyan volt, akár egy megnyújtott óvodás hörcsögpofikkal, aki a kvantumfizikát magyarázza. Mindenesetre nem nyújtott valami vonzó látványt. No persze, nem is mindenkinek kell olyat...

Ennek a négyesnek meséltem először Leanderről. Nem értették, minek várom, hogy újra lássam... márpedig így volt. Rettegve, de vártam.

Lehel és köztem kétballábas kapocs ébredt, amit Ágó lehangoltan tudatosított, mondván: „Nem baj, Lehel barátom kedvéért még rólad is lemondok." Álmomban sem gondoltam volna, hogy ő is... Az ember nem figyel arra, milyen súllyal lép a sárba, ami képlékenyen tocsog. Nem gondol rá, hogy a sár kiszárad, de a nyom mélyen beivódik a terrába. Átkoztam azóta gyakran a napot, mikor Ágostont megismertem.

Hazautaztam. Olyan boldogan, mellkasomban a figyelem és a béketűrés patronjaival, hogy úgy éreztem, egy seregnyi Leanderrel és Ilka nénivel is el tudnék bánni. Két hónap kihagyása után augusztus közepén ismét Debrecenben voltam. Virágkarnevál. Az a virágkarnevál, aminek a próbafolyamatairól kis híján kirúgtak minket. Sellőnek öltözve kellett négyszer végigvonulnunk a városon.

Flóra és a lányok már így fogadtak, még mielőtt a heverésző Leandert megpillanthattam volna:

– Hedvig, Hedvig, hallottuk vége van! Annyira sajnáljuk!

– Ó, igen? Na, ti legalább hallottátok – szemöldököt rántottam, csücsörítettem, és innentől nem szólaltam meg.

Az első próba közepén Bogdán feje tűnt fel az ajtó nyílásában. Szerepet kapott az új iskolai musicalben. Egyenesen a nyakába ugrottam. Egy levélváltásban megígértem, hogy a visszatérés után velük tartok. Én és a farkasok. Alex, Bogdán, Arnold, én, és meglepetésemre Zoárd, aki a musical gyakorlása alatt szintén beleszeretett Bogdán sugárzó jelenlétébe.

Pár nappal később maga a karnevál gond nélkül lezajlott. Dominika is eljött. Megismerkedhettek végre Noémivel. Már csak azért is megérte, mert aznap együtt zokoghattak elbaszott családi történeteik feltárt hantja felett.

Este Vendel is felbukkant, oldalán Dominikával, hogy hazáig támogassanak a második vonulás után. Alig maradt bőr a talpamon.

Vendel sejtette már, hogy Lean mikre képes. Nehéz volt visszatartanom egy parkban, hogy be ne mosson egy hatalmasat a madártestű Kis Hercegnek. Nem is ért annyit. Egyszerű hátraarcot tanácsoltam.

Aztán elkezdődött. Másodév a varázslógimiben. Ahogyan a szavamat adtam, az első naptól fogva egyek voltunk mi öten. Egy új szekér gurult, alatta új négy kerék haladt. Nem a nyári kedves és időtlen, hanem fekete, mint az éjszaka, tiszta és fenséges, mint az ében. A négy fiú lett az új családom, még néhány unokatestvérrel, akik szívesen itták ki velünk a méregpoharat.

Bogdán és Alex elvittek magukkal egy vadászatra. Szárított kender után kutatva bújtunk meg egy idegen egyetem romos faházikójának eresze alatt. Rágyújtottak egy hosszú cigire, majd Bogdán a szájába vette annak az égő végét, a szűrőt pedig az enyémbe tolta. Füst. Megütött a zöld származék. Egy pillanatra hanyatt estem, és arra eszméltem, hogy a két fiú a vállam alá karol, és a park padjai felé irányít.

– Ugye milyen jó, hogy nem szabad? – szuszogtam. Nevettek, de a mondat szállóigénkké vált. Leander is nagy gyakorlója volt a sámánszernek, de minket nyilván elítélt miatta. Nemigen merészkedett a közelünkbe, ha együtt voltunk, közben pedig, ha magamra maradtam, persze hozzám megpróbált újra utat fúrni a felépült sziklatömböknek látszó hártyán át, tőle óvott.

Sajnos még így is túlzottan hasonlított Vére, a képzelt fiúmra, akiről még mindig nem meséltem. Az első hét végén be kellett mutatnunk egy nyáron készített mestertárgyat.

Matilda, a kerámia szirén bemutatásával léptem színre először az új, még misztifikáltabb Hedvig képében. Körüllengett valami furcsa, fekete köd. Duplatapsot kaptam. Lean egész éjjel ébren volt, mert megfeledkezett nyári kötelességeiről, ezért a Pantheonját egy müzlistányér meg pár vécépapírtekercs helyettesítette.

Az előadások végén utánam rohant. A nyakamba kapaszkodott, amit én tűrtem. Némán másfél órát állva visszaölelés nélkül bénáztunk a járdán, ahol, mint szigetet, került meg bennünket a hömpölygő gyerektenger.

– Ez most két fiú vagy két lány? – mutogatott a sok zsebember. Megcsókolt, de voltaképpen elutasítottam. Egy húzásod van, öcsi.

Hétvégén nem keresett, nem írt, nem hívott fel. Ezt elbaltázta. Hétfőn elém állt, kérdőn, én pedig vállat vontam.

– Nem izgat. Ennyi volt. Viszlát, Lean! – Otthagytam. Büszkén, flegmán.

Pár nap múlva a büfénél támasztottuk az asztalt Dáliával. Gondoltam, feltűnően kedves leszek vele, hogy lássa, hogy lássa mindenki, megtagadom az utórezgéseimet Leander iránt. Ekkor elénk ugrott Alex:

– Mondd, hogy én vagyok az egyetlen, aki nem tudta, hogy Leander összefeküdt Rebekával?! Rebeka. Egy harmadikos kórista, aki kismillió csalogató virágszirmot növesztett a lábai és a keblei közé. Mesterien csinálta.

Nem. Nem Alex volt az utolsó, hanem Rebeka mindenkori kedvese, Matyi, és én.

Matyi elkeseredését aztán megosztotta néha az enyémmel. Szavakba öntöttük a csalódást. Később mégis visszahevert Rebeka elátkozott pipacsmezejére szundikálni. Akkorra már Zoárd is azon pihent meg.

Hányinger kerülgetett sokáig, pedig már tudtam, egy hajszálnyi tudatosság választ csak el Leander kegyeinek ismételt kajtatásától.

Az erőltetett távolságban minden délutánunk egyöntetűvé változott a családdal. Eljött az első alkalom, hogy egy pénteken elhintettem Bogdánnak: ha gondolja, az utcai kóborlás helyett aludjon nálam, hiszen úgy volt, egyedül leszek a lakásban.

Bogdán gyanakodva bár, de legalább annyira mohón igent mondott, és ezzel egyben meghívatta Alexet is. Késtek. Tizenegy is elmúlt már, mire tévutakon bolyongva felbukkantak az erdő peremén. Két álmos farkas, négy, rózsaszín csíkokká változott szemmel.

– Na jó, most mondhatnám, hogy baromira haragszom, de túlságosan szeretlek titeket hozzá!

– Tudjuk, kicsi Hédi, tudjuk – nevetett a két árnyék kajánul.

Bogdán és Alex voltak a gimnázium legrettegettebb maffiózói. Nekem más jutott belőlük. Ázott kisállatok voltak, túl csapzottak, hogy legyen, aki be akarja őket fogadni. Bogdán belépett a lakásba, és amint lehámozta magáról a fűszer- és cigarettaillatú sálat, megkérdezte, hogy kaphat-e egy bögre meleg, mézes tejet. Fájt a füle a hidegtől.

Én voltam a kishúg, aki reggelente annyi szendvicset csomagolt, hogy mindegyiküknek jusson, és aki kitartott mellettük az iskola összes ócsárlásának ellenére. Egyetlen okom volt rá: a hála. Életemben először ezek négyen engedték, hogy azt érezzem, hozzájuk tartozom.

Ettől függetlenül persze megesett, hogy mégis úgy éreztem, az őrületbe fognak kergetni. Egy nap a portásnő szólt, hogy ajándék vár engem az udvaron, egy kosárpalánk alatt. Minden bátorságomra szükségem volt. Délelőtt valaki lopott a szekrényemből, úgyhogy felkészültem a leselkedő gonoszra. Néztem az egyik rámpánál, aztán a másik alatt, majd feltűnt, hogy a harmadik lábai között egy kicsi, szürke karton díszeleg. Nem láttam tisztán. Legyintettem: biztosan nem az. Aztán mégis. Sehol semmi, csak az az egy. Na jó, megnézem. Közelebb, közelebb és közelebb. Aztán megláttam.

A dobozban valaha ócska teasütemény lehetett. A linzerek nyoma még látszott a karton fenekén, amin most valami egészen más feküdt. Ott rohadt benne egy húsától alig megfosztott, fejetlen varjútetem. A lábai keresztbefonódva, a szárnyak szinte sehol, a fej meg ugye vesztve. A bordákon még majdhogynem bőr. Valami megehette. Galamb, patkány, darázs, minden, aminek gyomra van ezekhez. Ez volt az ajándék. Nem kincs, nem élő meglepetés, hanem kicsomagolt rohadás. Nem tudtam, ki tette, vagy csak nem akartam tudni.

Mikor Alex visszatért az iskolába, már kihalt belőlem valami. Vagy éppen felébredt belül. Az eszelős riadalomtól kitágult pupillákba értetlenség települt.

– Cicácska, mi a baj? Kicsi Hedvig, mondd, rosszul vagy? – kérdezte a Kalapos.

– Nem igazán tudom elmondani...

– Na de mégis! Ki vele! Nem tetszett az ajándék?

Ő volt. Alex küldte. Addigra egy konténerbe dobattam.

– Ó, ne! Ne mondd, hogy nem örültél neki! Azt hittem, értékelni fogod. Hiszen varjú! Tudod, a te kedvenc kismadarad! Fekete és okos, akárcsak te vagy! Ne nézz rám így kérlek! – Meredtem tovább, ahogy korábban. – Még a végén hamarabb őrülsz meg, mint én! Azt pedig ugye te sem szeretnéd? Roppant féltékeny lennék.

Behízelgő hangja tovább fokozta a libabőrt. Aznap nem kóboroltam velük.

Az éjszakába egyébként sem volt szokásom utánuk nyargalni. Én a kendertelen órák részese voltam. A saját szellemi tisztaságomra pedig ügyeltem, hogy ne legyen igaz a sok vád, amit a nevelőink az arcomba toltak. Félrehívott a Gomba:

– Hédicske, neked Lean a lelkitársad, ezek a fiúk, nem is tudom, én félek tőlük. Kihasználják azokat, akik hozzájuk csapódnak.

Vagy netán egy random osztály random testnevelője:

– Kisasszony, Bogdán és Alex nem megfelelő társaság egy ifjú hölgy számára, vigyázzon! De az is lehet, hogy egy arctalan nő szólt be csak úgy a tanári ablakából:

– Na, itt az ötödik bagós, tessék szépen móresre tanítani a cimboráidat, hogy húzzanak a biciklitároló területéről a szünetekben. Nem dohányzóhely! Világos?

Viszont lehetett akár a művészeti vezetőnk is, a jó öreg Ilka néni, aki kifogásolta a szövetségünket:

– Ha még egyszer meglátlak az egyik félőrülttel ugrabugrálni a folyosókon, kiváglak a darabból!

Milyen darab? Ja, igen. A musical, ami Bogdánt és Zoárdot összehozta, engem is magába zárt. Kaptam egy mellék-mellékszerepet, hogy csillámport szórjak egy hintából, ami leereszkedik a zsinórpadlás egéből.

Különös stratégiát eszeltem ki. Mindent, de mindent elmondtam anyáméknak. Az összes drogról, az összes ellébecolt napról, bántalomról, ami ért minket, amire fel a szüleim úgy döntöttek, megnézik közelebbről ezeket a fiatalurakat.

Egy szülői fogadóórán a Gomba sérelmezte, hogy velük töltök minden napot. Anyámat felbőszítette;

– És mégis maga szerint mit művelnek a lányommal? Mi a baj azzal a négy fiúval?

– Nézd, kedvesem, Kamilla, én nem tudom, én... én... én csak félek ezektől a fiúktól, olyan idegesítőek, és dohányoznak. Dohányoznak...

– Bankot fognak rabolni, Nelli?

– Nem, dehogy.

– Talán meg fogják erőszakolni?

– Te jó isten, drágám, dehogyis, nem, nem!

– Esetleg füvezni fognak a lányommal együtt?

– Nem, nem hiszem, Hedvig annál egészségtudatosabb.

– Akkor pedig kikérem magamnak, azaz a lányomnak és a barátainak ezt az inkvizíciót, Kornélia! Ott, az osztályterem kellős közepén felpiszkálták az alvó oroszlánt. Más tanárok és szülők jelenlétében sírás és ordítás tört ki. Még jó, hogy anyám megígérte, nem csinál botrányt. Mi lett volna, ha megszegi az ígéretét?

Másnap a szüleim megkerestek minket Bogdánnal és Alexszel, mikor a plázában loptuk a napot, hogy mindkettőjüket meginvitálják vacsorára.

Komoly étterembe mentünk. A féléves karácsonyi koncertről lógtunk el, hogy odaérjünk arra a vacsorára, ahol a szüleimnek teljesen nyíltan beszéltem a fiúk különböző tudatmódosítási szokásairól. Nem mondom, a srácok megilletődtek, de aztán nekik is leesett, hogy a szüleim ezt benyelik és elfogadják. Bogdán tekert egy egyszerű dohánnyal töltött, kézisodort cigit anyámnak, én pedig eltüntettem egy teljes sült sajtos salátatálat. A fiúk megrökönyödtek. Sosem láttak még almán kívül mást is enni. Utólag ennyit mondtak csak:

– Ez egyre inkább olyan Hedvig, mintha mindannyian veled járnánk, és most mentünk volna először családi vacsira, bemutatkozni. De azért, tudod, az van, hogy hatalmas arc édesanyád és az apukád!

– Ja, ja, igazi vörös királynő, apád meg az a tipik őrült professzor forma a dáma mellett! – kontrázta Alex. Örültem, hogy így látják. A szüleim védelmére is ugyanolyan szükségük volt, mint az enyémre. Az ő empátiájuk is ragasztó volt az ötágú csillag közepén, ami segített együtt maradni.

Mindeközben nem múlt ám el a veszély. Lean is szerepelt a musicalben. Nem telt sok időbe, hogy a körülöttem való korzózása után a színfalak mögötti raktárban egymásba fonódjanak a szavak és a karok. Bogdán hamar kiszagolta.

Szilveszterre ott tartott a fokozódó nemzetközi helyzet, hogy Bogdán, Alex és Zoárd is elkísérte már Leandert egy hosszú sétára, hogy pár pofonnal figyelmeztessék:

– Ha egy ujjal is hozzányúlsz, ha bántod, akkor nyissz! Kitekerjük a csinos kis nyakad!

Mindhiába. Leandert végül én küldtem el újra.

– Leander, lefeküdtél valaki mással. Egy kurva sátorban! Talán csak az emlékemet csaltad meg, de elég kárt tettél így is. Nem hiszek bennünk többet!

És útjára indult a százlábú romlás.

Alexet nem vették be a darabba. Nem vállalták a devianciáját. Emiatt kevesebbet volt velünk, de cserébe mindannyian kaptunk egy keresztanyát, Ramónát, a sulis kórus vezetőjét. Az egyetlen belsős menedék lett a bürokrácia és a korrupció vásott fogú útvesztőiben. Ennek a pöttöm, mindössze százötven centiméteres nőnek fekete volt a haja, de benne rejlett egy piros csík. Volt egy kisfia. Igazi, jó anyánk volt nekünk is mindig, a fekete bárányoké. Nem szenvedhette azt az indokolatlan kitaszítást, ami a fiúkat érte. Csodáltuk őt, és szomjaztuk a jelenlétét. Alexet kevésbé ismerte, de azért ő is elfért velünk a szárnyai alatt.

Alex rossz volt. Az igazgató és Ilka néni kipiszkálták a drámatagozatról és átkerült az általánosra. Feltalálta magát, de a helyzet megaláztatásként érte. Hamarosan Bogdánt is beszélőre hívták. Ha nem távozik magától, segítenek neki.

Egyszerűen azzal irritáltuk a teljes társadalmat, hogy sötét ruhákban jártunk és nem vágtunk jó képet a rabszolgasághoz, főleg a mélytudatlan gerinctelenség szóban forgó, ódivatú formáihoz. Ahogyan egyszer épp Ramóna fogalmazott: „Hedvig, az a baj, hogy rossz végére születtünk a fasznak, de mindenesetre könyvet tudnánk írni a szopásból!"

Így is volt. Hiába vittek minket körbe az országon. Felléphettünk a keleti határon várszínházban, a Capitoliumi Színházban, Budapesten, de a fiúk mindenütt kizsigerelésnek voltak kitéve. Zoárdot és Bogdánt hagyták dolgozni, de tulajdonképpen csak kikészítették a bőrüket cserzés előtt. Többé nem volt olyan előadás, amin józanul vettek volna részt. Egymás után tekeredtek fel a csigák és morzsolódtak a növénymartalékok a férfiöltözőben.

Egyre abszurdabb momentumok roncsolták a belső rendet. Kormos, a legidősebb, aki szoros értelemben nem is tartozott a család körein belülre – de csak azért nem, mert őt hosszútávon még mi sem toleráltuk – kikelt magából. Fajtalankodásért állították félre. Repült a darabból. Rossz ötlet volt zavarában bemutatnia a farkát a főszereplő kislánynak. Léna sírt, akkoriban jártak, Ilka ordított. Schwartzot kirúgták. Mintha a fekete sárkány egyik fejét levágták volna. Eldöntöttem: itt hagyom ezt a foszladozó hazugságtákolmányt, iskolát váltok.

Nem sejtettem, hogy márciusra, mikor épp nyakra-főre ünnepeltük a banda tagjait, Alexet páros lábbal rúgják ki. Pedig az utóbbi időben kifejezetten meghúzta magát – igaz, az éjszakákat egy csikkszagú lakásban randalírozták végig, pár utcányira az iskolától. Ide hordták fel a véletlenszerű lányokat. Nem vetettem meg őket érte. Mind éheztünk.

Na már most. Tudvalevő, hogy a szerelmet bennünk előidéző kémiai folyamatok és a hormonok egy szakítás után minket még szerelmesebbé tesznek, mint amilyenek korábban a kapcsolat eredeti ideje alatt voltunk. Szegény Vince! Krónikus göndör-barna-haj és kékeszöld-szem fétisben szenvedett, ami arra sarkallta, hogy Debrecenbe is utánam jöjjön. Csak Leander ingerlésére volt jó, de le kellett törnöm a kis lovag szarvait. Nem kellett eléggé sem most, sem korábban. Vince szeretete nem impozáns volt vagy romantikus, hanem csoffadt és kellemetlen, mint az ajtónk előtt hagyott rózsái.

Levélben búcsúztam el tőle. Mint később D-től megtudtam, soha nem bontotta fel, de legalább nem keresett többé. Ő volt az egyetlen zaklatóm, akitől sikerült az első, még csak nem is haragos felszólításra megszabadulnom. Megértette, bár ettől függetlenül a testi hasonlóságok felismerésével rámászott Dominikára.

Nem Leander vádló tekintetét volt a legnehezebb elviselnem. Jobban zavart a művésztanáraink kényszere arra, hogy minket minden darabban szerelmesekként tüntessenek fel. „Hisz olyan jók együtt!"

Samu, egy a korhadt harmincas színészoktatóink közül, sportot űzött ebből. Mintha igazán nem értette volna meg, hogy nem vagyunk a szó szoros értelmében egy pár. Samu is játszott a musicalben. Egészségtelen volt ez mindenki számára, nem tudtuk, hol van a „Hello" és a „Jó napot kívánok" határa. De legalább így egyszer volt alkalmam feltenni az ominózus kérdést:

– Szerinted mégis mivel kéne igazából foglalkoznom, meg többet? Kedvem mindenhez van, de tehetetlen vagyok.

Mire azt válaszolta:

– Nem tudom, Hedvig, te vagy az iskola Good Will Huntingja, nem tudok segíteni neked.

Igen. Ő volt ez a mondat.

Valentin-nap környékén a változatosság kedvéért eszembe jutott Leander. Madártejet csempésztem a táskájába, ő pedig egy verset rejtett el a naplómban. Ezt akkoriban gyakran csinálta. Mivel folyamatosan nálam voltak a kis füzetek, kifigyelte, mikor nem vagyok az öltözőben és belecsempészte az aktuális nyáladzást. A versekben az állt, miként tenne egy jó darabig talonba, „míg más virágmezőkre szálldogál tova". Az aktuális tisztást úgy hívták: Flóra.

Rettenetesen írt. Egyenesen öklendeztem a verseitől, szánalmas ömlengés volt mind. Mégis elhitette majd' az egész várossal, hogy ez „fennköltészet". A kézírása is biztos jó csemege lett volna bármely grafológusnak...

Már döngetett kapuinkon a tavasz. Nem láttam a hazugságot. Aztán csak két egymásba kulcsolt kéz tűnt fel az előttem elnyúló pad alatt. Leesett az állam és hápogva néztem körbe. Mint kiderült, megint csak én nem értesültem a dologról időben.

Ez egy keddi nap volt. Aznap táncórán pattogtunk estig. Aznap már nem volt itt Alex. Aznap túl sokszor hívtak a portára, hogy én csörgessem helyettük az elkóborolt farkast, hátha nekem felveszi –hivatalosan még nem szűnt meg a jogviszonya. Aznap nem értettem semmit. Aznap is szörnyű álmom volt – minden éjjel meghaltam, de az ébredés sem volt jobb a fulladásnál...

Berohantam a mosdóba. Sikítottam, ahogyan a torkomon kifért. A harmadik sikítófrász.

– Valaki vigyen ki innen! – Noémi törte rám az ajtót, és magához ölelt.

– Semmi baj nincs, Hedvig, gyere ki, nem lesz gond! Csönd, csönd!

Aztán ő is sírni kezdett, mire a lépcsőhöz értünk, és mindenki körbeállta. Fájt neki, hogy a fiú, akit kinézett magának, nem küld elég boldog szmájlit. Rám nem figyeltek, tovább szaladtam. Öltöző. Öltözőben táska, táskában tolltartó, tolltartóban tű és körző, sebbenzin is kéne. A zuhanyzók között bújtam el. Az utolsó padkán ültem a penészedő falak között. Bal csukló megfeszítve, körzőhegy bele a bőrbe. A tű nem volt elég éles. Lassan hasította a hét réteget, és többször át kellett szántanom a vonalon, hogy elég mélyre menjen. Pirosló orral és tág szemekkel meredtem a sebre. Mély levegő!

– Hedvig, ezt talán nem kéne! – hintázott be egy homályos fej az ajtón. Sanda megvetéssel néztem vissza rá.

– Én inkább bemegyek – mondta, mire felhúztam a felső ajkamat, mintha vicsorognék, és ő úgy vette, bólintottam.

A terembe érve pörögni kezdtem a vörös szaténszoknyák között. Egy fiú a vállára emelt, a bal csuklómat pedig a magasba tartottam. A forgás egy percre sem állt meg. Keringő. Alig vérzik.

Másnap Lean felkeresett. Az egyik folyosó végében volt egy kis pótszínpad. Arra kuporodtunk áttárgyalni a történteket. Rettenetes fájdalmat éreztem, elmúlt az a frissesség, ami a vágás szélének pirosságából eredt. Átvertek, kijátszottak, Alex pedig hiányzott nekem.

Elmondtam, hogy nem baj, hogyha belezúg Flórába, de ne nézzen gyagyásnak. Tudtak a kezemről. Tudták, hogy vágtam.

Egy éjjel kiszöktünk, hogy kicsit összeölelkezhessünk egy erdei bungalóban. Lebuktunk. Flóra udvartartása hamar tudomást szerzett a dologról. Csalni a nextet az ex-szel, aki végül is nem is ex, inkább csak egy „még mindig". Nem igazán tudtam eldönteni, mit remélhetek. Gertrúdról, aki a fejleményekről tájékoztatott, el tudtam képzelni azt is, hogy Flóra küldte a közelembe, mint valami kémet. Ő nálam sokkal avatottabb volt Lean és Flóra ügyében. A következő reggelen már rég morajlott a susmus. A lányok, akik meglestek bennünket, azonnal elpletykálták, amit láttak, persze szaftosan és színesen. Flóra pedig tajtékzott.

Engem arról is elfelejtettek tájékoztani, hogy amint felpattantunk a titkos csókpartiból, Leander megeresztett egy telefont kedvenc virágszálának és kitálalt. Persze vadiúj perspektívából. „Bocsásd meg, hogy félreléptem." Megvallotta, hogy én, a gaz elcsábítottam, de valójában már RÁ van szüksége. Eltelt egy hétvége. Három nap katyvasz nélkül. Kikapcsolódott bennem egy gomb.

Hétfőn Leander nem értette, hogy miért nem szólok hozzá. Mikor elsuhantam mellette a terem ajtajában, utánam fordult:

– Hé, na, most mi van? Hová szaladsz? Mi bajod?

– Szerinted mi bajom?

– Elképzelésem sincs.

– Ó, tényleg? Na, akkor segítek. Erdő, bungaló...

– Csókolóztunk, igen, és?

– Tovább, törd a pici fejedet!

– Nem értem, mire célzol.

– Jaj, te mamlasz, hát Flóra?

– Ja! Szóval tudsz róla.

– Tudok, és hánynom kell. Ha két csajod van, legalább ne tudjunk egymástól egymásról!

– Na jó, figyelj, rohanok, de várj meg a folyosó végén.

Úgy is lett.

– Elegem van a játékaidból. – Lábaimat szétvetve ültem, ölbefont karral. Ő szemközt heverészett egy padon. Az iskolaszekrények bádogbordáit piszkálta. Idegesen néztem a műveletet.

– Ugyan már, úgyis az lesz, mint általában. Most nyűglődünk egyet, aztán megcsókollak, és minden meg van oldva.

– Tégy egy próbát!

Felállt, cuppantott. Ahogy sejtettem. Semmi.

– Még egyszer! Hátha...

Újra megtette. Teljesen hatástalan.

– Nekem erre nincs időm, majd beszélünk – és elrohant.

Pufogtam kicsit, aztán az udvarra oldalogtam. Ott állt Gertrúd Noémivel. Magukhoz intettek.

– Hedvig, nézd, mutatunk valamit!

Flóra legutóbbi üzenete volt. Monológ az elsőszámú érdememeimről.

„Hihetetlen az a gyógyszeres ribanc! Másra sem képes, csak tönkretenni mások boldogságát! Miért nem lehet csak úgy sírni? Neki fel kell vágnia az ereit, hogy figyeljenek rá, pedig semmi extra, csak annyit tud, hogy gusztustalanul hajlékony és nulla-huszonnégyben játssza az agyát!"

Megkottyant a táskámban a nyugtató. Az új pszichonénim adta. Felnéztem a telefonból. A hátunk mögött, úgy tíz lépésnyire állt Flóra. Lepergett bennem a kisfilm arról, ahogyan megtépem. Mély levegő.

– Lányok, én azt hiszem, most hazamegyek – nyeltem egy nagyot, és fortyogva tovább krosszoltam.

Fél perc múlva telefonáltam Alexnek.

A famili és Lean együtt vonultak a napi beszerzésből visszafelé vezető úton. Velük volt még Bóbita, Arnold húga, akit féltve őriztek Alex társaságától, ugyanis a kislány évek óta halálosan szerelmes volt belé. Szemmel láthatólag nem sok sikerrel.

A zebra közepén értek egymásba lépéseink, hát azonnal belefogtam:

– Ide figyelj, Leander! Utasítsd helyre a kis szukádat, mert különben én fogom tisztába tenni, és abban nem lesz köszönet! Olyat kap, hogy a kórházpadló adja a másikat, világos?

Lean látszólag még mindig egy szót sem értett az egészből.

– Ne parázz már, engedd el. Ő ilyen, tudod, hogy jobb vagy nála, nem tehet róla, így reagál, ha veszélyben van.

– Nem érdekel, Leander. Különben is szép véleményed van a kedvesedről! Tűnj már a szemem elől! Kiborítasz! Engedj már el!

– De hiszen nem látod? Minket egymásnak teremtettek, olyan jól illenek egymáshoz még az árnyékaink is! – mutogatott a járdára.

Szerencsére hamar elterelték a figyelmem. Bóbitára összpontosítottam. Aznap még nem evett semmit. Szakadt harisnyájának az ülepe combja közepéig csúszott. Egy bottal a monogramját rajzolta a homokba:

– Egyszer még sokat fog érni, hogy itt jártam!

Kiderült, egy napon születtünk, és bármilyen idétlennek is tűnt, valójában pár órával ő volt idősebb. A többieknek nem tűnt fel, de egyre közelebb sodródtam Bogdánhoz. Összekötött minket az elfojtott sóhaj, amit várható távozásunk tüdeje eresztett szélnek.

Egy alkalommal úgy jött ki a lépés, hogy két előadás között Zoárddal együtt nálam aludtak. A változatosság kedvéért még Dominika társasága is tarkította az estét.

Zoárd hamar jóllakott, és pár felhőnyi marihuána után édes álomba zuhant a szoba közepén. Dominika félálomban forgolódott. Bogdán mellé feküdt az ágyra, én pedig közéjük. Bogó vállára ejtettem a halántékom.

– Szeretlek titeket! – mondtam.

– Mi is szeretünk téged, Hédi! – Csak Bogdán szólalt meg.

Meglepően szorosan ölelt meg, lassan halk simogatássá változott a szorítás. Apró ujjbegynyomások vontak összébb bennünket egy kevésbé testvéries fonatba. Borzongtunk. Az arcomat jobbról a nyakába fúrtam. Az illata, akár egy gyógynövényes raktáré füsttel.

A biztonság kedvéért gyorsan feltápászkodtunk, hogy a balkonomon elszívhasson még egy cigit. Langyosodott már az este. Nem csípett a tavaszdér. A fák felértek a tetőig, és alattunk elterült az erdő. Dominika és Zoárd odabent szuszogtak, a spangli kerek vége pedig felsistergett narancsosan, eregetve azt a jellegzetes illatot, a parfümünknek lehetett nevezni. Bogdán hanyatt dőlt egy nagy kerti székben. Rövid távon rámásztam. Magának köszönhette. Éppen átfújta a füstöt a számba, hátha így majd megtanulom, hogy kell azt letüdőzni, aztán az ajkait az enyémekre zárta. Visszacsókoltam.

– Ezt lehet, hogy nem kéne. – A szemét behunyta, de újra a szájához húzott.

– Akkor miért folytatod? – mosolyogtam, és már szinte haraptam a széles, de izmosan kemény ajkakat. A nyál épp csak nedvessé tette a vöröses hártyát. Gyorsult a lélegzet. Cikázott ki és be, tüdőből tüdőbe. Szánkázott rajtam a hideg.

– Menjünk be! – búgta. Kézen fogtam. Beleszunnyadtunk az ölelésbe. Nem kellett több a szájnál a szájhoz, csak úgy jó volt. Tilos, de régóta keresett.

Pár órával később felzizzentünk, és abból mozgolódás lett. Tapasztalatlan voltam. Vezette a kezemet. A tenyeremben landolt valami meleg és áttetszően fehér. Kifújta a levegőt és elaludt, az én lábaimon pedig végigkúszott az első hajnali fény. Másnap nem emlékezett. Nem szóltam egy szót sem. A kérdések bennem rekedtek.

A következő hétvégén a hegyekbe kirándultunk az osztályommal. Leander csak a második napon csatlakozott. Addigra egészen kiestem az ökoszisztémából. Magányos, sötét pont voltam, és mi tagadás, marha jól esett. Zoárd nem jött a buszos túrára. Persze Leandert nem tartotta vissza kényelmes fekete pajzsom, kényszert érzett, hogy mellém üljön.

Ez is egy visszakönyörgési kísérlet volt, bármily meglepő. Nemet mondtam.

Estig vártam. A nyirkos fák alatt találkoztunk, míg a többiek sorra áldozták fel józanságukat a szégyen kőasztalán.

– Lean, én elmegyek. Nem leszek az osztálytársatok többé – böktem ki.

Eddig csak Bogdán tudta. Közös volt a titkunk. Az ő petrencerúdja is kifelé mutatott innen. Leanderben valami roppant egyet. Kétségbeesett, könnyes jajveszékelésbe fogott. Reszketve szorongatott, ahol csak ért.

– Ne, az nem lehet! Te nem mehetsz el! Te maga vagy itt az élet! Nem mehetsz el, drága Hedvig... Hedvig!

Levegőt is alig kapott. Aztán rádöbbent, hogy nem ölelem vissza. Felállt és elkullogott.

– Tényleg elmész? – szólalt meg egy hang a sötétben.

– Tényleg.

– Szerintem jól teszed. Én is elmennék a te helyedben, ha megtehetném – lépett elő Villő, az erdei tünde arcú osztálytársunk. Határozottan kedveltük egymást valaha. Zoárddal egy

tőről eredtek. Őket az általános iskola békességre meg nyitott-
ságra nevelte. Elkélt, hisz a *waldorfos* szónak még a drámások kö-
zött is felemás felhangja van. Tudtam, hogy benne megbízhatok.

– Megtennéd, hogy...

– Ne aggódj, nem szólok senkinek!

Megérintettem a vállát.

– Köszönöm!

A vizes füvön át mezítláb besuhantam a hálókörletbe. Le
is dőltem volna. Unatkoztam. Noémi és Gertrúd rontott rám,
megtörve a magányomat.

– Hedvig, mondd, hogy nem ráztad le megint!

Fapofát vágtam.

– Nézz már rá, majd' megszakad a szívem, hogy így látom! –
nyafogott Noémi, és az ajtóban elsuhanó Leanra bökött egy fej-
rándítással. A lányok úgy tettek, mintha nem fújták volna kí-
vülről a kegyetlen drámánkat. Sztorira vadásztak, de letojtam.
Buddha nyugalmával nyugtáztam, hogy a szőke fiú szájából
egyszerre több cigi állt ki.

– Nem érdekel, Noémi! Itt az ideje, hadd szenvedjen egy ki-
csit, pontosan tudod, miket művelt velem!

– Igen, tudom, de olyan cuki volt most, mutatta a versét is,
amit neked írt. Ez tényleg szép lett.

– Késő bánat. A vers jobb, mint a többi, de ettől még szar.
Különben meg, unom már ezt a huzavonát, törődjön végre bele,
hogy eljátszott. Már régen eljátszott egy kártyapartin.

Pár nap múlva elmeséltem Noéminek, mi történt Bogdán-
nal. Azon sopánkodtam épp, hogy nem tudom, mégis hogyan
kanalazzam össze a bátorságomat és írjak neki.

A levelem hosszát számba véve Bogdán azt mondta:

„Figyelj, elég fáradt vagyok, de igyekszem mindenre vála-
szolni!"

Az lett az eredmény, hogy:

„Valóban alig emlékszem, de bármi is történt, nem kellett
volna belemenni."

Bántó, de elfogadtam. Megszoktam. Tudtam, hogy nem va-
gyunk egy súlycsoport. Pár percig elhihettem, jól hangzott.

A pszichiáterem csodált, amiért ezt az újabb visszautasítást ilyen szépen viseltem. A legtöbb nyavalyámért kinevetett, és én szinte többet tudtam az ő anorexiás múltjáról, a sporteredményeiről meg arról, hogy a kicsi fia már nem ad puszit reggelente, mint amennyit ő tudott rólam. Tulajdonképpen csak szeretett velem beszélgetni. Ebben az időszakban végre egyetértett a pszichológus és a pszichiáter valamiben. Ja, igen, mert mind a kettőhöz jártam. Így heti kétszer lóghattam el valamiről, amit végigaludtam volna. A közös tanács ennyit tett; tegyek rendet magam körül. Tisztogassam le a ruhatáramat, redukáljak a gyűjtőszenvedélyemen, rendezzem át a szobámat, és higgyem el, minden sokkal jobb lesz. Az életemet szakaszokra bontva össze kellett keresnem tárgyakat, fotókat, emlékeket, amikből felvázoltam, ki vagyok én.

Nem letisztulás jött azonban, hanem démonfogócska. Mivel tudtam, hogy elhagyni készülök a fedélzetet, úgy gondoltam, nem állom tovább az ócsárlásokat. Ha már sárosnak bélyegeztek, olyan sáros lehetek, amilyen csak lenni akarok. Kértem egy gandzsát a tizenhatodik születésnapomra.

Kívánnám neked, hogy
Szivárványszín szárnyon
Váltsd meg az egész Tündérvilágot.

Kívánnám neked, hogy
Életutad látván
Gyújtsanak neked mind mennyei lángot.

A bámulóid, ott, szürke tömegben
Énekeljenek – nem másnak, csak neked
S közben érezd majd ott fenn,
Mennyire csodás az életed.

Kívánnám azt is, hogy
Lent a nyúlüregben
Szórakoztasson a tudat, hogy
Szüntelen ismétlődő percek
Szürke tömkelege mind csak
Azon agyal, hogy járjon kedvedben.

Kívánom, őrizd csak
Kulcsát kis szívednek.
Bújj kicsiny záradhoz
S keveseknek engedd
Csak, hogy a kulcslyukon
Benézzenek,
Hogy tőled majd sok szépet kérdezzenek.
És ott fogok állni.

S ha nem jövök be,
Megvárlak kint.
Társaimmal tudván,
Hogyha majd int.

A megbújt szőrpamacs a torta mögül –
Nem tettleges lesz az, csak egy fél fül
Mozzanata, hetykén, mint fuvallat,
Mely hegyek tövében engem altat.

Nektárt inna ott a méhekkel –
Zümmögnek, melynek neszére felkel
Mind, ki él s kiben lüktet a szellem –
Akik elfogyasztanak engem.

De vadászként nem lesz majd Préda, hát enni fog.
Hát ezzel kívánok
Boldog Szülinapot.

Az utópiák, ahogy felnövünk, a saját bőrünkön disztópiákká torzulnak. Ahogy az álmaink nem, vagy másként teljesülnek, lehullik rólunk a köntörfal és az összes köpenyt megfordítjuk, amit a szüleink valaha ránk terítettek. Aztán már inkább mi tanítjuk őket, mint ők minket. Ez így van rendjén. Ahogy nyílik a harmadik szem, és barázdálódik az el nem piált sejtek körül a dió, az agy, ráeszmélünk, milyen jó is volt az a vasfüggöny, ami az üvegburán túlit sértetlennek és távolinak mutatta. A kör bezárul. Párba állunk, vagy kommunába, kinek hogy, annak érdekében, hogy létrehozzunk valamit, egy esélyekkel teli OPCIÓT az újrakezdésre. Vele, az új eséllyel, az álommal, mi megkapunk mindent, ami eddig eltörött, minden beváltatlan ígéret újra aktualizálódik. Az álom vagyunk mi, a mindenkori GYEREK. Ez a gyerek a történet Hedvigjének esetében már második almos előállítmány. Genetikai quodlibet, polifonikus őskáosz, a rokonok művészeti intuícióikon alapuló összessége. Ezzel muszáj valamit kezdeni... legalábbis úgy érezte.

A tizenhatodik születésnap nem volt extra. Esett. A szüleimmel színház. A család délelőtt minden irányból arcon csókolt. Aztán Bóbitával bolyongtak. Elvégre neki is tizenhatosa volt.

Lean elém oldalgott, talán adott is valami fecnit a kezembe. Szörnyű kézírás és szörnyű, rímtelen vers. Így is túl sokat őrizgetek közülük, megy a kupacba. „Mindet ki kéne dobni" – gondoltam.

A születésnap ünneplése viszont extra volt.

A szombati tanítás végén búskomoran himbáltuk fejünket az iskola parkjában.

Elköszöntem tőlük. Noémivel Egerbe indultunk, ahol Dominikával hármasban terveztük megtartani a csajos, zabálós bulimat.

Annyira szomorú voltam, amiért a fiúk nem mutattak különösebb érdeklődést a jeles nap iránt, hogy Noémi anyukájának kókuszos kockájából majdnem az egész tálcát betömtem, mire Egerben leparkolt az autó. Aztán ott folytattam az evést valami mással. Joghurtok, sajt... tejmérgezés. A csoki a fiókban, a hűtőben a pohárkrém úgy csábított, mint az Északi-sark az iránytű mutatóját.

Csengettek. Anyám szólt:

– Ez biztosan Paszkál! Rendeltem sajtot, menj, fizesd ki, szerintem azt hozta!

Paszkál a szomszédunk, a házisajtkészítő mester csemetéje. Kisebb gyerekként sokat viháncoltunk a sáncon... két keréken, nyolcon, rúgtuk a bőrt, bunkereztünk és áttársasoztuk a szilvesztereket.

– Paszkál! De régen láttam, megyek is – ugrottam, és sikítottam. Nem a sajtosfiú állt az ajtóban.

Zoárd, Bogdán és Alex vártak mosolyogva, fejenként egy doboz tejjel. Folyton azt vedeltem. Hátrahőköltem a kutricában, neki az előszobaszekrénynek.

Kitártam az ajtót és olyan lendülettel ugrottam a nyakukba, hogy kiütöttem Zoárd és Bogdán füléből a tágeszt. Nem hittem a szememnek. Majd' kibújtam a bőrömből. Anya szervezte az egészet.

A fiúk megkavarták a tervet. Lepattantak a buszról, hogy vizeljenek, az meg a cókmókjukkal együtt elhúzott. Apámnak várnia kellett rájuk egy plusz órát, a motyót meg lehalászhatta az eredeti járműről.

Amennyire emlékszem, abban a szombatban és vasárnapban más sem volt csak gyom, gyomor és kaja. Hogy idézzem Alexet, aki épp a felső terasz korlátján lógott:

– Idehívtak, akkor azt is tudták, mit fogunk csinálni! Senkitől nem kérek elnézést...

Olyan dühös lettem, amiért Bogdán jelét sem mutatta annak, ami történt, hogy egyszer csak engedtem a kényszerítésnek. Minden áron látni akarták, ahogyan Dominika és én csókot váltunk.

– Gyerünk, csináljátok már, hadd lássuk! Olyan régen ismeritek egymást, ne már, hogy sosem gondoltatok rá?! Na, gyerünk!

És Dominika készen állt. Már-már úgy tűnt, a fiúk lemondanak a szoftporn élményről, de az illuminált Dominika nem ingott meg. Alig várta a játékban való együttműködésemet.

Ott ült a fűben, és felém fordította az arcát. Az állát kicsit megemelte, és egészen enyhén összehúzta az ajak gyűrűsizmait. Mikor a fiúk nevetgélve alig figyeltek, bekaptam a csalit.

Nem volt különösebben jó. A fiúk nevetése azért elhalványodott. Meglepődtek, aztán mikor mi is újra két külön alak lettünk a sötétben, jött a remélt és kiprovokált reakció:

– Jézus, lányok, ez király volt! De basszus, hát ez tényleg leszbi, ez nagyon leszbi!

Oda minden. Már nem érdekelt. Nem bántott, de belefogtam volna a bizonygatásba, hogy nem, nem igaz, Bogdán! Persze mindhiába. Ennek lőttek.

Másnap mindvégig kábultan fetrengtünk. Csalódottan, de azért a szeretetüktől megittasodva engedtem őket útnak. Dominika még éjjel elhúzott. Négyen fértek apám mellé a kocsiba, ezért én még egy este erejére maradtam, várva a buszt.

Hétfőtől koplaltam.

A fiúk már túl voltak a rendszeres vadászaton, mikor beléjük futottam. Bogdán a suli környéki rejtekutakon barangolva a nyakamba karolt.

– Na, Hédikém, mi pedig most szépen megyünk, és betépünk!

Kikerekedtek a szemeim, de jól értettem. Ő volt az egyetlen, aki emlékezett, hogy egy kis zöldséget kértem a születésnapomra. Leültetett egy lerobbant játszótéren egy panel-takarta padra, tekert egy elegáns cigarettát, és telizöld felhőt eregetett. Egy slukk neki, egy slukk nekem.

– Úgy, ahogy gyakoroltad, rendben?

Bólintottam. Nem tudtam, mit várjak. Sétáltunk a mindennap megtett úton a park felé az iskola és a színház között, mikor valami megdobbant bennem. Dumm. Feleszméltem.

– Bogdán! – karoltam belé. – Ez az utca eddig nem így nézett ki.

– Ó, igen, Hedvig! Akkor működik!

Egyformákat hallucináltunk. Bogdán remek tanár volt. Biztonságban voltam. A zöld cigaretta az egyetlen dolog az életemben, amiből a legelső jól sült el.

Leültünk a kőpadokra, remegett a lábam, egyszerre égtem és rázkódtam belülről. Szerencsére a valóságban a kutyát sem érdekli, hogy melyik Univerzumban gondolázol éppen. Ha megijedsz, viszont úgy fog tűnni, mintha a falak szeme is rád tapadna.

Aztán villamos. Végtelen volt. Egy hatalmas kígyó, benne gerinc a sok kapaszkodórúd, és borda az ablak és ajtó közti pánt. A kígyó lélegzett, ki és beáramlottak a nyíló hártyákon az emberek. Bogdán keze egy kapaszkodón, az enyém rákulcsolódott. Hagyta, de figyelmeztetett, hogy inkább ne belé kapaszkodjak, mert egyedül kell hazamennem.

– Ez mindenre igaz, Hédi, egyedül kell megoldanod. – Azóta tudom, hogy szegény Bogdán tényleg érezte a családfői poszt összes kötelezettségét a vállán. Bosszantotta, hogy nem boldogulunk egyedül, és mivel tudta, hogy elmegy, aggódott értünk.

– Te, nekem olyan, mintha töviskoszorú lenne a fejemen – mondtam.

– Uh, igazad van, most már én is érzem.

Hamarabb szálltam le, mint ő. A végállomásig ment, ott volt a koli. El sem tudom képzelni, hogyan jutottam haza. A nagy kereszteződésnél még rémlik egy kék macska egyetlen zöld szemmel, amit fekete, villás nyelvével nyalogat, de más semmi.

Hazaérve pörögtem a székemben, megpróbáltam írni, aztán hanyatt feküdtem a szobám padlóján és néztem a plafont, tapogattam magam. Egészen idegen volt a testem, mozdíthatatlan csomagolásként feszül a lelkemre.

Aztán mivel azt a tanácsot kaptam, hogy enni és fürdeni érdemes a józanodásért, enni pedig nem akartam, fürdővizet engedtem. Dübörgött a zene. Úgy tűnt, mintha Bogdán szólna a hangfalból. Ahogy a kádba ereszkedtem, mintha Zoárd hívott volna a bejárati ajtóból. Megőrültem és kiugrottam a kádból. Az ajtót valóban nyitva hagytam, de a cimborám helyett a küszöbön a szomszéd álldogált.

– Szia, Hedvig! – Látszott, hogy maga sem érti, minek a szemtanúja éppen. Meglehetősen zavarban volt. – Ne haragudj a zavarásért, csak szólni akartam, hogy jobb, ha becsukod, mielőtt... mindegy is! Miért lenne bármi? További szép napot!

– Köszönöm... – kiabáltam elsuhanó árnyéka után. Biztosan megzavarta a törülköző, amit magam elé tartottam.

Miközben száradt a bőröm a lazacszínű pulóver alatt, amit hirtelen magamra öltöttem, bedőltem az ágyba. Esett. Alig hétnyolc óra lehetett, de elaludtam. Világított helyettem az ágyam rácsára tekert lámpafüzér. Átaludtam azt is, ahogyan apukám hazaérkezett. Kótyagosságomat biztosan a hétvégére fogta. Hetekig éreztem a zöld füst tele-hallucinációs civódásait a szervezetemben. Ha megérintettem valamit, az dobolt a bőrömön; ha épp elslisszoltam valami mellett, úgy éreztem, megütött; a kanalat nem az én kezem tartotta, a müzlievést végtelennek éreztem. A tanév hátralévő részében már nem igazán estem kísértésbe. Ha mégis, olyan keveset csak, hogy ne tudjon túl mélyre párologni bennem.

Pár nap múlva a pszichológushoz igyekeztem, mikor a ház előtt megláttam az éhesen kóvályogó Bogdánt Alexszel. A szomszédunkba érkezett az aznapi a szállítmány. A házzal szemben állt a hatalmas tölgyfa, ami Leandert is sokat rejtegette. Most ott ültek ők ketten, a farkasok, és papírba tekerték az ópiumos hasist. Nem kellett volna. Főleg éhgyomorra nem.

Nálam víz volt és eper. Bogdán a cigaretta végére egészen elszürkült. Gyenge lett és elfolyt a piros padon. Alex nem tudott figyelni. Egyedül maradtam egy langaléta fiúval, akibe halálosan bele voltam esve, mikor a szája lilult, és nem különösebben lélegzett. Víz volt nálam és eper. Hátrahajtottam a fejét, a bal kezemben volt a tarkója. A jobbomban a hatalmas nyeklő-nyakló flakon. Itattam. Pár korty után végre lenyelte, megrándult. Tompult a sárgásszürke szín az arcán, és rózsaszínre váltott az ajka. Indulnom kellett. Akkorra Alex már felébredt annyira, hogy megígérte, rábízhatom Bogdánt. Persze aggódtam. Hazaérve a pszichóról arra nyitottam be a lakásba, hogy a két fiú az asztali vanitas-csendélet felett ül, és anyámmal cigarettázik.
    – Meglepetés!
    – Na! Hát ti? Lassan hozzászokom, hogy betoppantok a különböző otthonaimba!
    Sokáig emlegettük ezt a délutánt.

68

Minden vacakolás ellenére megünnepeltük a második évindulót Leanderrel. Magunk sem tudtuk, minek. Csak amolyan gyónás. Mintha ezekkel be lehetne foldozni a lelkünkön tátongó lyukakat. Az előző évben ő feketében jött, én fehérben voltam, most ő volt fehér, és én a sötét. Testesebb voltam, mint korábban. Elérkezett már a szokásos év végi kimerült zabamámor, egyáltalán nem illettem az ő változatlanul szálkás madártestéhez. Nem lehettem biztos abban, hogy eljön, de a biztonság kedvéért a szokásos időpontban alászálltam a lakásból, hogy sétáljak egyet. Csak apám volt otthon, elpötyögött, amíg lezajlott a művelet.

Leander már hátul, a ház mögött téblábolt. Megleptem. Az ablakomból várt volna. Idén semmi Rapunzel. Sétáltunk és beszélgettünk arról, hogyan tovább. Külön-külön, ki milyen lidérceket kerget a saját ösvényein. Aztán a neves időpontban megfogtam az arcát a csatornafedőn állva. Megfogtam két kézzel, és egy egyszerű, cuppanós csókot forrasztottam a szájra, amit túl jól ismertem. Száraz volt és puha, körülötte pihékkel.

– Ez most egy „szia" csók?

– Igen, ez most egy „szia" csók – mondtam a lámpahold fényében, *szia* helyett búcsúra gondolva.

Az idő múlásával Leant a bűntudat egyre elvakultabbá és fanatikusabbá tette, ami apránként felemésztette az igazságérzetét a hátralévő évek folyamán. Egyszerűen nem maradt neki.

De legfőképp én nem maradtam.

Vízgyűrűk

I.

Halkuló léptekkel járom az ösvényt –
Kitaposatlan még ezen hideg part.
A víztükörbe nézvén beleejtem álmom –
Benne párom várom, nem saját magam.

Ezredszer kiáltom – Mennyi torz ütközet!
Eszmélvén e dallal váltom meg e csöndet.
E csöndet, melyet ajkam melege mardos
Belecsepegtetve tükrödbe-szemedbe.

Megérintem majd most, feloldoz, átkoz
Visszatérve várón a hűs patakparthoz.

Énekelj nekem!

II.

Suttognak nekem, mint
Hajdanán a lángok,
Közben álmot láttam,
Mára fényes átkot.

Míg azok táncolnak,
Mára ölel
Megannyi titkolt,
Letisztult kép.

S míg velük játszom,
A halhatatlan,
Ez a forró lélek
Sikolt alant.

Rajtad át
Egy se lát.
Áldom
Csönded.

Én itt maradok.

3

Pengeél

/S. Petics Kristóf azonos című verse után/

Lassú özön, hogyha köszön,
Hívatlan mód itt terem,
Mint az elfogyó lángnyelvek,
Oxidáló életem

Akképp róható fel, mint a
Tudás, melyért tenni
Kell ugyan, de képletben
Eredmény a semmi.

Hanem él a pengeél
Táncoltatni meg nem fél.
Szárnyaiddal útra kél,
Szárnya-fosztott bőregér.

Végezetül, ha már él:
Élen táncol, aki él.

Még mindig tizenhat voltam. Új világ következett. Új, kosztümös, laptoptáskás. Olyan folyosókon, amik egy kórházban is túl sterilek lettek volna. Épp ilyen steril volt minden diák is.

Azt a döntést hoztam, hogy úgy cselekszem csak, ahogyan az számomra sem volna bántó. Semmit nem fogok tudni, senkit nem fogok ismerni... A fundamentum szelleme egy laktanya falait töltötte újra. Pince kanapéval. Múzeum az alagsorban. Egy roskadozó melléképület, amiben csak a borvirágos orrú karbantartó lakott. Újra kellett járnom a második évfolyamot a drámán elugrált ráadás-esztendő miatt. Bonyolult hülyeség. Nem bántam. Persze rögtön felbéreltek, ha már úgyis drámás voltam. Az elsősavatóban kaptam szerepet. Az lett volna a feladatom, hogy a „kicsiknek" bemutatkozó táncot koreografáljak. Nem jártam nagy sikerrel.

– Te meg ki a faszom vagy? – ordított az egyik instrukció után valamelyik kis dundi.

– Az egyik nevelőd vagyok, segíteni igyekszem.

– Azt' mégis honnan jöttél, hogy ekkora pofád van? Mit pattogsz itt?

– Az a feladatom, hogy táncot tanítsak, de nélkülem is megoldhatjátok...

– Ez alatt ugyan mit értesz? Várjál, hát én emlékszem. Bazdmeg. Halljátok ezt? Ez egy kibaszott drámás!

Rivalda. Tömegpfuj. Állok egyedül a betonfocipálya közepén, és rám tűz a Nap. Az újak hurrognak. Fogd be a szádat Hedvig, csak most az egyszer, fogd be a szádat! Meg ne mukkanj!

Pár nappal később Szilvi, az egyetlen tágabb elméjű osztálytársnőm éppen kalimpált, mint valami karmester, s egyenesen arcon csapott. Megeredt a vér. Orromon-számon, minden nyíláson, ahonnan a levegőt remélte. Nagyszerű bemutatkozó. Csak úgy spricceltem. Drámás, vérzik.

Szilvi aztán megszánt és maradt velem nevetgélni, míg sűrű, barnás cseppekkel áztattam a vécét. Ő legalább úgy tűnt, örül nekem.

A fekete pont, vagy inkább lyuk szerepét betölteni nem olyan fájdalmas, mint egy betörött orr. Élveztem ezt a magányos dekadenciát. A saját dekadencia-párkányomat, amire kikönyökölhettem. Minden, önmagát kicsit is amorfnak tartó figura eltalált hozzám. Remek lelkitárs voltam.

Minden más kék volt körülöttünk. Kék és jellemtelenség-szürke. Élükre hajtogatott selymek és ingek és ingek és selymek katatón ismétlődésben. Olyan iskola volt ez, ahová a Debreceni Egyetemről érkeztek a gyakornokok. Tesztalanyok voltunk. Felosztva nyelvre, biológiára, mérnöki tudományokra, közgazdászatra és jogra. Én ez utóbbiba soroltattam be. Vállat vontam, miért ne? A töri meg az irodalom passzol.

Ezt a pedánsra vasalt egyen-létet a Linda-félék felbukkanása törte meg. Eleinte futószalagon vonultak a ropi őzsuták, és nem keltettek bennem jó érzést. Sőt. Valójában semmilyet sem, mégis legalább olyan idegen és izgató esettanulmány voltak ők számomra, mint én az ő számukra. Az volt a különbség, hogy ők sokan voltak, én pedig egyedül.

Ez a Linda egyszer előttem riszált a macskakövön, mikor megcéloztam a kijáratot.

– Úgy van, ott vonul az a kis kurva! – bődült fel egy lány a hátunk mögül, mikor meglátta.

Még hallottam, hogy a „principessa" keresi a megfelelő viszont-bántást, de hamar lelepleződött. Úgy látszik, ő nem volt ehhez elég romlott. A kapunál értem utol. Odadobtam a labdát:

– Rá se ránts. Csak még nekik is tetszel...

– De hát ezek lányok?!

– Szeretnének ők a te bőrödben élni egy napig! Könnyebb lehányva, mint meghajolva...

– Igazad lehet – pislogott párat. Szemmelláthatólag meglepte a közeledésem. – Köszönöm!

Ezek után teljesen érthetetlen módon a rajz fonalán környékezett meg. Linda maga is úgy ítélte, egész ügyesen rajzol. Volt valami égboltszerű ennek a lánynak a tekintetében, amitől úgy tűnt, hogy a lelkének egy szelete csordultig van túlvilági fénnyel. Ha jobban szemügyre vettem, maga volt a csúcsdísz ezen a kíméletlen fenyvesen. A rajzterem előtt csípett el a folyosón.

– Nézd csak, te Hedvig! Így hívnak, igaz? A múltkor olyan jólesett, amit mondtál, hogy gondoltam, beszélgethetnénk. És nézd, én is szoktam rajzolni, mint te, ahogy mondják. Mutatom, figyelj!

Nem a hírem volt a szokatlan. Egyedül voltam szemben nyolcszáz másikkal. Mi mást vártam volna?

Sokkal inkább az igény a véleményemre. Nem is gondoltam bele, milyen hiánycikk a nembűvölők életében az intuitív visszaigazolás.

Másolatok voltak a füzetlapjain. Anatómiamentes formázatai egy kristálylány elméjének. Örültem, hogy megmutatta. Egy olyan világban, amilyenben élünk, sokkal valószerűbb a vadhajtások és az irodisták, politikusok, tőzsdések, mérnökök, orvosok olyan arányú elegye, mint amit én itt tapasztaltam, mint annak a fordítottja. Egyedül álltam totális ellentmondásként a részben ellentmondók és a meghasonlók táborában. Valljuk be, sokat nevel rajtunk, ha látjuk a padtársainkat izzadva zokogni minden áldott óra előtt, hogy délután ötkor ültek csak le a törikönyv fölé izzadni, így biztosan nem fért elég tudás a fejükbe.

Fogyott a derekamról a nyári lekváros kifli. Rohamosan fogyott.

Megszoktam, hogy az új pszichiáterem fia feni rám fogait. Osztálytársak lettünk. Hát nem komikus? Az új magyartanár, Szimóna nem volt egészen harminc éves. Pöttyös cipőkben járt, fülében cseresznyékkel és hajráffal. Az akkori direktorral együtt ő is cinkosom lett. Csak halkan, mások előtt titkolva. Vén holló volt, én meg varjúfióka. Két különc madár.

– Mi van magukkal, katonák? – toppant be egyszer. – Micsoda dolog az, hogy egy ilyen jöttment hastáncosnő is jobb dolgozatot ír, mint ti?

A „jöttment hastáncosnő" címet nekem szánta. Vehettem dicséretnek. De még nagyobb bók volt az, mikor egy órán észrevette, hogy róla rajzolok. Direkt a mögöttem ülőt szólította fel, hogy végignézhesse, amíg matatok. Mikor vége lett a feleltetésnek, felém görbült és tudakolta:

– Kész vagyok már?

– Még nem... – válaszoltam, és minden padban megtekeredett a gerinc. Nem értették a többiek. A negyvenötödik percben elé toltam a firkát.

– Egész jó. Történelemből biztosan meg fog bukni, de ez rendben van. – Szárnyalt a kedvem!

75

Az ínséget a társaságra régi cimborákkal enyhítettem. Már az első napon a régi osztályom karjaiban kötöttem ki. Zoárdhoz és Arnoldhoz mentem elsősorban. Még mindig haragudtak egy szemernyit, de már inkább nosztalgiával szorongattak meg. A többiek csak aznap ébredtek rá, hogy már nem köztük koptatom a padot.

Zoárd megkínálta cigarettával Arnoldot, de Arnold adott gyújtót.

– Tudod, Zo, jól nézel ki. Most komolyan mondom.

– Tudom.

Itt semmi nem változott.

Ilka nénitől nehezemre esett búcsút venni. Külön kértem anyámat, hogy kísérjen el, mert tudtam, hogy balhé lesz. Mikor beléptem az irodája ajtaján, még csak engem látott, anya lopakodva jött utánam.

A néni letette a telefont és felkiáltott a tenyerét összecsapva:

– Na, itt a hálátlan disznó! Tudtam.

– Csókolom, Ilka néni, hoztam sütit! – böktem a muffinra, ami a tálcaként szolgáló, érvénytelen bizonyítványomon egyensúlyozott. Az első mondatában máris kirakott a színdarabunkból, és éppen csak azt nem kívánta, hogy a legfelső lépcsőn legyek kedves kitörni a bokámat. Nem állhatta meg, és hozzátette:

– Tudtam, hogy nem lesz jó vége annak, hogy az iskola rémeivel kalandozik a jány – pislogott közben az ajtóban előbújó anyámra –, sőt talán ha ez így megy tovább, te is olyanná váltál volna, mint ők, Hedvig, és akkor végleg búcsút kellett volna – azonnali hatállyal – vennünk egymástól.

Nyeltem egy nagyot.

Ramóna másként reagált a búcsúmuffinra. Berántott a küszöbről, és az új csemetéi előtt bemutatott, mint hősnőt.

– Gyerekek, ő itt egy élő legenda! Ismerjétek meg Hédit! Ő megtette, hogy még idejében elmenekült a drámatagozatról. Vigyázz magadra, Hedvig. Jó, hogy benéztél!

Tolakodtak a cseppek a könnycsatornámon...

Lénánál legalább töltöttem pár éjszakát. Hétről hétre meglátogattam, ha lehetett. A gangon vártam, mire hazaért. Ő mindig remekül csinálta. Különleges képessége volt, hogy az arcába tudott mosolyogni mindazoknak, akiknek kellett. Békében munkálkodhatott. Nekem nem ment volna. A srácoknak sem. Léna volt a leginkább színésznek való. Bogdán legjobb barátja volt valaha, de amióta a fiú elköltözött, csak egyszer találkoztak.

Egy nyirkos napon Zoárddal felkerekedtünk, hogy meglátogassuk. Fél éve nem láttuk Bogdánt. Az ország délkeleti szekciójába került vissza, miután eltanácsolták. Nem tudtam, mire vállalkozom. Lénánál fetrengtünk az eső elől bújva, míg nem startolt a busz. Nem tudtam, milyen hozadéka lesz ennek az útnak, de Bogdánra már nagyon vágytam. Nem csak és kizárólag a fizikai vonzalom repesztett szét. A hiányától már kezdtem begolyózni...

Négy órát utaztunk. Zakóban várt minket. A nyakába ugrottam. Megint elbénáztam, és a fültágító messzire gurult. Koromsötét volt. Egész Békéscsaba rejtve maradt előttünk, mert napfénynél szinte sosem láttuk. Egyenesen az otthonába vezetett minket. Ott élt az édesanyja és a nővére. Mind össze voltunk zárva ebben az egyszintes, kandallós kis lakásban.

Amint felfedeztük az ágynyi szobácskát, portyára indultunk. Ki, a már-már balkáni éjszakába.

Cefetül betéptünk. Mocskosan, durván és gyorsan. Már napok óta almán éltem, hát úgy hatott a füst, mintha egy reklám-szélbábot kellett volna mozgatnia. Rémet csinált belőlem.

Jól ismertek, de még nekik is teher volt maguk után vonni elárvult eszméletemet. Kísértve jártak- keltek bennem az illúziók. Egy krokodil csapdosó farka a kocsik alatt, és lélegező beton. A második napot abban a csepp, forróra sötétült szobában fetrengtük végig. Bennem még cikázott az esti adag füstje, hát nem mertem rákontrázni. Kolbászos melegszendvics tejföllel, kakaó, gagyi filmek a világ végéről, ismét portya. Az éjjel viszont megint fonákjára fordult. Bogdán rám talált a homályban.

Zo már régen aludt a szoba bejáratában. Elnyomta őt a zöldkóma. Bogdán középen, majd én. Mi kicsit sem aludtunk. Vak tapogatózás indult meg, miután megtalálta egymást a két arc meg száj. Nem ütköztek a fogak. Húzni kezdte a hajam lefelé.

– Ne, ne! Állj. Ezt ne csináld. Hagyd abba!

– Miért ne?

– Mert nem akarom.

– De miért? – Szinte sírósan változott a hangja.

– Mert túl sokan voltak, akik túlestek rajta... nem állok a sorba.

– Nem olyan rossz az a sor, Hedvig!

Látatlanul is tudtam, hogy kaján vigyorba rándul az arca.

– Az lehet, de a válaszom továbbra is nem.

Nem akartam megtenni. Felegyenesedtem és átgondoltam. Mi van, ha soha nem látom többé?

Még épp időben megszakadt a művelet. Bogdán hirtelen felállt és eltűnt. Több mint félórán keresztül nem került elő. Ez alatt rendbe szedtem magam, de nem volt sehol. Gyanakodtam. Befejezte a játszmát egymaga? Tényleg?

Nem. Tántorogva jött elő az apró mosdóból azzal a felhanggal, hogy eddig ájultan hevert a csempén. Az ágyhoz érve összeroskadt. Zoárd továbbra is épphogy megrándult a puffanástól. Ettől fogva mindkettő mélyen aludt, és átfordult a másik oldalára. Egyedül utaztam haza.

Otthon újra vágtam egy árkot a bal csuklómon, hogy ne árválkodjon egyedül a Leanderért falcolt vonal. Zo és Alex nemsokára rám szálltak a kedvenc trottyos kávézónkban.

– Ugyan már, Hedvig, ne hisztizz! Hiszen semmi közötök nem volt egymáshoz. Te Bogdán szemében csak egy kislány voltál, a húga! Tudta, hogy tetszik neked, de nem engedte volna, hogy ez tovább fajuljon, neki te nem jelentettél semmi olyasmit!

Feltartottam a karom, hogy felcsusszanjon a kabátom ujja, miközben a másik kézzel kávéztam.

– Ne már, Cica! Jézusom! – fakadt ki Alex.

– De volt. Csók...

– Hogy mi van? – fakadtak ki egyszerre.

– Nem is egy.

– Erről én eddig miért nem tudtam? És basszus, te végighallgattad, ahogy... ahogy Lénát...

Ó, igen, nem említettem, hogy egy alkalommal Alex megpróbálta rábeszélni Lénát, hogy feküdjön össze a falkavezérrel. Szerencsére a lány nem adta be a derekát.

– Bezony! – Lenyeltem egy korty kávét, a bögrét meg az asztalra csaptam.

– De mikor?

– Még a születésnapom előtt.

– Mi meg azt a Dominikát akartuk rád szabadítani...

– Úgy, ahogy mondod!

– Basszameg, mekkora vak fasz vagyok! – Alex kikelt magából. Egyszerre sajnált és haragudott rám. Velejéig ismerte Bogdánt, tudta, hogy én is tudom, milyen sors vár azokra, akik letérdelnek előtte.

Puszilgatva támogatott a villamosig, Zoárd pedig a lelkemre kötötte, hogy írjak Bogdánnak. Beszéljem meg vele, mi történt, és ne menjek szarrá, ha lehet olyat.

Még mindig vigyáztak rám, még mindig volt közös illata annak a hajdanvolt fekete virágnak, hiába nem jártunk már egy iskolába.

Írtam is. Hazaértem és lehuppantam, hogy begépeljek egy másfél éves szerelmesmesét. Közepesen szánalmasra sikerült. Bogdán látta. Azt mondta, szeret. Az, hogy hogyan, az számára is kérdőjel.

Mosolyogva sírtam.

Mindeközben Alexnek másoltam a dialógust. Leszidott. Nem segített. Dühös voltam rá, mert tudtam, hogy neki valójában az fáj, hogy Bogdán vele sokkal kevesebbet törődött az utóbbi hónapokban, mint bármelyikünkkel a családban. Hogy miért? Erre is hamar megkaptam a választ. Bogdán realizálta, hogy a szövetségük halmozottan drogalapú, és úgy döntött, az efféle hamisságokat törli a maga új valóságából, amilyen hamar csak lehet.

Ugyanakkor megérte ellátogatnunk Békéscsabára. A második alkony beálltával egy sör és csocsó hangú kocsmában kötöttünk ki. Ott beért minket Zsolma, Zoárd nővére és a fiúja. A pasik biliárdozni mentek, mi lányok pedig kint rekedtünk egy, az ereszből elénk csorgó pocsolya fölött.

Hellyel-közzel már ismertem. Kicsivel idősebb volt, de igencsak hasonszőrű hozzám. Csodáltam. Most ez a bámulás az alakváltó tócsába összekovácsolt minket. Azt kérdezte, hogy vajon Zoárd vagy Bogdán elindít-e bennem valami nem túl testvérieset is?

– Képzeld, Zo már akkor mesélt nekem rólad, mikor megismerkedtetek. Örültem neked. De aztán egyszer csak azzal jött haza, hogy „na, Lean lenyúlta *ezt* is". Elkeseredtem, mert te illettél volna hozzá – nevetett, majd elhallgatott.

– Igen, hát furcsán indult, de hé! Ő külön kérte, hogy Leannal maradjak. Lehet, hogy csak neki akart jót, vagy azt remélte nem hallgatok rá...

– Lehet. Ki tudja? – Cinkosan megrebegtette a szempilláját. Beléptünk a bárba, sóhajtottam.

– Nem, nekem Bogdán a vesszőparipám, de nyilván veszett fejsze...

– Aha! Már értem. Hát, ő is elég jó préda.

– Farkasok.

– Tényleg farkasok.

Valami befelé húzta a tekintetünket. Oda, ahol az ajtó apró üvegkockáin keresztül a sárga lámpafény elnyelte a három játékost. Az asztal egyik sarkában úgy látszott, ül egy bábu. Lefejezett női teste szétvetett lábakkal futott két irányban szét a mázsás asztal egyik derékszögén. Közöttük a lyuk. Vér a peremén.

Rohamos falásba torkolló hetek következtek, egészen addig, amíg apám egyetemi, kínosan nyalka köreiből egy agrárprofesszor fel nem baszta a cseresznyét a tejszínhab tetejére. A maga kerekedő tonnáival képes volt zrikálni, amiért felpattintottam magamra pár kilót, mióta legutóbb látott. Mikor befejezte a vegzálást, azonnal bezárkóztam a vécéfülkébe és kihánytam a vacsorát. Ha jól emlékszem, tizenhárom öklendezés után távozott testemből az utolsó falat is. Két hét nulldiéta következett, majd beálltam egy ínséges, napi egy alma adagolásra. Ez a következő két évben szinte végig kitartott. Azzá a kísértetté váltam, aki a legnagyobb veszélyt jelentette magamra és a családomra nézve. Csontig fogytam.

4

Totem

/S.Petics Kristóf azonos című verse után/

Kiont.
Felszínre hozza
Büszke valódat.

Megköt.
Kőbe karcol, majd szétporlaszt.
Önti már anyagi léted.

Szellemtestbe önti
Tekinteted-javad,
Hogy szavaid dallama
Már csak fűszer legyen.
Kiállom hát helyem
S e perem alatt
Lesem majd minden
Néma szavad.

Igazán.

Azt gondoltam, jót fog tenni, ha belevágok és beiratkozom egy tánciskolába. Ott egy figyelemre méltó, csöndes lány, aki ezer réteggel takarta a testét, egy irányba indult velem a próba után. Edina. Mindig is csodáltam a nálam hallgatagabbakat, akik közül Edina lenyűgöző példánynak számított. Ő nem csak csöndes, hanem jó volt. Olyan ragaszkodó barátom szeretett volna lenni, amilyenre én nem voltam készen akkoriban. Utólag jöttem csak rá, mennyi képeslapját és idejét nem viszonoztam. Bemutatkoztunk.

– Szóval megkérdezhetem a neved? – kezdte. Kék volt és gesztenyebarna.

– Valentin Hedvig... de inkább csak Hédi.

– Tényleg? Te vagy *az a* Hedvig?

– Hűha, melyik?

– Hát az, aki a drámán azt a táncot csinálta.

– Hát, ez eddig stimmel, de...

– Egy barátom látta a táncodat és azt mondta, ha engem néz, hasonlónak lát hozzád.

– Komolyan? Hát, azta... Nem gondoltam, volna, hogy... Ez nagyon kedves. Azt hiszem. Feldobtál!

– Na, hát részemről a szerencse. – Megrázta a kezem.

Ez a drámai táncitánci egy egész napos versenysorozat keretein belül történt, még a legelső debreceni hónapok egyikében. Már régóta kanosszát jártunk Leanderrel, és ezt nem átallottam reprezentálni egy impróban. Valaha, még Egerben, versenytáncos voltam. Végigjártam minden lépcsőt a klasszikustól a hip-hop rángatózáson át a kortárs balettig. És ez beakadt. A cívis közönség nem tudott mit kezdeni az élménnyel. Csak annyit észlelt, hogy hatásos. A lexikonjukban erre a tánctípusra nem volt megfelelő definíció, ezért hozzám vágták az első díjat. Szokatlan: megvettük!

Úgy látszik, nagyobb híre ment, mint reméltem. Bekúszott a Hollókert mohás fái közé oda, ahol a másik művészeti gimi bújt meg. Rajzosok meg táncosok. Edina ott tanult.

A következő hetekben gyakran hazavittek kocsival. Edina meg az anyukája. A világon mindenről tudtunk beszélgetni. Vonzott az, amit a hollókerti életről mesélt; az, ami abban a kis, lepukkant menedékben őt körülvette. Párszor becsámborogtam, ha lemaradtam az új koreográfiáról és Edinának kellett segítenie. Bár rajzolni nem jártam, lassanként annyi fonal láncolt oda, hogy már a magamének éreztem a festék- és tornateremszagot, amit a Hollókert kilehelt. Egyre több cimborám lett onnan.

Hamarosan Edi meghívott egy happeningre. Valami elvarázsolt fazon, aki a csapatot újabban befogta a performanszaira, most nyílt próbát tartott.

Az egyik csütörtöki edzésünk után történt. Nem tudtam, mit is várok, de a jelenés minden képzeletet felülmúlt. Egy körben kezdtük. Gyertyák és hamukupacok. Egy nagyszakállú férfi a hangokat variálta, a másik velünk vonaglott. És neki elhittem, hogy éppen erre volt szükségem. A suttogók csak Danténak becézték. Kortalan volt. Egyszerre volt kamasz, és egy őstenyerű jógi. Kettőnknek jól ment. Otthonosan léptünk egymás tereibe, értünk a másikhoz. Az érintéssel kezdeni írás vagy beszéd helyett ma ritkán adódik alkalom. Szekta voltunk, ami Debrecenben túlvilági hangulatot ébresztett. Tűz volt, csönd és lélegzet. Izzadás és kipirult arcok. Aztán hanyatt feküdtünk. Mellkas fel, mellkas le. Körlélek.

A végén Dante engedett ki, kulcsokkal zörögve. Az öltözőben kicsit kotorászott.

– Azt hiszem, épp ezért táncolok – mondtam még mindig edzős szerelésben.

– Ezért? – nézett rám kíváncsian.

– Ezért, mert ez nem igazán csak testi tánc. Máshogy tudatos.

– Hm. Ja, hát ez az. A lényeg – a kezét nyújtotta –, Dante. Örülök!

– Szia! Hédi. Én is örültem!

Nyitotta a zárat. Tudta, hogy keresni fogom.

Dante különös módon minden szintjére kapcsolódott az életemnek. Zoárdot és Zsolmát gyerekkoruk óta ismerte. Lepaktált a szomszédunkkal, egy pszichiáterrel, aki az advent miatt vasárnaponként épp nálunk szürcsölte a puncsot, sőt Leandert is kifigyelte már korábban.

Gyűjtötte a harcosokat. Én is zsoldossá váltam a szemében. Olyanná, akivel az élen vonul a csatába a fel nem nyílt szeműek világában. Dante a mentorom lett. Írtam neki, de már nem volt hely abban az előadásban, amiben Edina is szerepelt.

– Talán majd legközelebb, de gyere el, és táncolhatsz a végén. A zene folytatódik. Különben nincs kedved eljönni színházba? Jövő hét kedd. Az egyetem pincéjében lesz egy izgi kétórás darab. Ott várlak!

Igent mondtam. A szomszéd pszichokutató és Dante az alagsornál vártak egy sötétkamra szájában. Nem várt meglepetés volt, hogy épp Lean földalatti rejtekhelyébe botlottunk. Annak a darabnak volt ez a visszájára fordított kortárs változata, amiben tavaly magam is biodíszletet alakítottam. Lean a vicc kedvéért mindkettőben játszott.

Dante jelentékeny pillantásait nem mertem dekódolni, de inkább ő sem követte a saját gesztusainak támváltását. Az év utolsó hónapját tapostuk. Nyíltak az égi kapuk, és a kint ólálkodó hideg rémei elől az emberek önmagukban keresték a menedéket.

Az emlegetett happening az Amadeumban volt. Tényleg csak a fellépések után indult be a buli. Zsolma is eljött. Egymás arcára festettünk. Két kócos sziluett voltunk tükröződő szembogarakkal, amiken megtört a fénysávok tapogatója. Mikor a reflektor a horizontra fordult, felizzott a festett minta mindkettőnk arccsontjain.

Aztán úgy döntöttem, magamévá teszem az üres arénát. Átalakultam. Másfél óra telt el.

Dante elbújt a homályban az oszlopok mögött. Feltűnt mellette egy kígyósárga szempár. Eva volt, Dante érinthetetlen kedvese, akit a hit távol tartott Dante minden poklától és felemelkedésétől. Nem volt részese ennek a kötelékekkel teli világnak, amitől Dante szíve széthasadt. Egy egész organizmus várt rá egy gyönyörkertben, amibe én is meghívót kaptam, míg egy másikban egyedül állt ez a nő, apácának öltözve.

Mikor véget ért a táncom, búcsút vettem Zsolmától, a reflektor melegétől és a kamerák objektívjeitől, amik eddig rám tapadtak. Apa jött értem. Dante zsebre tett kézzel állt, a fotocellás üvegajtónak hátat fordítva. Mielőtt beszálltam volna, még egyszer a nyakába ugrottam, aztán a kocsi eltűnt Debrecen útvesztőiben.

A szünidőben Dantéval folytonos levelezésben maradtunk. Támaszpont volt az elfuserált családi légkörön kívül. Sötét ka-

rácsonyunk volt. Fájdalmas. Dante hallgatta ezt az isteni szín-
játékot, és próbált segíteni. Minden terapeutámnál több türe-
lemmel bírt és arra biztatott, hogy ne féljek kimondani, ami a
nyelvemre jön.

– Hedvig, ne általánosíts! Ne azt mondd, hogy az „emberek
többnyire", mondd, hogy te, hogy te mit csinálnál...

Számomra próféta volt, akitől tanulni akartam.

A véletlen úgy hozta, hogy Zsolmával közösen töltöttük a
szilveszter éjjelt, és betértünk Dantéhoz is. Bemutatott min-
ket a többi katonának.

Dante búvóhelye egy tetőtéri menedék volt, ahol füstölő il-
lata terjengett. Kicsi szentély, teaszertartáshoz előkészített tál-
cák, babzsákok, függönyök és kelet.

A vendégek közül egy szinte faragott arcú férfi tűnt ki. Páfrány
Ákos egyike volt a legfrissebb véráram költőváteszeinek. A ré-
gió egyik nagy pennabajnokaként került Dante köreibe. Zsol-
mán és rajtam kívül mindenki hamar távozott. Dante békésen
hallgatta képtelenségeinket, majd hajnalhasadtával beleszuny-
nyadt a figyelembe. Vakító, fehér reggel volt, Nap és égbolt nél-
kül. Soha nem éreztem még ilyen békét.

Az életem minden pontja csekélységnek tűnt az új tanítá-
sokhoz képest. Lábjegyzeteket kaptam arról, mi fán is terem
a totemizmus, ismerkedtem a kelet Bibliájával, és a sok ámok-
futás után végre tiszta víziók vették át a rémület helyét. Dante
segített a rajzaim megfejtésében, bár nem volt egyszerű. A gim-
nazista feladatok súlyukat vesztették. A tudásszomjat először
életemben csillapította valami, valaki, akinek a szemében nem
csak egy pubertás diáklány voltam.

Ötfős kis koventet alapítottunk. Három táncos, Páfrány, a költő
és Zénó, aki a zenét keverte. Nagy terveink voltak. Be akartunk
mutatkozni a világnak. Dante utazásokat tervezett, metrókon
és tereken képzelte a megjelenést, de először kisebbet kellett ál-
modnunk. Már a legelső szűrővel meggyűlt a baj. A szüleimbe üt-
köztünk, hisz' nemigen hitték el, hogy ez nem egy drogos orgia.

Bevallottam, hogy szoktam szívni. Nem voltam elég egye-
nes, ezért egyből Dantéra kenték az egészet. Dante látta, hogy

sok küzdelmembe kerül a sok új projekt, de megpróbált higgadtan kitartani mellettem, és mindenkivel szépen megbeszélni, hogy rám nézve sem ártalmas az ötösfogat.

Dante újra meg újra megsebesült az Éváért vívott szélmalomharcban, amire a közös gyakorlásokban talált gyógyírt. Mindez furcsa lett. Artikulálatlan rezgések ébredtek fel köztünk, de még mielőtt a furcsa abszurddá lett volna, kiszálltam.

Bár a háromlábú szék nem billeg, és ugyan miért ne szabadna nagy korszakadékkal is szerelembe esni, ez nem egészen volt az. Akármilyen jól beleilleszkedtem a harmincasok köreibe, egy idő után belefáradtam, hogy napról napra nagyot kell nőnöm, hogy ne maradjak el mögöttük.

Egy estén a szobámban épp hálóingben játszottunk Zsolmával, mikor Dante telefonált. Csak arra emlékszem, ahogyan később Zsolma ölében feküdtem és rázott a zokogás. Ő nem csak a barátnőm volt. Az anyám, máskor a nővérem, néha az ikertestvérem vagy a húgom. Zoárd végre elmerült a szerelemben Dáliával, így a családjába most Zsolmán át kapcsolódtam inkább.

Az elutasítás ellenére folytattuk a táncot. Gőzerővel készültünk az áprilisra. Páfránynak hála helyet kaptunk a költészet-napi eseménysorozatban. Több százak elé állhattunk volna végre az összhanggal, ami megszületett köztünk. Aki addig látta, mind megérezte és osztozott benne.

Én közben persze egyre válságosabb állapotba kerültem. Fogytam, hogy táncolhassak bátran, akár a ruháimtól megfosztva is, és a pszichobácsi tanácsára épp a tánctól fosztottak meg más büntetés helyett. Teljesen érthetetlennek találtam. Nem értettem, mi a terv. Ha nem engednek ki a színpadra, akkor majd bánatomban enni kezdek? Ennél makacsabb voltam. Inkább a dac, és a tovább koplalás, még brutálisabb rezisztencia. Akkor beérem a szellemi baklavával.

A fellépés előtt egy héttel Franciaországba utaztam a szüleimmel. Az volt a kikötés, hogy nem fogyhatok tovább a hét folyamán. Ha mégis, akkor bekasztliznak. Fél kilót veszítettem. Ha nem megyek el pisilni, akkor minden rendben lett volna. Amint leszállt a repülő Budapesten, alám került egy mérleg, hogy eldőljön, melyik városba vegyük az irányt. Azonnal hívtam Dantét. Ő is kétségbe esett, de arra kért, hogy maradjak veszteg. Teljesen kiborultam. Pontosan úgy, mint mikor a sárga tulipánokat láttam haldokolni a debreceni szobámban, és vonyítani kezdtem. Ez most sokkal inkább hörgés volt.

Tisztán emlékszem. Egy nappaliban álltam olyan emberek lakásában, akik láttak felnőni. A bakancsom a kezemben volt és mindenhogy próbáltam. Először észérvekkel:

– Figyelj, anya, nem teheted meg most, ez nem csak rólam szól! Négy felnőtt embert húzok a csőbe, ha ma nem utazhatok vissza! Számítanak rám!

– Ez a te bajod. Kellett neked lefogyni! Te voltál felelőtlen!

A dühöm éledőben volt. Aztán könyörgőre fogtam, aztán zokogva, megcsukló rimánkodásokon gördült a szókerék és jött az ordítás. Olyan hangok törtek fel belőlem, amik semmilyen emberi megnyilvánulásra nem hasonlítottak. Szikrát hánytam. Földhöz vágtam a bakancsot és toporzékolni kezdtem.

– Ezt akartad?! Akkor meg fogok dögleni. Felfogtad, mit mondtam? Nem fogok neked enni! Meg-dög-lök!

Aztán apám megfogott, bevágott az autóba.

– Hisztis kis picsa! – dörmögte, és felzúgott a motor.

Nem bőgtem az úton. Dühöm ujjai nyakamra tapadtak. A következő pár napban elkobozták a szobám kulcsát. Féltek, hogy tényleg megölöm magam. Egerben voltam, berekesztve a csöpp földszinti szobámba. Elvették tőlem a mézet, amit magamnak raktároztam. Ha táplálkozni akartam, ki kellett mennem közéjük.

Nem ártottam volna magamnak. Akkor nem. Túl biztos voltam az igazamban és a sértettségemben. Ezalatt Debrecenben lezajlott a Pentanigma első és utolsó igazi előadása nélkülem. Nem voltunk többé. Talán nem csak miattam. Szobafogságra ítéltek.

5

Rügyfakadás

Ha holland karamellás narancskávét iszol, a pohár szélére égetett cukrot ragasztanak. Már megittam a kávét, és túlestem a fanyar alsó rétegen is, a véghatáson, mikor már csak ez a grillázs maradt. A grillázs lassú, félénk nyalogatásával voltam elfoglalva. Hónapokig. A grillázs tapintásra, akár egy száraz seb. Óvatosan lélegezz, minden mozdulatra megpattan a bőr, és a gyógyítást elölről kezdheted.

Március volt.

Két lány vett eleinte gondozásba. Együtt tanultunk újlatinul. Segítettek pótolni minden lemaradásomat. Egyikük, Adél, majdnem randevúra invitált.

– Pszt! Hedvig!

– Hümm?

– Figyelj már, te heteró vagy? – Köpni-nyelni alig tudtam. A homlokomra van írva, hogy BISZEX?

– Öh. Igen, asszem, ja!

– Ó, kár, pedig gondoltam, elhívlak egy randira.

– Miért, te nem...?

A fejét rázta. Annyira meglepődtem, hogy utána kárpótolni szerettem volna a hirtelen válaszért. Igaza volt, tulajdonképpen lebuktam. Kedves, oroszos küllemű lány volt rengeteg ésszel, de nem szerettem volna belefolyni az egyneműek játékaiba. Nem Dominika volt az egyetlen. Alex és Bogó vérszemet kaptak, és Noémire uszítottak egy üvegpörgetés alkalmával. Nem volt rossz, csak nem is akadt neki relevanciája. Elégnek éreztem ezt a néhány lánycsókot a tarsolyomban. Így is túl mélyre húzták az emlékeim batyuját. Nem kellett több. Ebben a kék hadtestben különben is csúnyán néztek rám.

Adél padtársát, Borit sokáig csak egy könyv kemény borítása mögül láttam kitüremkedni. Azt gondoltam, ő is csak egy kedves, fehér moly, egy az ártalmatlanok közül. Elhibáztam. Bori fejében háború dúlt. Afféle nagy leszámolás a valósággal és önmagával. Hamar rám talált. Megtapogatta a rést védőburkomon, és épp befért rajta. Beszélgetett velem. Borit bántották. Bántotta az apja, bántotta az anyja. Az egyetlen öröme a folytonos görnyedés maradt egy íróasztal fölött. Fotókat mutatott szanaszét falcolt lábairól, és bár eleinte nem figyeltem, tényleg mindennap hosszúujjút viselt. A karjain is hegeknek kellett lennie. A társai tudták. Valószínűleg akkoriban már csak nekem mesélt arról, hogy a heti többször rátaláló epilepsziás rohamait képtelen bebizonyítani az édesanyjának, és ha kórházba kerül vagy rosszabb jegyet kap, az anyja megrugdossa, vagy félholtra veri. Orvos létére! Gyógynövény alapú krémeket készített, amivel a fertőződő vágásokat még akár borogatni is lehetett volna. Az apja másként ért hozzá; durván, és semmiképpen sem atyai jószándékból.

Nos, igen. Elérkezett az az idő, mikor a saját nyűglődésemen túl az mutatott élhető utat, ha mások tragédiáival foglalkoztam.

Boriért összefogott az évfolyam. Többször tettek már feljelentést, kérték az iskolai családsegítőt, hogy avatkozzon közbe, de mindig kicsúszott a segíteni vágyók markából. Én is szerveztem neki titkos találkozót egy epilepszia-szakértővel, de félt, hogy az anyja megtudja, és újabb verés lesz a vége. Néha egy pillanatra úgy tűnt, mintha mindez csak Bori képzeletéből fakadna, de lehet, hogy csak magunkat mentegettük ezzel a lehetőséggel. Felfoghatatlan volt, hogy köztünk jár ez is, hogy bárkivel megtörténhet.

Aztán Bori rohamot kapott az óra közepén. A mögöttem lévő padban ült. Előrenyújtott egy papírfecnit, amire annyit írt:

„Szólj Zsigának". Az az egy srác fel volt készítve. Már máskor is ápolta, ha összeomlott az iskolában. Átvettem a papírt, és Bori feje lebukott az asztallapra. Aztán rázkódni kezdett. Előredobtam a galacsint, fejen találta a fiút, az pedig rohant. Ketten fogtuk meg. Lefektettük, és felpolcoltuk a lábát. Kabátom lett a párna. Vonaglott. Mi lefogtuk, és egy vonalzót dugtunk a szájába. Ne koccanjanak a fogai... Nagyon közel hajoltam hozzá, mert alig hallhatóan suttogott. Minden tőle telhetőt megtett, hogy értelmes szavakat préseljen ki, fennakadt szemekkel. A lektor már felettünk téblábolt. Tárcsázta a mentőket. A póthajas, túlsminkelt zsírkréták, akiken annyi smink volt, hogy rajzolni lehetett volna a fejükkel, ostoba proli-káprázattal nyivákoltak. Közben Bori félholtan beszélt hozzám:

– Ne hívjato... ne hívj... toh... a mentő... mentőh...

Közbeszólt az egyik műkörömcica, hát ráripakodtam.

– Fogd már be, hát nem látod, hogy éppen vele kommunikálok?

Itt rontottam el. Nem fogtam fel, mit mondtam. A ragasztott pillájú prostik azt gondolták, a lány eszméletét vesztve rángatózik a karjaimban, de nem így volt. Tudtam, hogy mit akar. Félt, hogyha az anyja megtudja, hogy megint elvitték, ütlegelni fogja. Ezek a buta luvnyák meg azt hitték, az eszméletlen lány lelkével pusmogok. Így lettem médium a pletykákban.

Próbáltam a lektort józan belátásra bírni, de hatástalan voltam.

– Muszáj mentőt hívnom!

Bori nővére is befutott. Vele együtt vitte el a léleksintér szirénázva. Hallgattam. Segíteni szerettem volna, de tudtam, hogy egy egész család vápáján nem jutok túl, bármennyit izzadok.

Másnap Bori már jött iskolába. Az anyukája hazavitte és párszor hason találta, hogy hamar jobban legyen. Megkínált gyorsfagyasztott sütivel, de nem fogadtam el.

Ha eddig nem keltettem elég borzongást a célkeresztek középpontjában, akkor ettől a pillanattól fogva valóban minden halvány esélyem hamvába holt társaim megszelídítésére. Magamra maradtam. Magamra a tudással, amit Adél, Bori vagy Linda szellemének rejtekhelyeiről megismertem, és magamra az emlékezéssel, amit a Pentanigma maradék emléktárából szürcsölgettem.

Március volt, és egy osztálytársam végre rádöbbent, hogy együtt járunk filozófiaórára, és van agyam. Ármin megtestesült hangzavar volt, akárcsak a többi láncdohányos mafla. Aztán kiderült, hogy őt mégsem rágja olyan vehemensen a fene, mint a többi szeszkazánt. Sőt mi több! A tudásra való szomjúság elvezette Lujzához, akinek az édesapja valaha filozófiaprofesszor hírében állt. A lány egyik szemében nem stimmelt a fény. Egy cikkely benyúlt a szivárványhártyából a pupillába. Ármin és Lujza barátsága a sérültségen alapult. Mind a ketten docensgyerekek voltak, úgy, ahogy én. Összekötött bennünket az agytúltengés, a bájolgás a tudorok estélyein, és a taposás a kórházakban játszótér helyett. Ármint pici korában a mononukleózis felzabálta, most pedig megcsalatott titán módjára vedelte a melankóliát. Lujza is magányos volt. Illettem hozzájuk.

Ármin javaslatára úgy döntöttünk, megismerkedünk egymással. Ő kezdte, aztán én.

Mikor elfogyott a tüdőkapacitás a dohányzásra, Árminnal bebújtunk egy égett bakelitszagú kocsmába, megvárni Lujzit. Minden rajzom eléjük terítettem, már megfejtett kódokkal. Mindent elmondtam, amit Dantétól tanultam. Azt hiszem, úgy döntöttek, befogadnak. A háromlábú szék még mindig nem billeg. Meséltem nekik a legutóbbi körről, amihez tartoztam.

– Jesszus, Hédi, ne csináld már! Hallod, könyörgöm, élj úgy, mintha gimnazista lennél!

Ármin bölcsességeivel ritkán értettem egyet, de most az orrom elé tolt egy másik tükröt. Azokét, akiknek meg sem indul a fejében, hogy háromezer éve együtt utaznának valakivel dimenziókon át, s ezért nem számít a testi kor.

Szót fogadtam. Gondoltam, teszek néhány próbát az úgynevezett kortárs csoportjaimmal. Ármin fontos lett nekem, de félreértette az öleléseimet. Lujza viszont nem, ezért beavatott a titkokba. Barátunk akkoriban egy szexfüggő, szőke kisangyal elől bujkált. Legalábbis ezt állította. A csaj, Vilma, töltött cigit árult a laktanya nikotinéhes rabjainak. Állítólag fente a körmeit Árminra, persze elsősorban mint lepedőzsonglőrre. Valljuk be, a srác gyenge volt az ellenálláshoz.

A gyakorlatban így festett, ha Lujza és Ármin beszélgettek.

– Figyelj, Lú, tudod az van, hogy Vilma már megint keresgélt. Én pedig azt mondtam, hogy van valakim.

– Szóval hazudtál neki? Ennyire kivagy tőle?

– Hát... ja. Na szóval, én azt mondtam, hogy nem vagyok egészen egyedül.

– Mit mondtál neki, ki az?

– Hát, úgy konkrétan senkit nem mondtam, de ha rákérdez, akkor most Hedvig van, őt mondanám. Lujza zokon vette. Titokban ő is rajongott Árminért, és régebb óta volt mellette. Mikor hármassá tettem a duót, már olyan közel másztak egymás arcába, hogy érezhették, mit reggelizett a másik. Összeért az orruk, tesztelték a tűréshatáraikat. Elméletben. Szerintem pedig büszke, de csapnivaló példányai voltak a kétnemű barátságoknak. Nem lehetek vádló. Ugyanezt csináltam.

Dante kiszagolta, hogy másokkal szövetkezem. Miközben a kis együttállásunk hattyúdalát fújta, már meséltem neki az új felfedezésemről: Árminról és Lujzáról. Ráharapott.

– Bajban leszünk. Becsenget Ámor.

– Mi? Nem, mi nem úgy. Féltékeny vagy? Egy tizenhat éves kölyökre?

Kiröhögött. Egy év elteltével, mikor a Pentanigmának mindössze az emléke maradt, megint találkoztunk;

– Tudtam, hogy az az „Ámor" nagyobb hatással lesz rád, mint ahogy tervezted. Furcsa, hogy megint közéjük kerültél, azután, hogy... – elgondolkodott, és nem fejezte be a mondatot. Tudtam a végét.

Ebben bizonytalan vagyok. Nem is inkább Ármin, hanem a valódi Ámor, egy huncut íjász, húzott ki a csávából. Épp időben.

Egy éjjel a Rombárban, ami jóval nívósabb helynek számított az emlegetett kis kávécsárdánknál, Ármin és Lujza meglátogattak. Aznap ott dolgoztam egy kézművesvásáron. Amint Vilma is felbukkant, Ármin persze eltűnt a szőkedvény torkában. Lány. Fiú. Lány? Lányfiú. Fiány. Valami. Ármin sem tudta. Keresztben lenyelte őt ez a hancúrfan bambi, én pedig csak lestem hitetlenül, töretlen álcával.

– Haza kell mennem, bocs, de elég késő van. – Kitoltam a széket magam alól.

Ekkorra Lujza már nem volt sehol. Ő nem tűrte némán, ami történik, csak lelécelt. Az én gyomrom is fodrokba rendeződött. Ideje távozni. Ármin felpattant.

– Ez esetben, Hédi, ki kell, hogy kísérjelek! – eszmélt fel a nyálcseréből.

– Ja! Vár a taxi.

– Akkor haladjunk, szedd a lábad!

A sétálóutca végén már parkolt a sárga villogó. Ármin egyszál rúzsnyomos ingben tántorgott ki utánam a fagyban. Bénácskán álltam előtte. Az eredeti tervben minimum egy búcsúcsók benne volt, de Vilma nyálával nem számoltam. Ezt ő is tudta. A szája lilásan kicserzett, felgyorsult a lélegzete, de tudta, hogy nem lehet. Párat lélegeztünk némán, egymás után sóvárogva.

– Tudom, bazdmeg, Hédi, tudom. Elbasztam.

– El... Légy jó, Ármin!

Kislisszoltam tekintete szorongatásából és rükvercben a taxiig tolattam. Becsaptam az ajtót.

– Az Egyetemkertbe. Egyes szám.

Izzott a motor. Anty pedig csak állt, és hagyta, hogy az izgalom lilulását a hideg magáévá tegye, míg a felső gombok ficánkolnak megnyitott gallérján.

Mindezek ellenére, mivel nem voltam elég világos és nem tudattam vele mélységes csalódottságomat, meghívott a születésnapi partijára. Ez tömören azt jelentette, hogy egy fluxnegyedi házat harminc ittas jólétcsemete megtölt és szétráz. Pálinkában ázó pizzaszeletek a teraszon, hányástól bűzlik a fürdő, és minden szoba, aminek tartalma ágy, megtelik részeg és meztelen lihegésekkel. Én bevásárolok egyszer, mielőtt a Nap lemegy, majd újra megteszem, amint felkelt. Folyton kávét főzök, és a hajnal első nyalábjainál embermagasságú zsákokban a sarokba állítom az éj szennyesét. Egy zöldfűszeres cigarettát tartogatok, amit véletlenül épp Alextől kaptam, de a meggyújtással várnom kell. Itt figyelem kellett és józanság, különben mindegyik világomban egyszerre omlottam volna össze. Őszintén szólva tudtam, hogy Árminra várok. Elvégre bevállalta. Bevezetett a hangzavarosok világába, mint barátot, majd jól elkúrta. Úgy, ahogy mondom. Míg a kávé rotyogott a gázon, Ármin háromszor nyögött kéjslagot a hidrogénnimfa nemi szervébe. Működött a kurvakarom. Mindig működik.

Én pedig folytattam a tojásból, alkoholból, kávéból, tejből, szörpből és csikkekből álló koktél felszámolását odakint, a teraszon. Fel sem néztem a latyakból, mikor egy fekete ruha keze kisimította arcomból a hajzuhatagot.

Kinyúltak a lábaim, sorra a csigolyák, a fej a nyak tetejére került vissza. Farkasszemet néztünk. Szemben egy sötétséget árasztó sráccal, aki masszívabb és határozottabb volt a teljes felindulásnál. Ha úgy tetszik, a viháncoló alfák ómegája, a vadorzó. Akkor érkeztek meg. Épphogy átszelték a határvonalat a betonút nyirkos vákuuma és a purgatórium kertje között hárman. Ketten abból a hármasból, akiket a Debreceni Egyetem udvarából az előző tanév végén eltávolítottak. A dekadencia elit bálványai, és Linda.

– Hát szia! – rántott egy félmosolyt az idegen.

– Szia.

– Te ki vagy?

– Én? Egy kósza.

– Egy kósza?

– Az, egyenesen a végtelen éjszakából – megtöröltem a jobb kezem, de csak a kisujjam nyújtottam –, Hédi! A legtöbben így hívnak.

– Ez a teljes neved?

– Valentin Hedvig. Arra kereszteltek.

– Ez sokkal szebb! Nagyon örvendek, Hédi! Az én nevem Ottó.

Jól megrázta a kisujjam. Miután a kezébe nyomtam egy kávét, magasról tettem a sorban állókra. Egymást bámulva kúsztunk beljebb és beljebb a házban, ahol még tátongott egy üres szoba.

Ármin már előbújt, de nem látta, hogy én cserébe eltűntem egy fenevaddal.

A talált zug hátoldala eggyé vált a könyvespolccal, és faltól falig ágy töltötte meg a tér többi százalékát. Leültünk az ágy

94

peremére, ő balra, én jobbra. Egyszerre, míg profiljaink a másikéba torkolltak, lehajoltunk, és kioldottuk cipőnkön a fűzőt. Aztán lehúztuk. Hanyatt ereszkedtünk az ágyon, keresztben.

– Te hol voltál eddig? Hol a francban?

– Odaát.

– Végre! Valaki szavakat ad annak, ami bennem van.

– A bolyongás tenger, partja a szó.

– Nem hiszem el. Tudod, mi vagy? Egy fura kis fekete angyal...

A fetrengésből lassan összefonódás lett. Végtag végtagot ért, és arra gondolva, hogy Ármin farka eltűnik Vidában, hagytam, hogy Ottó fölém kerekedjen. Csupa izom volt. Csupa fekete textil és azon túl finom, kimunkált, tiszta bőr, alatta vörös, izzó hússal. Már a nyakamat érte, aztán a mellkasom. Avatott volt. Betegesen avatott a test csábításában, de nem hagytam magam. Kicsúsztam ujjai közül, és felültem. Kopogtattak. Odakint a rendőrség is járt már, hisz' a csendet felkavarta az ordító ház. Feltűnt a népnek, hogy nyomunk veszett, és felváltva törték ránk az üvegajtót.

– Azt a picsa, itt meg mi folyik, gyerekek? Gumitok van?

– Mi van, Ármin, dumálni nem szabad?

– Nem ez a te stílusod, öregem! – vigyorgott egy vadalma Ármin feje helyén, és megindult egy cigivel a szájában.

– Srácok, menjetek el, légyszi, fontos megbeszélnivalónk van. Ne most!

– Hű, Linda hogy ki fog bukni! Te tudod, főnök! – röhögött be az ajtón a többi hiéna, aztán eloldalogtak. Linda? Tessék? Itt megtorpantam.

És zuhant, és zuhant, és puff. Földet ért bennem a felismerés, hogy bár alig figyeltem, Linda alakja tényleg feltűnt a sötétben a marcona fiú háta mögött. Ott fehérlett a sövény levelei között, akár egy gizda gazellagida. Linda volt Ottó új szeretőjelöltje. Egészen az ötvenkilencedik, akivel csalta az eredeti kedvesét, Kiarát. Mocskosnak kellett volna találnom, de nem ment. Csak elképedve ráztam fejem képzeletben, hogy ugyan, mikor fogok kilépni a hármasfogatok istállójából?

Lean és Zo; Dante és Éva; Ottó és Linda... és így tovább.

Hozták a rossz hírt, amit csak hisztinek láttam. Ottó kiszaladt mellőlem az udvarra, hogy lenyugtassa Lindát, addig pedig mellém ült pesztrának Donát, azaz a „Don". Olyannyira „Don" volt ő, hogy egyedül eltüntetett akár nyolc pizzát, és csak a karos fotelben fért el kényelmesen. Felháborító, de roppant bizalomgerjesztő látvány. Egy robusztus maffiavezér, akitől egy jó tengerentúli szivart azért örömmel elfogadnál. Jól kifaggatott, mit pusmogtam oly buzgón a barátjával. A lehető legtisztább naivitással elsoroltam mindent. Bólintott. Ottó visszatért és folytattuk, ahol abbahagytuk. A gazellabambit, ha jól tudom, lenyugtatta. A „csak beszélgetünk" könnyű pofon volt, akár egy tollpihe. Ettől mindig a gyanakvó érzi magát hülyének.

Miután harmadjára tűnt el egy újabb cirkuszt jegelni, már én rontottam ki az üregből.

Az udvaron ragadtunk. Egy hintaágyban, hárman. Hajnali négy körül. Linda a balomon, Ottó jobbra. A takaró alatt a lábam cirógatta, miközben Lindához beszélt. Annyira etikátlan volt, hogy már szinte gyönyörrel töltött el. Sajnáltam a szőke ciklont, de az önsajnálatom fontosabb volt. Aztán ketten maradtak. Én tettem egy kört a padláson, majd váltottam a ciklont. Megbeszéltük, hogy marad a fonál.

– Pár nap múlva elutazom. Most pedig megyek. Írj! – A számomat a kezére írtam.

Miután megbizonyosodtam arról, hogy épen áll a ház, felszálltam egy buszra, ami egyenesen Egerbe tartott. Ott Vanda már az állomáson várt rám. Egy szemhunyásnyit sem aludtam, és Vandával, a bátorral eldurrantottuk azt az őrizgetett cigarettát.

Végzetesen benyomtam. A tüdőszanatórium lépcsője, ahol történt, óceánjáróként ingott a habokban, a sakktáblán pedig a repedések szarvaskoponya formát öltöttek és virágba borultak. Mi magunk mozgó, csúszó bábukká váltunk a sok fekete és fehér mezőn, aztán egy kávézóban kötöttünk ki. Rosszul voltam. Minden tekintet rám tapadt, hát a mosdóba menekültem, hogy megmossam az arcomat. A kép feladta a hadakozást a valósággal, elengedte a kezét. Hagyott süllyedni.

A legközelebbi józan percben a mosdó tükrei közt feküdtem egy bőrpuffon. Egy Dominikától örökölt bőrkabát szárnyként terült rám, míg Vanda fel-feltűnő hologramja körülöttem téblábolt egy felmosónyéllel. Epét hánytam. Sárgászöld, darabos epét. Semmi nem volt bennem. A világon semmi, pár zabdarabon meg a reggeli kávén kívül, amit kiöklendezhettem volna, de én rókáztam. Értünk jött Dominika. Lövésem sincs, hogyan sikerült a segítségét kérnem, de most ő volt a védangyal. Elnézve Vanda kalimpálását a felmosóval, megszántak a pultosok, és kaphattam, amit csak kértem. Tejre vágytam. Tejre, hogy oltsam a savas marást nyelőcsövemben.

Nagyon nehezen tudtam elmagyarázni, hogy nem, nem másnapos vagyok. Azt mondtam, súlyos gyomorproblémáim vannak – és ezzel nem is beszéltem annyira mellé.

Úgy kísértek a vállamnál tartva a lányok, a sötétlő göndör, meg a bársonyos szőke, mint két gárdista. A fény felé tartottunk. Az arcok tovább bámultak, én pedig az új snittben D ágyán rogytam össze. Három órát aludtam.

A következő napok is zavarosak voltak. Nem mindent fogtam fel. A szüleimnek sikerült hazudnom. Az alvást bevallottam, valószínű volt, hogy Ármin bulijában úgy kinyuvasztottam magam, hogy muszáj volt összecsuklanom. Szörnyen furdalt a lelkiismeret a tántorgásomért.

– Jesszus, Hedvig, te vagy a legdepressziósabb ember, akit valaha láttam! – szólt oda Vanda.

– De de Vanda, én csak… annyira szégyellem, nem is tudom, még sosem voltam… sosem voltam így kibukva – próbáltam magyarázkodni a lányoknak.

– Ugyan már, ilyen mindannyiunkkal van, csak neked szokatlan. Hagyd el! Még mindig tök tiszta vagy. Egyszer minden makulátlan bukik. Gyerek vagy, neked sem kell kihagynod a lépcsőfok-hibákat.

Jólesett a megértése, de a szégyen belém izzott. Ez elől is menekültem.

Három nap múlva várt az ominózus francia-tripp. Tulajdonképpen nem számoltam a hétvége következményeivel. Boldogan vesztem bele az ottlétezésbe. Szerencsére Dante sosem őriz haragot, de tisztán érezte, mekkorára nyílt seperc alatt a szakadék.

Párizs utcáit járva egészen máshol kalandoztam. A háztetők, a varjak és a macskák rózsaszín mezőnye egyedül Ottóig juttatta szavaim. Csak neki írtam meg, mi zajlik odabent, s mi marad kint. Omegának hívtam. Olyasvalakinek tűnt, aki a bűneit nem büszkén viseli, de még éppen elbírja. Tudta, hogy roszszat tesz, tudta, hogy gerinctelen, amit a barátnőjével csinál, de skalpvadászként hajtotta a tatár az újabb hibák felé. Amilyen vásottnak és elsötétültnek éreztem magam akkoriban, úgy tetszett, egyformán vagyunk sárosak. Megleptem a bizalmammal és a megértésemmel.

A Franciaország utáni szobafogságot csak ő törhette meg.

Már az első hétfőn színházba hívott, Lindával és a „Don"-nal. Ez különös konstelláció valóban, de a szüleim számára, egészen kifürkészhetetlen okokból kifolyólag, a színház felmentésként tündökölt a kényszerkarantén alól, hát megragadtam.

A Don Giovanni ment. Opera. Pláne bizarr. Egy történet egy szoknyapecér férfiról, akinek a csatlósa segít az éj leple alatt láthatatlannak, ezerarcúnak maradni. Linda és én ültünk a széleken.

Piros pont ennek a kis antilopnak, hogy megkeresett aznap reggel a dohányzóban.

A dohányzóban, ami valójában egy kerítésszakaszt jelentett a laktanyán kívül. Én is odaszöktem a tollamat szopogatva. Linda aznap magához hívott, a többiektől távolabb, és a közepébe csapott egyenesen.

– Figyelj, Hedvig, én nem haragszom rád! Tényleg, igazán! Elvégre nem tudhattad.

– De Linda, hidd el, én nem is akartam, tehát, ha bárkitől olyasmit, hogy direkt...

– Nem, nincsen semmi gond. A többiekre meg szarok magasról. Azt pletykálnak Ottóról, amit csak jólesik. Pont nem érdekel. Én csak örülhetek, hogy kimaradtam a játszmájából még az elején. De azért észnél kell lenned! Jól jegyezd meg, légy nagyon óvatos!

– Megfogadom.

– Ezt most ne úgy értsd, Ottó tényleg zűrös fiú! Ne engedd, hogy magával vigyen az ügyeibe.

– Szerintem elég furcsa vagyok ahhoz, hogy ne ugyanazt váltsam ki belőle, mint...

– Mint én?

– Nem erre gondoltam. Hanem mint általában. Mondtam neki, hogy ez így nincs rendjén és elfogadta.

– Na, hát az jó. Legyen igazad. Váltsd meg! Az én kedvemért nem akart lemondani Kiaráról.

– Ja, hát ezt majd még meglátjuk. Túl kényelmes helyzetben van.

– Így van! Pontosan! Na de Hedvig, figyelj, vegyük komolyra! Én veled jóban szeretnék lenni. Ne egy ekkora... – a fejét csóválta és kifújta a füstöt –, hagyjuk is, ne rajta múljon. Kedvellek téged.

– Köszönöm, Linda. Én is örülnék! Csillag vagy. Messzi, fényes csillag.

Így történt, hogy igazán közel siklottam ehhez a királylányhoz, közelebb, mint reméltem.

A Szóló s a Meredő

Eltűnt a nimfa –
Pezsgő mellettem.
Szeme mered, s ezzel
Szinte kész engem
Lángokba borítani
Későn, mardosón.

Tekinteted állom
S szavadra mégis csak
Lesütöm fejem –
Esszenciád érzem,
S formált már akkor is,
Míg ütköztél velem.

Hány tél telt azóta
Fölöttünk el s közben
Hányszor fáztam én,
Mindig egyedül.

Gyarló, pimasz ember
Volt, aki csak meredt –
Én voltam. S hajtott bár
A játék s a szeretet,
Akadtak társaim,
Kik velem osztoztak
Méregben s tervben
Az unalom ellen.

Együtt gyűlöltük mi
Mindet, ami régi,
S saját szaván túl
Mit sem ért már.

A miénk zengett, bár
Nyakunkra ezerszer
Szorult végzetünk –
Szertefoszló, kúszó
Lassú halál.

Osztoztunk mi úgy
A tagadásban
S osztozunk ma is,
Büszkén, szétesetten.

Osztoztunk mi ott
A szeretetben,
S közeledből ki ez a kín
Sem mozdíthatott.

Szorított a dogma, ám
Mosoly helyett drogra várt
Mind e hang
S köztük én,
Ki józanná igazán
Változom immár.

Osztoztunk a kéjen.
Füst, pára és vér
Alkotta a tintát,
S még sírok vele én
Ma éjjel is neked.

Osztoztunk a rideg
Magányban együtt –
Ám pótléknak helye
Köztünk nem lelte a sorsát.

Hanem e hetéra várt.
Mosolyával jelzett
Megannyi télen át –
Hittem, nem nekem.

Miért most,
S hogyan is
Tehette ezt velem?

Lámpásként villant
S tűnt mindig hirtelen
El, mintha remélné –
Nem látja senki sem.

Nem is kellett soha.
Éreztem mindig őt
A buzgót, a megbújót,
A termőt s teremtőt.

A fényével enyhet ád.
Csak nekem igaz.

Eltelt az idő úgy
Fölöttünk tán
S képedre mától én
Sem nyitom szám,

De elhittem szavad
És mert elejtetted,
Úszom még szemedben
Hisz' én is szeretlek.

Ottó hetente többször az Egyetemkertbe járt rúgni a bőrt, tőlünk pár házszámnyira. Minden edzése előtt beszökött hozzám. Segített a matekban. Rám fért. Azt is megtette, hogy hajnalban kelt, hogy legyen húsz percünk egy templom előtt egymás vállára dőlni, még mielőtt elindult a nap szekere. A pad meg a templom pont félútra esett az iskoláink között. Később ezt a szememre is vetette:

– Hedvig, mit tudtál? Kicsi Hédi, mit tudtál akkor, hogy ennyi mindenre hajlandó voltam érted?

A nővére is anorexiás volt. Ottó őrizte a hűtőt éjjelente, hogy ne tömje be a tartalmát és öklendezze vissza a fajansz-vízesésbe. Aggódott értem. Az apja nem élt velük, és kissrác korában párszor elrabolta, hogy ezzel zsarolja a mamát. Testőrszerű lett, de zavaros. Nem tudta, hogy a nők értéke mennyi, és mindet akarta. Mindet, ha az útjába került. Csillapíthatatlan étvágyát a dicsőségre és egyszerre a jóra, maga sem tudta egybe gyurmázni.

A rajzmester jóvoltából kiállíthattam mindazt, amit az utóbbi évben összefirkáltam.

Míg meg nem érkezett a vendégsereg, Ottó is bemerészkedett a Debreceni Előkészítőbe, szögelte és drótozta az üveglapokat, bennük a lélekdarabjaimmal.

A megnyitón az osztályom cseszte tiszteletét tenni. Jobb meglepetésem volt. Egyszer csak beszivárgott az aulába Lean, mögötte Zo, Noémi, Villő, és még ketten a régi mesternőnkkel, kezükben virággal. Repestem, szinte zokogtam az örömtől. A legnagyobb boldogságot ez a maroknyi színes osztag okozta, akik felháborították az egyenkéket. A sivatagban sós léből lett az oázis. Bizarr, de ők fakasztották. Még Lean is hozzájárult. Igen, eljött Leander.

Ottó büszke volt rá, hogy más voltam, hogy furcsa, hogy öszszekerült valakivel, aki messze nem az általa eddig felfogható világ részét alkotta. Szinte ufónak látott, és élvezte, hogy nem ismer, de azt remélte, majd megértem minden eddiginél jobban.

A giga-empátiát visszautasítással tarkítottam. Legyen ez lecke! Kikötöttem, hogy a születésnapomra legyen vége a Kiarával nyúzott sakkjátszmának, vagy nem imádkozhatja le rólam a fehérneműt soha. Az ilyesmit nem tudta kezelni, ritkán esett meg vele.

Az osztálytársaim, akik csak annyit vettek észre az eltelt hónapok alatt, hogy egyre több ruha fért el rajtam, s bennük én egyre inkább vesztem el, most lefittyent állal tétováztak előttem.

– Te komolyan a Szelényi Ottóval jársz?

Nem tudtam, hogy ez nagy szó. Meg sem fordult a fejemben, hogy itt is legendaként tekinthetnek a kitagadottakra, pedig így volt. Ottó sokára merészkedett velem kézen fogva pódiumra, de amint megtette, forgószelet kavart. Jól tudták, mióta és hogyan is áll kapcsolatban Kiarával.

Velem akart maradni, állítólag engem hosszútávra kívánt maga mellé, de a különbözőségeink egyre inkább tűntek elpusztíthatatlannak, mintsem, hogy rugalmassá vált volna köztünk a hézag.

Jött a tizenhetedik évindulója annak, hogy megszülettem. A határidő Kiarával.

Ottó nem végzett jó munkát. Elgyengült, és nem tudott nemet mondani. Sajnálta a vizsgái közepén moszatba lökni a lányt két év után, pedig közben sem volt kevésbé kikapós, mint a végjátszmában. Miért most bökje ki az igazságot, mikor az érettségi guillotine feszül a csaj nyakán?

A jeles napot Zsolmával és Noémival édesítettem. Ők lettek a fahéj és a tejhab. Talán vanília. Zsolma három ajándékot adott; egyet a testemnek, egyet a szellememnek, és egyet a lelkemnek. Egy tollakkal beborított könyv, egy fiola kókusztej, és egy ruhadarab volt a trió.

Aztán zsupsz, kocsi, és a jó öreg Eger.

Ottó is ott volt. Egy évfolyamtársunknál töltötte az éjszakát, aki történetesen Egerből származott. Dühös voltam. Nem elég, hogy az ünnepem voltaképpen gyász a családomnak, elvégre nem tudhatták ez lesz-e az utolsó születésnapom, amit megünneplünk; nem elég, hogy a szobám egy ravatal, mert akkora fájdalom tátongott ekkorra már a szeretteim szívében attól, hogy haldokoltam, hogy a képeslapokon fekete szalaggal „Hosszú, boldog életet kívánnak", még ő is elvágta a köteleket, amik hozzám csatolták. Kiarát megtartotta. Le fogsz pottyanni a magas lóról, Ottó! És én löklek le... Kidobtam a saját szülinapomon. Rimánkodhatott nekem szerelemért részegen, az egyezségünket felrúgta, én viszont tartottam magam hozzá. Úgy döntöttem, rendbe jövök. Úgy döntöttem, túlélem mégis. Élni akartam.

A sárkány, aki pszichiáteri álcában felém görbült, megállapította, hogy talán jobb volna, ha átkacsintanék a túloldalra. Közösen azt a végeredményt tákoltuk össze, hogy itt az ideje lányok után néznem, ha már egyszer az óvoda óta kerget az egyszikűség vádja. Egy rajzomat analizálta: a medencémből induló vértócsa a szarvasagancsos férfi kezében meredő késig nyúlt.

– Ideje letenni a trófeákról, ha jól tudjuk, hogy ártanak, nemde? Ottó pedig pajtás maradt. Bátorított, mikor beavattam:

– Miért ne? Próbáld csak! Esetleg szólj majd, hátha hármasban! Bízom az ízlésedben. – Kikacagtam. Az új pszichobá' – sorban a harmadik kurkász – konklúziója után egy metróút erejéig fintorogtam. Néztem a fiúkat és felfordult a gyomrom. Olyan idegennek tűntek, mintha Ádám csak korcsosult előállapota lett volna a legelső nőpéldánynak, s egy tévedésnek tetszett, hogy van még férfi a Földön. Megbabonázott ez a prizma. Hamar áttört rajta újra a heterók fénye, de akkor elgondolkodtam. Mi van, ha ebből ered mindez? Az összes eddigi baklövés?

Árminra sem haragudtam már. Gyakran énekelgettem neki. Folyamatosan ugyanazt az egy dalt. Közös dal volt. Közös Ottóval. És időközben közös lett Linda és egy új, mesefiú számára is. Itt lépett a történetbe egy mellékvágányon Noel, de csak később taposott a peronra.

Szóval dalolásztam éppen akkor is, mikor Eger mellé kirándult az osztályom. Az éj leple alatt egy vaddisznó került a táborhelyre. Az elől bujkálva botlottam bele egy korábbi lélekkurátorom szőke csemetéjével, aki anno nyálcsorgatva fordult utánam. Sokat babrált az iskola nano-politikájával, ami taszított benne, de fejbiccentést érdemelt mégis.

– Tudod, valahol csodállak – tette a pontot az eső szavaim végére.

– Igazán? Ugyan miért csodálsz? – Egyik kezét zsebre dugta, a másikkal rágyújtott egy cigire.

– Mert törtető vagy, és bár át kell gázolnod ezért másokon, tudod, hogy mi az utad, és te követed.

– Ez nem hiszem, hogy jó. Sok súllyal jár.

– Persze. De a jó uralkodónak kemény kéz kell. Még ha ez bizonyos szempontokból elítélhető...

– Igazad lehet.

– Igazam van. Nem vagy rossz ember, csak a céljaid nem mindig szentesítenek eszközt.

– Lehet.

– Lehet.

– Na, hát kösz azért. Jólesett. Tulajdonképpen furcsa, hogy milyen normális vagy. Nem sokan mondanak ki ilyesmit. Még beszéljünk.

– Beszéljünk!

– Szia! Vigyázz a vadkannal! – Elnyomta a csikket a tornác nedves fáján, és eltűnt.

Szép arcú fiú volt, de különös útra lépett. A tetejére fog érni a dózerolásnak, amit mások vállain lépkedve visz véghez. Előre kitervelte, alaposan.

Minden szürkült körülöttem. Szürke lett és kék ismét. Mintha megpróbáltam volna jó mimikrit növeszteni ide, ahol a szívekben hideg tombol. Komolyabban kellett volna nekilátnom a színnyalábolásnak, hogy megóvjam vegetáló lényem első sarjadásait. Megállás nélkül rajzoltam.

Vándor

Kitakaró

Mennék én akárhova,
Csak el innen végre.
Ha már ennyit bámulnak,
Fizessenek érte.

/Félreértelmeztek/

Vándorlok. Mindig az a lány leszek, aki továbbáll. Vince mellett ébredtem rá, hogy engem nem lehet megfogni. Lelépek, amint a maradás gyűrűje megszilárdul bokám körül. Ennél nyughatatlanabb, megzabolázhatatlan vagyok. Nem törtök össze. Ha kell, akár olyanná válok, mint Timi lakótársam világklasszis epéje, amit harmonikába hajtogattak a gyomra alatt, de el nem pusztulok. Nagyobbra növök minden fájdalomtól. Ez lett az új mechanizmus. Ha bántotok, megrepedek, de vaskos kéregként nőnek újra letördelt karjaim. Támadó leszek. Elcsöndesülök, és minden lágyság farkasvigyorba torzul.

Tovább, tovább, tovább.

Budapestről Egerbe, Egerből Egerbe, onnan Debrecenbe, aztán majd' minden áldott hétvégén vissza a hegyvidékre. Cseberből vederbe... Mint a kollégisták. Minta. Anya és apa a szobatársaim. A vicc kedvéért Debrecen után persze Budapestre költöztem újra. Ott várt rám az Akadémia. Mindössze két napos, albérleti kudarccal indult, majd egy három hónappal, és most épp a harmadikban tocsogok, bokáig átázott vászonmamuszban, az emlegetett Timi mellett, amíg pötyögöm a sorokat.

Egy másik, de teljes élet lehetősége Budapesten maradt, mikor a hegyvidékre települtünk. Aztán Egerben is felejtődött egyfajta sors, amint Debrecen felé kanyarodtam. Elhagytam Vincét, elhagytam Leandert, elhagytam a drámaiskolát, elhagytam Dantét, elhagytam Ottót, a debreceni előkészítőt, elhagytam az ételt, elhagytam a színeket. Néha faképnél hagytam Dominikát is.

Olykor lemaradt a marihuána, a hús, a tánc, hoppon maradt a színpad és végső, de nem utolsósorban, önmagamnak is hátat fordítottam.

A testem, az eszméletem vagy az álmom, a sok a sok firlefranc a szobám faláról, mind leköszöntek. Sehol a nyaldosó árnyékaim vagy bármi, ami fájdalmat okozott.

Bizony eljött az ideje újra meg újra annak is, hogy elhagyjam az országot. Hátha az új retrospektív képeslapon észreveszem a csalásokat. Ennek érdekében még a feketét is hajlandó voltam feladni.

Azonban hiába utazik az ember keletre, nyugatra, a kontinensen túlra, párába, csigába meg homokba harapva, mert amint visszanéz, a saját szemtükrével találkozik szembe.

Jobb esetben valami épkézláb válasszal áll elő és érzi, ha elérkezett az ideje egy újabb távozásnak.

6/2

Kalózok

Kifordított maszkok

Frissítsétek föl a régi receptet! Messzire nyúlik
Egyszeri titka, de itt ma mi könnyen rakjuk a falra
S bármikor újra, mi kézbe ha vesszük, és beletesszük
Arcunk, nem lehet álca-kifordítván, hiszen immár
Színe igaz, pimasz.

Hamarosan más ragadozók röpködtek körülöttem. Ezeknek a nevét sem lehetett tudni. Csupa féligaz, árnyékba öltözött fiúk, akik egymásról és egymással külön nyelven beszéltek. Maxim, Gonzó, Djarum, Héra, Kristály...Ilyeneket suttogtak a zöld párával telt lakásokban, ahová, ha avatatlanul tért be az ember, máris úgy bámulták, villanó fogakkal és szemekkel, akár egy gyöngyökkel zsúfolt kincsesládát. Hogy s hogy nem, az egyiknek záros határidőn belül a fürdőszobájában kötöttem ki. Persze egészen titokban. Hiába csörgött a telefon.

Mire megfordultam, már mind a ketten a zuhany alatt álltunk. A srác, akit a banditák csak Néróként emlegettek, leemelt egy női tusfürdőt a szoba felső ablakából és addig játszott a krémmel, míg habzani kezdett, aztán elegyengette. Nem mertem lenézni. A melléig értem, amire kardfogú tigriseket tetováltak. Nagyon szépnek láttam őket. Aztán a saját vállait is meglögybölte, majd a két test az arcnál összekapcsolódott és hagyta, hogy a víz zubogjon a bordákon meg a végtagokon...

Tulajdonképpen nem volt világ. Nem volt semmi, ami meggátolhatott volna, hogy lefeküdjek vele. Ottótól jobban féltem, mintsem hogy ilyen forró helyzetbe kerüljünk. Dantéval nem eveztünk veszélyesebb vizekre a táncnál, Bogdán pedig szemernyi romantikát sem hagyott virágzani azon a két estén, mikor túl közel engedett magához. Néró engedélye más volt. Sokkal tiszteletteljesebb. Amolyan kiváltság vagy kitüntetés. A haramiák értették a szebbik nem testét. Nem ismertem sem őt, sem az indítékait, de könnyű volt fölé kerekedni a macska-egér harcban. Mire megtörölköztünk, olyanok lettünk, mint a gyerekek. Kacarásztunk. Egymásról szárítgattuk fel a vízcseppeket. Magamra húztam egy pólót, amit a székén találtam. A térdemig érhetett, már inkább hálóing. Macska hunyorgott rajta.

– Az maradhat rajtad. Még senkin nem volt, rajtam kívül persze. Átveszi az illatod.

Ez a nap az enyém volt. A többivel úgy döntöttem, inkább nem számolok.

Az ágyba dőlt. Én lassan közeledtem felé, s velem együtt az az állat a hálóingemen. Kezdődött a játék. Kölcsönprédái lettünk egymásnak.

Aztán mégsem. Mégis túl nagy falat maradt, mégis idegen. Ez az egér csak játszott a cicával. A Nap szelíden pásztázta a laminált padló közti réseket és megpihent a borotva elől megszökött szőrszálakon. Az arc élén, a combokon. Nem akart semmit. Illetve akart, de nem kért.

Aztán betéptünk. Elkábultam, megijesztettem és többé nem kért a társaságomból. Annyit legalább kifacsartam belőle, hogyan kell belevágni a tetoválóbiznISzbe. Akadt elég pénzem pár eladott munkámból, hogy végre benevezzek egy szettre, és emberek bőrére varrhassak. Lujzán gyakoroltam. Ő kérte, hogy hennázzunk párszor, és imádta.

Ottó ezalatt kopasz lett, elment egy nyolcszáz kilométeres sétára, és megtért. A meglepetés kedvéért Lindával kavarta a vizet, de a lány közben egyre szorosabbra fűzte a szálakat Noellel. Noel anno Zoárd általános iskolai osztálytársa volt. Ismertem, de zárvány maradt az emlék. Alvint és Noelt egyazon estén

113

láttam először. Egyszer Leannal és Zoárddal kézen fogva trappoltunk tizennégy évesen a főutcán, még mielőtt az egész balhé kezdetét vette volna. Még akár jól is elsülhetett volna. Vettem nekik cigit meg sört. Akkoriban érintetlenek voltunk. Sehol egy repedés, sehol a sár.

Most más idők jártak. Noel totojázása Lindát Ottó karjaiba vezette. Őzsuta és fenevad. Persze, hisz' a köztem és Linda közt húzódó drótkötélen elfért még pár lánymadár. Ottó körül úgy rotálódtak a csajok, mintha csak zoknit cserélt volna. Mikor valaki bedobta végre mindet a mosógépbe, elővehetett egy ismerős párt. Csakhogy velem Ottónak nem volt valódi akciója. Ezt Linda meg is említette Donát egyik cimborájának.

Ez a fickó, akit kevésbé elázott napjain Rébusznak hívtak, egy kocsmaszagú ünnepélyen elénk állt:

– Képzeld, Ré', mi mind a ketten jártunk Ottóval, és ettől csak jobb barátnők lettünk! – dicsekedett a kristályszempár spiccesen.

– Ó tényleg? Tényleg jó, hogy mindkettőtöket lekúrt ugyanaz a csávó?!

– Velem nem feküdt le – szúrtam közbe flegmán.

– Akkor meg minek járt veled? – nézett értetlenül, szemlátomást nem engedve teret a testiségen kívüli perspektíváknak. Aztán sarkon fordult, és proszitra emelte kezében a sörös dobozt. Tátva maradt a szám. Linda belém karolva utánakiabált valami ocsmányat, de aztán hagyta elsétálni. Fintorogtam. Az undorom erősebb volt annál, mintsem hogy bármit hozzátegyek. Nem is sejtettem volna, hogy alig két évvel később ez a Ré' elcsavarja Linda fejét és kiszolgálja királynői igényeit testtel, bájjal, kedvvel, lélekkel... na jó, ne túlozzunk! Bizonyos örökkéknek van vége.

A nyár felemelően folydogált tovább a mederben, amibe szökött a szárazföld elől. Eljött az első alkalom, mikor Vendel egy héten át vendégül látott Budapesten. Elszórakoztunk. Kroszszolás a beton-fűtötte éjszakai utcán, végtelenített szörpszürcsölés, amíg betölt a Flipper. Közben sokat beszélgettünk. Kiderült, mennyire egyforma velem. Ő a főiskola éveivel kilopta magát a családi fészek szorításai alól. Maradt inkább kósza, aztán kopaszodó hippi a fővárosban, és nagyon jól tette. Mindenfélékről meséltem neki. Arról, hogy kiket szerettem, kiket nem, hogy miket ehettek, miket nem. Még anyánkról is. Egészen egybevágott az elméletünk. Anya csupa jót akart, de ami engem illet, úgy éreztem magam, mint egy afféle műalkotás, ami jobb esetben körülbelül azokat az álmokat teljesíti, amiket belé projektáltak. Egy dolog, hogy az ember öntudatra ébredésével aztán formálódik ez a korántsem fröccsöntött váz, a másik viszont egyértelműen mutat a szomorú lehetőségre; lehet, hogy nem olyan boldog mostanában az édesanyánk. Mindenesetre az én anyámmal vívott vitáim kísértetiesen hasonlítottak azokra, amiket valaha Vendellel játszott le. Jó volt végre testvéreknek lenni. Csak nőnöm kellett hozzá, körülbelül éppen annyit, hogy elérjem a kort, amiben Vendel épp trappolt a születésem idején.

Voltaképpen úgy tűnt, mintha ő azóta sem sokat változott volna. Lehetett volna az öcsém is, vagy éppen egy pajti, aki egyidős velem.

Volt még két félvér bátyám apa előző házasságából. Őket sokáig alig ismertem. Az első igazi közös felüdülést egy esküvő hozta. A családfa Valentin névre keresztelt ágán ezer unokatestvér arcképe függött.

Az egyik kuzin rátalált élete választottjára. És akkor együtt, mi sokan Valentinek, kívül s belül hemperegve a zöldben, megünnepeltük az összetartozást. Szépet álmodtam közben, szépet, tengert, óceánt. Garnéla voltam, majd harisnya, ahogy harisnyát festeni tud a pop art, és lepke, ami tündérkézben táncoltat fehér sárkány hátán vulkánt. Kleó nevetgélt rajtam és beszállt a játékba. Az egyetlen családtag, aki szinte egyidős volt velem. Ő zöldes volt, fényesebb, akár egy sellő, én tompa és rózsaszín. Mese volt fehér foggal. Mese, s még másnap a lejövő... mese volt habbal. Az augusztus mást is rejtegetett. Egerben a szüleim felfedeztek egy új helyet egy író egykori tanyájának berkeiben, aki a várost is híressé tette szerte a világon. A Galeria helyi művészgyerekek számára nyílt, mint kiállítótér és kávészürcsölde. A két alapító lány figyelmét felhívták rám és az első adandó alkalommal bemutattak nekik. Meghívtak, tartsak egynapos, tárlatvezetős kiállítást itt, a kertben. Mondhatni egy életműszakasz került oda a fákra meg a fűbe, néhány darab raklapokra. Sok kedvesem eljött. Itt volt a verhetetlen Alex-Arnold duó, Linda, Dominika, Vanda, Lujza, Zsolma, és a „Don" másodmagával, Nimróddal. Legalább hatvan vendéget számoltam, de volt, aki csak akkor futott be, mikor már csak a gyertyák fénye játszott a fák közé támasztott képek üvegén, és már véget vetettem a népszámlálásnak. A színes lámpások alatt külön csoportokba szedtem az eddigi tudástáram megtestesülését. A Fekete családról volt egy külön sarok, a „Xarnold" felülmúlhatatlan örömére. Szinte végig amellett a szakasz mellett őrködtek, hogy mindenkinek elmondhassák, belőlük merítettem ihletet. Életem első festményét alig egy héttel korábban rittyentettem, egy művésztelepen, ahol teljesen nyilvánvalóan semmi keresnivalóm nem volt. A meglett művésztársadalmat ingerlik a kérdezők. Sekélyes sznobizmusuk nem engedi meg azt a rugalmasságot, hogy esetleg képesek legyenek a saját munkásságukba tartalmat látni. Szóval festettem. Egy lány teste, nyakán rókafejjel. A Galeriben ezt egy ablakba akasztottam. A kertben majdnem minden arc ismerős volt valahonnan; óvoda, anyám barátságai, tánciskolák, Debrecen, Budapest, az előkészítő, az általános iskolás babazsúrok, vagy valamelyik öreg barát öreg barátainak öreg barátai és a kutyájuk... kettőt kivéve.

A házaspár Potterava névre hallgatott. A magyart beszélték, de már a határ másik oldalán éltek. A fiuk grandiózus, virtuóz festő hírében állt. Bámészan téblábolták a képeim között, majd rám mosolyogtak. Az egyik képet, a legkedvesebbet, amit Dante idejében kanyarítottam, kedvencüknek jelölték. Elhatározva, hogy azt a bizonyosat nekik ajándékozom, kezet fogtam velük és szavamat adtam, hogy a határon túl is bemutatom a munkáimat. Helyet kínáltak nekem egy közösségi házban valahol, egy hegyek közt lapuló városkában.

Most a bemutatóm után Nim és Donát segítettek elpakolni. Mindenkit hazavittek egy-egy fuvarral. Nim maradt velem, hogy a következő kört ne várjam egyedül. Üldögéltünk a várost bámulva, báli díszben a lépcsőn. Az elit giminkről beszéltünk, meg Lindáról, meg Ottóról meg Noelről, Ottóról és Lindáról, Noelről és Lindáról, Lindáról és... sorban. Ottó és a „Don" voltak Nimród legjobb barátai, akiket lapátra tett az előkészítő. Ők voltak a családja, csak éppen nem tehette meg, hogy büszkeségből maga is letérjen az ösvényről, mint én, mikor elzavarták a barátaimat. Ami a vendégkörömet illeti, aggódtam, hogy melléfogok vagy éppen minden hajót süllyesztek a torpedóban. Inkább az utóbbi. A négy égtájról összehordott cimbik közül csak Vanda és Lujza fújtak egymásra, de a többi mind örömét lelte a közös héderelésben. Alex, Vanda és én jól benyomtunk a fürdőszobában, hogy aztán a szőnyeget cirógatva nevetgélhessek:

– Lujza! – szóltam a legjózanabbnak.

– Tessék, Hédi, mondjad!

– Lujza, olyan boldoggá tesztek! És olyan... Szent Szösz! Olyan puha ez a szőnyeg! Hozd el nekem, kérlek, a... a könyvemet, tudod, amit írnom kell, amit írni szoktam. A naplómat, tudod, a szobámban van, hozd fel nekem!

És hozta, és én írtam. Hamarosan kávét kért a díszletes kommuna, hát menten kijózanodtam, hogy a kezem visszaserényedhessen. Arnold a „Don"-nal kötött szövetséget, Zsolma Lujzával bújt el a szobámban a mágiát megosztani, Linda bárkivel elkacarászott, ahogyan Dominika is tette Alexszel és Vandával.

Megmámorosodtam tőlük. Alig voltak egy tenyérnyi morzsája annak az életnek, amit eddig magam köré gyűrtem, de köztük lehettem nyugodtan egy ügyefogyott kukoricapehely, ami egyedül úszkál a hideg tejben. Szerettek így is. Eljöttek hozzám, ide, a világ végére, hogy megnézzék, mit locsogok halomra arról, amit a művészetemnek nevezek. Ahogy józanodtam, a szeretet is nőtt, egyenes arányban a fénnyel a horizonton.

Semmit nem aludtunk. Öt óra tájt útra keltünk, hogy a környéket felfedezzük. Mellénk szegődött egy bárdolatlan kis állat. Egy bárdolatlan macska. Az első iskolám épülete mellett talált bennünket a hajnal, és elleptük a játszóteret. Másfél órával később a csapat felének indulnia kellett vissza, Debrecen sápadt tenyerébe. A cica maradt helyettük, nyivákolva a belső kertkapun. Másnap, mikor a tegnap maradványait kellett volna transzportálni, nem voltam észnél. Elaltatott a Galeri kávékertje, egy napágyban pihentem. Ekkoriban már féltem, hogy vajon felébredek-e legközelebb, ha az álom utolér? A gerinc körüli izmok elsorvadtak, a csigolyák szenvedve tekeredtek egymáson. Zoárddal, ha már nem tudott eljönni az egri verzióra, privát bulit csaptunk kettecskén. A kis városszéli vályogkulipintyójukban fél doboz cigim elszívta. Segítettem neki mindenféle könyvekből mindenféle naplókat írni az évkezdésre. Ketten könnyebb volt. Egymás mellett aludtunk. Rémeket álmodtam; félig elrágott egy hatalmas, disznó alakú démon. Valami keringhetett itt a szuburbiában, valami túlvilági és gonosz, jól tudom, hogy más is érezte. Zoárdot felébresztettem vergődésemmel. Megölelt, hogy ne forgolódjak. A következő ébredést rettegéssel méricskéltem...

Márpedig bekövetkezett. Magamhoz tértem ennek a szünidőnek a végén is, és megint a laktanyába csöppentem. Dohányoztam, és igyekeztem az elsősök között félelmet kelteni. Úgy vonultam köztük, mintha ebben a varjúlepte udvarban öregedtem volna meg. Így is éreztem. Most épp több voltam, mint negyven. A vén holló, a most már hajdani direktor mellém baktatott egy fehér felhőben állva, még inkább görnyedt háttal. Nyáron mindenféle macerálásoknak volt kitéve. Másnak a kezébe adták az iskolát.

– Na, mennyi? – kérdezte, látva, hogy nem fityeg rajtam olyan lazán a szoknya, mint a tanév végén

– Három.

– Na, majd megint ledobjuk, jól mondom? – Megemelte a cigarettáját, és együttérző búcsút intett vele.

– Le!

Elmosolyodtam. Sokan csodálkoztak, hogy most már én is pöfékelek. Hála Kleónak!

– Hedvig, ezt a szokást a drámáról szerezted? – kérdezte az osztályfőnök.

– Nem, tanárnő, még csak most jöttem bele. Jó hely ez az előkészítő, csupa hasznosat lehet benne tanulni! – hagytam szerencsétlent faképnél, miközben sercent az öngyújtóm fogaskereke.

A cigifüst remek portálnak bizonyult, amiben elérhetett a kezem Noelig.

– Hé! Figyelj csak! – intettem közelebb magamhoz.

– Hahó, ha. Kis csóka! Madárlány.

– Tudod, azon morfondíroztam – közben átnyújtottam neki a dobozt, válasszon egy cigarettát –, hogy itt lenne az ideje beszélgetnünk egy nagyot!

– Jaj, jaj de jó, kis gondolatolvasás. Vártam, hogy most valakivel tudjak... kicsit így ketten. Talán pont veled kell. – A kezét is megfogtam egy pillanatra.

– Linda meg Ottó?

– Igen, igen, hát, már korábban is gondoltam, hogy te tudhatod még, milyen ez nekem.

Elharaptam egy szenvedős mosolyt, inkább csak szusszantam egyet és bólogattam váll-rántva.

– Mondd, te mégis hogy kerülsz ide? – nevettem az arcába most már teljes szívvel.

– Hát nem arra vettem a kanyart, mint Zoárd, de ezt én is kérdezhetném tőled! Te is itt vagy.

–Jogos, jogos! Csak éppen kevesebbet leszek itt. Sokkal. Úgy döntöttem, meglépek. Nem maradok itt sem – fedtem fel az eddig magamnak sem kimondott terveimet.

– Megint? Hiszen csak most jöttél. Mindenesetre nagy kalappal hozzá! Viszont még beszéljünk hasonlót, ez most kicsit sepregetett a vállamról. Ide a talpamhoz hullott, lefelé. Könynyebb lett!

– Oda, hol a százszorszép – mutattam a fűre, amiben fehér virágok nyíltak – a kezem s a kezed közé...

– Oda, oda!

Nevetgéltünk, megint kicsit fájón, aztán sietnie kellett, de már kész is volt a paktum. Az utolsó mondatfelet csentem. Volt egy közös dal, ami mind a négyünknek éjszakákon át sokat mondott. Legalább lett egy újabb csatlósom, ha már vissza kellett merészkednem ide, ebbe a klóntenyészetbe.

Ettől fogva két hónap tömény nyüszítés következett. Ezalatt Noel az egyetlen fehér katona maradt a sakktáblán, aki maga sem tudta, hányadán is áll velem. Kilógtunk, mert valamit túlzásnak találtak, ha ránk néztek. Én túlontúl fekete voltam, ő meg hófehér. Próbálkoztunk csókkal, habókkal, de rosszabbul ment, mint reméltük. Nem ő volt az egyetlen, akivel így jártam, ő legalább megpróbálta.

Túl nehéz pakk voltam. Túl nehéz mindenkinek, a kilóim számát meghazudtolva.

Magamat kellett szórakoztatnom. Ahogy megérkezett a tetoválószerzemény, azonnal munkába kezdtem. A gyakorlás harmadik napján a bokámba véstem egy fekete varjútollat. Gondoltam, ezt a billogot mindenkor büszkén viselem. Nem fájt. Az iskolapad annál jobban. A testnevelőnő rám szállt, és próbált megóvni saját hadjáratomtól. Nem bántam volna, ha erről leszoknak az önjelölt intenzívesek.

– Na, Hedvig! Nem kérsz egy kis szalonnát? Hoztam reggelire. Meg van nálam saláta is... esetleg leves?

Elpattant a húr. Hajnalonta száz gramm zabkása, és később egy alma. Ez volt a maximális munícióm, de ez a karikás szemű nő nem bírt magával, és naponta kikérdezett, hogy mivel táplálkozom, én meg elmondtam. Ugyanazt, újra és újra. Már az evés szó hallatán is égnek állt hátamon a libaszőr.

– És utána mit eszel? Tényleg, van nálam szalonna, nagyon jó a gyomornak, főleg reggelente. Leves? Egy kis hagymás krémleves?

Tüzet tudtam volna okádni. Felugrottam a nyújtásból és kifakadtam:

– Értse már meg, hogy nem akarok a táplálkozásról beszélni! – hörögtem. A szemeim bevörösödtek. – Képes felfogni? Ez egyáltalán nem a maga dolga! – Szinte a képébe köptem, aztán futottam. Ki a tornacsarnokból, le a lépcsőn, fel a lépcsőn, át a folyosón, még feljebb, az öltöző zárva, dörömböltem, majd öszszerogytam. Sírva, rázkódva, ahogy sikerült, és minden sötét lett. Közelített egy nem éppen nyúlánk figura. Ismeretlen tanár úr volt, aki még sosem állt velem szóba. Talpra segített és a saját tanárijába terelt. Leültem egy kanapéra, pokrócba tekert és megkérdezte, hogy iszom a kávét.

– Tisztán, feketén. Köszönöm.

Mikor már kezemben volt az automatás műanyagpohár, leült velem szembe és kérdezgetni kezdett.

– Hogy is hívnak? Hédi, igaz?

Biccentéssel válaszoltam.

– És mondd csak, te Hedvig, mi szeretnél lenni?

– Én csak rajzolni szeretnék, meg díszleteket tervezni... filmekhez, meg színházakba.

– Hát akkor mi dolgod itt? Menj innen, ha tudsz, én mondom! Én is mennék, ha lenne jobb ötletem. A testnevelőnődtől meg kérj szépen elnézést! Nem akart ő bántani téged.

Addigra Berta néni az ajtóban állt szomorú, a mosolygödréig lenyúló szemfestékével. Leült mellém és inkább megölelt. Ő is bocsánatot kért tőlem.

– El kell jönnöd hozzám teázni! Ígérd meg, hogy eljössz, Hedvig, még mielőtt elmennél!

Jólesett ez a kis melegség, még ha mindössze pár korty volt csak, mint az a kávé.

Vártam az adandó alkalomra. Az öreg holló még egyszer beszélőre hívott. Nem úgy, mint Rosenkrantz, a drámai igazgató a drámán, aki hiába tudott terveimről, csak dölyfösen fújtatott mellettem, és igyekezett hátralevő napjaimat megkeseríteni intézményében. Nem. Ez a bölcs madár megengedte, hogy elmondjam neki, mennyi mindent köszönök, de mennyivel több okom van mégis, hogy meglépjek. Voltaképpen ő is együtt érzett. Két nap múlva nem voltam sehol... sehol a fákat ölelgető suttogó, vagy a fekete pontocska, aki korábban a tollát szopogatta cigi helyett. Eltűnt a folyosókról az, aki a kabátjába bagyulálva aludt a padokon és a hóban sem táncolt többé, hogy bárki levideózhassa. Senkinek nem vérzett onnantól az orra, és nem látták többet azt, aki termoszból itta a mikrózott almalevet. Más mesébe vágtam újfent.

Reám szivárvány vár

Le vagytok szarva mind,
Mind, kik e mocskon túl
Mocskot láttok, s abban nem leltek
Igaz kincset, ám én még láthatok
Égő jelt –
Léleknek nemes messzeségét.

Mindet, ha vágyom,
Melyiket is szeressem?
Megadón eltelek, lelkem kiterjesztem,
Avagy megkövülten borulok aranyba.
Tűzre velük.

7

Káprázat

Előhang

Nyolc óra ötven perc.
Sírva ébredek.
Vé meghalt.
Meghalt Vé.
Meghalt Vé álmomban.
Az álmombéli Vé meghalt.
Elment.
Elment vadászni... ez meglőtte.
Nem.
Nem ment vadászni.
Most nem vadászni ment.
Csend van. Néma csend.
Lehet nevetni.
Meggyászol egy képzelt barátot?
Valakik felnőnek.
Sírni nincs idő. Idő nincs.
Nem így.
Nem így van.
Így nem lehet.
Nem lehet így.

A falon az agancsot bámulom magammal szemben, amit nagy-apám talált. Töprengek. Látom, vagy csak elhiszem? Van olyan, hogy nincs, csak az, amit a szem észlel? Lehet, hogy éppen nem. Az ég bennem. Nem.

Véről.

Ami Vét illeti. Nehéz ez. Vével tizenkét éves koromban talál-koztam először. Nagyon szerelmes akartam lenni. Nem monda-nám, hogy akkor született, inkább csak azt, hogy a testét ekkor kapta. Egy nap, mikor az iskola és a délutáni valami között apám kórházi irodájában hagytam telni az időt, visszanézett rám egy írólapról. Egy fekete, kócos hajú fiú zöldnek tűnő szemei pislog-tak a grafitból és szólongatni kezdtek. Vé velem egyszerre jött a világra, mégis sokkal idősebbnek láttam. Később úgy tűnt, tizen-hat és tizenkilenc között megfagy, és nem fejlődik tovább, csak a keserűségtől nő állán borosta. Vé én voltam, és semmiképpen sem én. Egy fiú, aki a csonka holdak kiharapott szeletét visszaök-lendezhette belém. Attól fogva nem voltam magányos. Hangosan beszéltem hozzá a folyosókon, hallottam a hangját a parkban, a sétányokon, eljött velem Franciaországba és fogtam a kezét két úticél között. Akinek a keze beleütközött balra nyújtott kezem behajló ujjaiba. Vé az ágyam végén ült, ha estére megártott az ér-telem, és átkarolt, ha nem maradt más, csak én meg a félsz. Néha vadászni ment. Állatok lelkét itta Ázsiában, hogy reinkarnálódva térjen hozzám vissza. Álmomban meghalt. Aztán nem jött többé.

Zentéről.

Felvételizem. Ismét. A Hollókert nagy fekete medvéje, min-denki keresztapja, tárt karokkal várt, de mielőtt beosontam volna a hóna alatt, megmérettettem. Szerdai nap volt. Jégsö-tét késő ősz, meleg esővel. Egy lopott sapkában voltam, és letö-röltem arcomról az eddig felhordott mocsok megszokott taka-róját. Noel aznap délelőtt meg is jegyezte:

– Ma elmész és máris új az összkép? Tiszta arc, sapka szem-be nyomva?

– Így-így. Semmi korom. Új lapot kezdenék.

Egész nap készültem. Több ízben Noel nyakába ugrottam, együtt izgult velem. Háromkor kezdődött. Nyílt nap volt éppen, hát csupa újakat vártak a Hollókertbe. Igaz, nem éppen a tizen-egyedikesek terme lett volna a célpont. Hosszabbított modell-munkát kértek, hogy a bámészkodóknak legyen min mélázni. Két rajzot vártak.

Csendesen szuszogtam, és reszketett a tenyerem. Hegyez-tem a fülem, miket pusmognak azok, akik közt remélhetőleg jövőbéli víg napjaimat tengetem. Csak két lányt ismertem. Ők egy tíz sávot számláló szivárványból származtak. Olyan barát-ságkoszorúból, ami engem mágnesként húzott ide.

A sokadszor emlegetett, lepukkant kocsmában verődtem hoz-zájuk, meg egy kiállításmegnyitón, ahol jól megnéztük egymást. Kiderült, hogy illenénk. Konkrétan hozzájuk akartam még köze-lebb férkőzni, még ha más évfolyamba is jártak. Kifigyeltem egy szőke srácot. Tagbaszakadt fiú, oldalt felnyírt, szembe lógó haj-jal. Még majdnem tetszett is. A tigrismintás Néróra emlékezte-tett, de inkább nem szóltam. Lehet, hogy ismeri, jobb lesz, ha vi-gyázok. Összehajoltak egy vörös, mérhetetlenül flegma lánnyal. Sutyorogva pislogtak rám, de meglehet, hallucináltam. Bár a csaj vezértyúkfélének tűnt, megzavart, hogy Vikit juttatta eszembe. Ahogy élete elektrongyűrűiből egyre többet jár be az ember, is-métlésekbe botlik. Önfenntartó, rekreációs mőbiusz lesz belőlük, ami a nézelődőt is meghajlítja. Már elővettem minden szerszá-momat, kicseréltem a papírt és a ceruzát az első rajz után, amin a változatosság kedvéért Alex pont Bóbitával feszített. Arnold hugicája pont ebbe az osztályba járt, Alex pedig Zsolma kérésére modellkarrierbe vágott. Már a második lapom várt az alakra.

És akkor megláttam. Hátradőlt a széken, egyik lábát maga alá hajtva, a másikat bakancsostul, betűrt nadrágszárral nyújtot-ta felém. Puha, fekete ruhákat viselt. A pulóvere alól kilógott a póló hosszú ujja. Kesztyűt csinált belőle. A haja fel volt kötve ki-csi, japán csomóba. Körbeborotvált koponyája tetején húsz cen-ti egyenes, barna haj, ami a gumi szorítása alá kényszerült. Az egyik szeme mellett egy kis vágott sebhely. Lehajtott fejjel ült, de a homlokcsont alól feneketlen bogártekintettel meredt rám. Olyan komoly volt. Végtelenül komoly. A szájformáját semmihez nem tudtam hasonlítani. Nem görbült sem lefelé, sem az égnek.

Inkább csak morc, mint valóban haragvó. Az orrában egy apró törés tette egyik profilját karvallyá, a másikat pedig pisze bájjal töltötte meg. Az az arca még egészen kölyök maradt. A bőre kreol, simább a sivatag homoktengerénél.

Nem kaptam el időben a pupilláimat. Beleakadtam az övébe. Végem volt. És velem minden általam szerzett ismeretnek is. A nyálkahártya nedvébe ivódott édes szag, ami minden percben üldözött, gazdára lelt. Ott és akkor meghaltam benne. A csend hívott táncba, s én kezébe adtam kezem.

Zavarosan megrándult bársony bőre. Sötétebb volt annál, mintsem hogy láthattam volna elpirulni. A retinám kimetszette őt a valóságból, és birtokba vett egy másolatot. Ezt megérezte abban a parányi sebben, vagy a karikáiban. Ettől volt a moccanás. Ha beszélnem kellett volna, most dadogni kezdek. Nem szoktam. Leander a semmi eledelévé változott. Eldőlt, bumm. Semmi tompa, ami puffan. Vajba hatol ilyen könnyen a kés, mint ahogy ebbe a névtelen fiúba fejest ugrottam. Semmi csobbanás. Akadály nélkül ereszkedtem benne, mintha a szeme lenne a tó. Bányató, vagy egy negatív kürtő egyenesen. Minden, ami én nem vagyok, és minden, ami igen. Sötét volt benne, és kényelem. Így érezhet egy ezeréves levéltárban a kandalló előtt heverő prémfarkas. Legyőzötten, kiterítve. Valami megfoghatatlan. Valami béke.

Már majdnem leintettek. Kettesben vele, szemeink négyesben, és egy csepp izzadtság lefolyt a halánték lüktető felszínén. Kőszáli, a kosfejű rajzmester jelentékeny pillantást vetett sapkás fejemre.

– Hedvig még rajzol! Kérem – szólalt meg a faragott királyfi.

Mikor elkészültem a fiú méltatlan kópiájával, be kellett mutatkoznom a paksaméta rajzzal, amit otthonról cipeltem. Kőszáli ismerte őket, egyszer már mindet elhoztam, de akkor még nem volt szilárd célom vele. A csomagot a többiek kedvéért bontottam ki. Az utolsó rajzon még nem volt aláírás. A varjúruhás fiúra néztem, ahogy a rajz felett guggoltam.

– Kinek a nevére írhatom?

– Zente. Elég a Zen.

– Zenről.

– Tetszik.

– Na, mit szóltok, felvegyük? – törte be a levegő álló csendjét Kőszáli. Kollektív hömpölygés csapott fel belőlük. Zavarukban mosolyogva nevettek. Ez nem a vircsaftos drámaszak volt.

– Azt hiszem, eldőlt. Részemről jöhetsz, akár holnap is! Még tovább kell jutnod Ilda néni papírozásain, aztán szabad az út. Miért hívnak minden művészeti igazgatót valami I betűs néninek? A szemöldökömet ráncoltam. Zen utolért a folyosón. Kezeivel a szemgödrömre tapadt, mintha távcsőbe nézne. – Nagyon szépek!

– A tieid is azok, igen, azok! Azok igen – s közben sétára indultunk. – Szeretem az esőt.

– Mondanám, hogy én is, de túl sablonos lenne. Meg túl egyforma.

Rá akartunk gyújtani, de addigra a viháncka Bóbita és Alex utánunk szaladt és követelték a maguk cigarettáját. Alex egy lidérc megtört férfiasságával tarolt itt, de őszintén szólva úgy tűnt, mintha elsősorban a Bóbitával-lófrálás motiválta volna. Ezzel nyilvánvalóan felborzolta Arnold kedélyeit.

Csak Zenténél volt cigi. Megkínált bennünket. Csendben szívtuk, aztán amint a két kis árnyék eloldalgott, Zent telefonon hívta valaki. Rám vigyorított, aztán sarkon fordult és ütemes léptekkel elsétált egy szó nélkül.

Néztem utána.

– Tetszel neki – szúrta közbe Alex.

– Nekem is tetszik.

– Ő az enyém! – sipított közbe Bóbita. – Minden március 17-én sétálunk!

– Na és ez eddig hányszor történt meg?

– Kétszer! – Aztán elnevetgélt saját bohóságán. Később épp e miatt a tulajdonság miatt Bohókának hívtam. Vettem egy mély levegőt és abba az irányba sandítottam, amerre Zen távozott. Olybá tűnt, nem kell Bóbitára féltékenykednem.

Két nap telt el. Péntek lett. Zen egy padon rejtőzött az aulában. A bejárattól balra, mint a hollókerti cerberus. Felemelkedett, mikor meglátott. Magához szorított. Úgy üdvözölt, mint régi barátot.

– Mostantól ide tartozom. Osztálytársak?

– Nem, én a nyelvire járok.

– Hát, akkor évfolyam. Egyre megy. Jó lesz megtörni a monotóniát.

– Ja. Itt lenne már az ideje nekem is.

– Neked mi a tragédiád?

– Pont a monotonitás.

– Rajta, törd meg valami őrültséggel! Borítsd az egált!

– Jó ötlet!

Hívta a csengő. Részegen figyeltem, ahogy eltűnik. Ilda egy picurka, egérarcú nő volt, tüskés fekete hajjal és pirosló szájjal. Inkább Ramónára hajazott összképben. Jól ismert engem. Figyelt is, amióta először bejelentkeztem ide, hogy Kőszáli szemügyre vegye, mit kezdenek a papírral a kezeim. Most aggódott értem.

– Tudod, Hedvig, itt van helyed. Itt mindenkinek van. Mi felveszünk, de légy szíves, szentelj egy kicsivel több türelmet magadnak, mert ez nem az a Hedvig, mint amit három éve láttunk. Itt szíveden kell viselned a többi diák lelki nyugalmát is.

Megértettem. Kicsit zavart ez az anyáskodás, de legalább nem volt bántó. A hétvégén apám felvette videóra az ujjongásomat.

– Most boldog vagy?

– Igen!

– És holnap is boldog leszel?

– Igen!

– És két hét múlva?

– Igen!

– Egy év múlva?

– Igen, igen, igen! – fetrengtem, és szárnyaltam.

Hétfő

Egy rózsaszín és lila csíkokkal ellátott, szőrös pulóvert viseltem, ami a combom közepéig ért. Alá halvány virágos ruhát húztam, és pókot lógattam nyakamba. Bemutatkoztam. Minden óra elején ki kellett állnom, vadonatúj osztályom bánatára. Azt mondták, Madame von Buchenburgtól tartani fogok. Ő volt a helyi bagolyboszorkány. Váratlanul méltó ellenfelének bizonyultam, mert meg mertem szólalni. Ezek a gyerekek soha nem jártak sem a drámára, sem a laktanyába. A tanáraik többségéhez hasonlókat ettem reggelire pirítós és tükörtojás helyett. Határozottan megedződtem. Buchenburg a Hollókertben töltött, alig több mint másfél esztendő első szakaszában kifejezetten kedvelt. A másodikban viszont köpet voltam a torkában. Több sem kellett, olyan ájtatosan alukáltam végig az utolsó tanévben az óráit, mintha megparancsolták volna. Hozzáteszem, később azt állította, „ez csak és kizárólag azért történhetett, mert az ő sokat látott aurája leuralta az enyémet". Ugyebár...

Térjünk vissza Zentére. Az első napomon csak egy szárnycsapás erejéig láttam. Nem az én szárnycsapásom volt. Két betontömb között nőtt néhány fácska. Ezt a szigetet macskakőfolyam ölelte két oldalról, ami így vezetett a B épületből az A-ba. Ahogy a lépteim a kőkör felé közeledtek, felszállt az előttem legelésző varjúmező, és mögöttük Bóbitát találtam Zentével, deformált füstfelhőben. Zen szinte rezzenéstelen maradt, de megemelte fejét és felém fordult.

– Nahát! Átváltoztál. A sok madárból te érkezel.

– Elvégre varjú lennék. Ha már egy holló fenségéhez még fel nem érhetek.

– Én is, ha választanom kell. A madarak közül a varjú, meg a későbbi párja, a holló. Kontemplált, tudós, sztoikus.

– És nem utolsósorban: ébenfekete!

Kivettem Zen kezéből a cigarettáját és beleszívtam. Bóbita arca meggyulladt. Valljuk be, hanyag horgászgatás volt ez részéről. Még csak csalit sem biggyesztett a kampó végére.

– Én is varjú volnék különben! De Alex tuti, hogy inkább szarka – szólt kényszeresen közbe.

Nevettünk. A bosszantósága ellenére Bóbita olyan lett, mintha Zentével a közös csemeténk lenne. Olyan gyámoltalan volt és szeszélyes, mint egy óvodás, aki leeszi a blúzát, mert valójában pisilnie kell, nem is éhes, és elkenődött rúzsából még a harisnyájára is jut. Alex rákapatta a rosszalkodásra. Egyre többet szívott. Nem a fogpiszkálónyi mentolos női cigijére gondolok, hanem gyepre meg rizspapírra. Töméntelenre. Hamarosan minden kompatibilitását elveszítette az iskolai élettel. Órák hosszat üldögélt inkább ezen a kis varjúzajjal megtelt szigeten, mintsem hogy tiszteltét tegye az óráin. A fekete pontok hamar gyűltek kontójára. De hát mit volt mit tenni, Alex befolyása leterelte az egyenesről. Bóbita ezt konkrétan akarta. Innentől ez nem egészen Alex felelőssége. Zentével együtt tudtam rajta mosolyogni. Ő könnyedén távol tartott magától mindenkit a Hollókertben. Nem kellett félteni, de a misztériuma nem volt mindig megnyugtató.

Kedd

Kint hideg volt, nagy szél. Egy szünetben portyázni indultam. A bejárat előtt somfordáltam föl meg le. Vártam, csak vártam és vártam. Tudtam, hogy jönni fog, ha bevásároltak a pékségben. Éppen itt be kellett bejönnie. Igazam volt. A szokásos brancs pizzás táskákat szorongatva közeledett az üvegajtóhoz. Messziről kiszúrt. Hagyta a többieket elsuhanni. Megállt velem szemben, a jobb kezével átkarolt, magához húzott és belecsókolt a nyakamba. Aztán a kezemre fonta ujjait gubancosan. A kötelék nem engedett.

Maga után húzott az aula oszlopai mögött, el az öltözőjük, az ebédlő és a lépcsők előtt, be a bal oldali mellékfolyosó csatornájába. Ott két italautomata állt, az egyikből jött a szénsav, a másikból a kávé. A kezemnél fogva húzott rajtam egy kicsit, és azzal a mozdulattal belökött a két világító szekrény közé. Fél kézzel a kólás széf tetejébe kapaszkodott, a másikkal pedig a derekamba, és letarolt.

Elvesztem a ruhái között. Elvesztem a jobb kéz ujjainak ölelésében. Kicsi, rózsaszín virág voltam egy zöld, mohás Ent kérgébe bábozódva. Eddig azt hittem, Bogdán csókja a csúcs, amire vágyom, de Zente messze elsuhant a téves vágynyilak mellett.

Ártatlan volt, akár a fűszál, amin megül a harmat. Éppen erre volt szükségem.

Hirtelen magához tért, felmérte, mit is tesz éppen. Elengedett, hátrébb megtorpant, majd negyvenöt fokot pördült és elszelelt. Most én kapaszkodtam az automatákba tébolyultan. Ilyesmi van? Ilyesmi létezik? Kísértetet láttam. Gyönyörű kísértetet. A következő órámon a padtársam szólt rám:

– Hékás, Hédi! Mi történt veled? Úgy ülsz, mint akit megszálltak.

– Eltaláltad, Natasa. Valaki belém költözött...

Este az Illaberekbe jutottam. Kedves és jellegtelen kocsma volt, szemben a Hollókert holdudvarával.

Más környék, más lerobbant kocsma. Benne ismerős arcra leltem. A dráma karjai idáig is elnyújtózkodtak. Egy énekeslányt láttam Ramóna seregéből. Gömbölyded szépség volt; telihold. Mosolya bárkit megvásárolt dekára. Szerettük. A bátyját is jól ismertem, Zóval bajtársak voltak. Még mindig verdeső örömömben Abigél vállára hajoltam, hogy megölelhessem.

– Ó, hogy vagy, Hedvig? Mi újság veled? – Már ekkor éreztem a hangján a szenvedés kínos élességét.

– Egyben van a világ végre, Abigél! Összeállt. Szép kerek.

– Tényleg? Hát az elég jó... – nyögte keservesen. Szinte kérte, hogy visszakérdezzek.

– És te, Abigél? Rendben az élet?

– Hát nekem most love story ending van. Úgyhogy ja... Inkább Paining, mint Singing in the rain.

– Ajjaj. Ki volt az?

– A te zöldfiúcskád. Tudok Zentéről és rólad!

– Tessék?

– Ádám elmondta.

Tudniillik Ádám és Zen országos cimborák. Egy halandó meg egy bukott angyal. Sejthettem volna, hogy minden kiderül, de még nem ismertem ki a terepet, hacsak nem abból indultam ki, hogy maga Debrecen micsoda egy serpenyő, amiben izmosan forgatják a kanalat.

– Na jó, figyelj, gyere, menjünk ki egy kicsit beszélni! Itt úgysem lehet.

A borostyános lugason kívül belevágott.

– Szóval, én igazán nem bánom. Mármint félre ne érts, tőled nem sajnálom őt. – Hogy kerülhetek folyton ilyen helyzetbe? Miért van még valaki a történetben, akinek nyilvánvalóan fájdalmat okoz, amit csinálok? Aztán ráadásul, és ez a non plusz ultra, ők kérnek elnézést, békét, barátságot. Nem is értem.

– Hát, elég nagy mese a fiú...

– Az biztos! Pedig te még alig ismered. Egy kincs ő, tudod? Egy igazi kincs! Zöld és éretlen még, de... Nagyon vigyázz rá helyettem is, rendben?

Közben ez a hatalmas szívű lány esőtől vizesen magához ölelt, és már kúsztak a könnyei.

– Megígérem!

– Megígéred? Tényleg? Rád lehet őt bízni? Mert talán senki másnak nem adnám szívesen. Nagyon szeresd, még akkor is, ha sokszor gyáva, de rettenetesen kell szeretned! Érted?

– Értem, igen, értem. Esküszöm! – Még ha kicsit meg is szeppentem az ajánlótól.

És már nevettünk. Gurult a kacaj, ahogy a busz. Hazautaztam a barna sötétségbe.

Szerda

A másnappal máris minden törvény visszájára fordult és megtorlást követelt. Az emberlét nem szenvedheti a tökéletest. Reggel abban a félreeső kis folyosóban vártam Zent, ahol az italgépek állnak. Kezemben egy újszülött rajz, benne üzenet. Egész biztosan nem tudta elolvasni a kéziratot. Plusz egy toll mellé. Az a toll, amit évekkel korábban Leander kis híján elkótyavetyélt a jelenetem előtti utolsó fél percben, az első év végi vizsgadarabban. Amolyan ereklyém, ideje lett volna új jelentéssel feltöltenem. Ott vártam türelemmel, toporogva.

Későn érkezett. Már rég elmúlt nyolc.

Rohanva kapott el. A termük ajtaja előtti falnak préselt, és mint aki oázist talált a kietlen rónaságban, félig felfalt hirtelen.

– Hiányoztál!

Annyira mohó volt, hogy engem szólni nem is engedett. A kezébe nyomtam a tekercsbe gyömöszölt átadmányt, aztán elnyelte a médiaterem.

– Olvasd el! – pihegtem, homlokkal már a bezárt ajtónak dőlve. A következő szünetekben csak egy-egy lépcsőinduló jutott a beszélgetésre. Az alatt gyorsan kiderült, micsoda képtelenség is tennünk egy közös sétát, vagy elmennünk moziba ketten, netalántán egy kávéra beülni valahová, ami nem a Hollókert közvetlen szomszédságában található.

– Semmi sem édes, ami könnyű – ismételgettem neki s magamnak.

Ötödjére csengettek ki. Zen egy jelentéktelenül ordenáré, minden lében fakanál lánnyal vihorászott a könyvtár előtt egy padon. Megörültem. Mögé lopóztam, és megtámasztottam a hátát az enyémmel. Bal kézzel hátranyúlt, és ahogy tudott, húzott közelebb. Közben még kacagott kicsit a csajjal. Az megérezte, hogy ideje lelépni, de a nevetést benne felejtette Zentében. Azt hiszem, féltékeny voltam. Még kacagott, mikor felém nézett.

– Jaj, haj, ha, ha habo... bocsáss meg, de ne, nem, nem rajtad nevettem, csak... Mindegy. Vicces volt.

– Elmondod? Akkor nevethetek én is.

– Hát ez most belsős poén... – és ajkát azonnal lebiggyesztette. Kisimultak a kisfiús profil nevetőráncai.

– Na jó. Hát nem baj...

Itt hátrébb húzódott. Megijedtem tőle.

– Azt hiszem, beszélnünk kéne a kapcsolatunkról.

– Igen, hát ez alapvetően egy jó ötlet majdnem egy nap után. Mi van a fejedben?

– Tudod, azon gondolkoztam, hogy nagyon szép vagy, és szép is volt, de én valójában nem érzek semmit.

– Micsoda? Hogyan?

– Egyszerűen nincsenek érzelmeim. Nem is voltak, és nem is lesznek. Ez nem a te hibád, te kis virág. Te szép vagy, igazán, és kedves, de nekem erre semmi szükségem nincs.

Megállt bennem az ütő, rosszallóan hátrébb húzódtam én is. Így már a mérleg nyelvének két szélén egyensúlyoztunk. Szinte éreztem, ahogyan reccsen a pad, és egy perc múlva kettétörik.

– Hallgatlak! – szegeztem rá tekintetemet.

– Ne vedd a szívedre! Képzeld ezt úgy, mintha én egy tábortűz volnék. Egy máglya. Egy máglya, amihez közel ért egy kristálypohár, tele hideg, szinte fagyos vízzel. Ez a kristálypohár afféle mesterremek, szó se róla, de a máglya parazsa belecsobbant a kristálypohár jéghideg vizébe. A parázs melegét te most élvezed, hiszen átjár belülről, vígan ficánkolnak benned a langyos buborékok, amiket keltek benned, azonban túl hűs ez a víz nekem. Hamar kihűlök.

Összeszorítottam a fogaimat. Fogalmam sem volt, hogy mit mondjak.

Elborzadva kászálódtam fel, és szaladva indultam az emeletre. Már megint csak hamis káprázat, egy inverz utópia.

A bűnösöket szerettem. Mindig csak a bűnösöket és a bűnbakokat. A szenvedőket és a szenvedtetőiket, de főképp a szenvedtetéstől szenvedőket. Értük rajongani lehet. A megértés strapabíró fellegváraként tudtam együtt érezni a bűnben és a bűnbocsánatban. Ha megbocsájtó vagy, megváltó leszel, ha bűnös, akkor bajtárs, de minden egyre megy. Egyre, mégpedig a magányban való találkozásra félúton.

Sötét, szűk folyók közt,
Bő vérben ázva,
Hideg földköntösben
Bújik pupillája.

Üvegfal zárja el
Homályosan csillan.
Reád ha hálót vet,
Szíveddel elillan.

134

Nem voltak szavaim. Nemes egyszerűséggel nem tudtam megértetni szánalmas, hoppon maradt kis tükörképemmel, hogy most miért. Zente labdázott velem. A betonhoz vágott és arrébb állt, mikor látta, hogy már lefelé zuhanok.

Csütörtök

Budapesten jártunk. Nyílt nap volt a Képzőművészetin. A szivárvány összes színe, Ádám és én is ide pályáztunk. Ha nem így lett volna, akkor is megérte lógni egy napot. Zente nem jött, szerencsére.

Péntek

Megláttam, és – jó előre begyakorolt szöveggel – lecsaptam rá.
– Egy óra múlva a lépcsőnél!
Bólintott. Mikor eljött az idő, elém lépett. Szenvtelenül, de mégis inkább mosolyogva, mint dühösen. Beszippantotta az ajkait. És biccentett, jelezvén, hogy figyel.
– Tehát. Beszédem van veled!
Újabb bólintás.
– Nagyon sokat gondolkodtam, és úgy döntöttem, hogy nem hagylak békén. Fel is út le is út, de én inkább a felfelére szavaznék a te helyedben is. Szóval, nem lehetsz valóban jégember! Ha az vagy, nincs olvadás. Márpedig pár nappal ezelőtt bizony sehol nem volt jég, csak óceán. De lehet egy öböl, vagy egy kurva lagúna, mindegy... – Megnyaltam a szám szélét. Még mindig ugyanolyan mereven bambult. Megköszörültem a torkom és folytattam:
– És úgy ítéltem, hogy ha neked sok a két perc, akkor beérem mindig eggyel. Nem kell két percre szeretned, csak mindig egy erejéig. És aztán újraindul a stopper. Még egy, meg még egy...

Látta rajtam a fokozódó tétovaságot és sóhajtott.

– Ennyit akartál?

Le voltam sújtva.

– Igen. Asszem. Ennyit.

– Akkor jó. Mint mondtam, szép volt, és értékelem ezt a beszédet is. De nem érek rá ilyesmikre. Nincs helyük az életemben. Most mennem kell.

Elfordította a fejét köszönés gyanánt, s vele katonásan a teste további negyedeit is. Ott is meghaltam. Nem is emlékszem, a fintor vagy a sírás volt az első dolgom. Mindenesetre ettől a pillanattól fogva nem akadt senki, aki megmenthetett volna.

Nem vágytam vissza. Semmi olyan emlékéletnek nem akartam a része lenni, amiben Zen nincs jelen. Ha most azonnal felajánlaná valaki, hogy legyek megint tizenöt éves és bontatlan, az első dolgom az volna, hogy megkeressem Zentét és elmondjam neki, hogy találkozni fog velem. Elmondanám, hogy én visszavonhatatlanul bele fogok szeretni. Bele fogok ugrani abba az ismerős árokba, ha majd ott ácsorgok a peremén.

A sebző péntek délutánján Zsolma nyitott rám az Egyetemkertben. Ott állt a házunk. Mire betoppant, a csuklómon tátongott a harmadik nyílás. Olyan könnyedén tettem, rutinosan, ahogyan jól bevált fájdalomcsillapítót dob be az ember. Recept sem kellett.

– Még friss. Kicsit várok, míg beszárad. Azért addig is gyere csak be! Örülök, hogy látlak! – kezdtem máris a tereléssel, mikor a pillantását megéreztem a karomon.

– Jaj! Értem. Meséld el! – lépte át a küszöböt fehérre vált hanggal.

A következő estén már Egerben tértem nyugovóra. Az álommal egyszerre ért a csengőhang. Noel bújt el benne.

– Kedves, drága Hédi! Én... én azért hívtalak most, mert, egyrészt, mert szégyentelenül lerészegedtem, másrészt meg... meg mert el akartam mondani, hogy beszéltem Lindával!

Kiüresedtem, mint egy medicinbűzös tornacsarnok.

– Igen?!

- És rájöttem, hogy... hogy én őt szerelemmel, szívből szerelemmel szeretem most, ebben a percben is, és ezt el kell mondanom neked, ha már olyan jósággal figyeltél rám az utóbbi időkben...

- Figyeltünk, Noel! Egymásra figyeltünk. Na, halljam! Jól teszed, hogy elmondod, hallgatlak!

- Meg azt is el kell mondanom, hogy ne bántson mindörökké ez az én szörnyű természetem, hogy én téged annyira szeretlek, Hédi! Én nem akartalak megbántani, nagyon, nagyon szeretlek, mint embert! És borzasztóan hálás vagyok azért, hogy a barátod lehettem mostanáig, de meg kell értened, hogy próbáltam segíteni, de nem ment, mert a szerelmem az a Linda... és neked pedig arra lenne szükséged! Drága, kicsi, pepita Hedvig! Nem is varjú vagy te, csak csóka.

- Pepita? Pepita, mint a csóka. Ja, az vidámabb. Vagy inkább varjú, csak hóban. Nem igaz?

- Jajaja! Pont olyan pepita!

- Hát, akkor menj csak Noel, és keresd meg a hullócsillagodat, mielőtt elsuhan az égről. Miattam meg ne aggódj! Én is nagyon hálás vagyok érted, és meg is értelek. Vigyázz Lindára!

- Ah, annyira tudtam, hogy érted majd... és tényleg ne haragudj rám! Tudod, milyen borzasztó vagyok, de megígérem, hogy elviszlek egy adventra! Esküszöm neked, hogy elmegyünk együtt egy adventra!

Megegyeztünk, még mikor olyan közel bújhattam hozzá egy teaházban, hogy halljam a szívverését, és hogy azt a néhány eltitkolt csókot ráerőszakoljam. Adventi gyertyafényt ígért, közös karácsonyi dalokkal a régi iskolájában. Spiráljárásnak nevezték.

- Menjünk el, Noel! Mehetünk, csak legyen már az idő is pepita!

- Lesz bizony, lesz pepita!

Letettem, a vonal sípolt egyet, aztán sírtam. Megint reggel lett. Reggel lesz mindig.

Eltelt két napnyi csend, aztán beköszöntött újra a hétfő. Zente szóba állt velem.

- Azt hiszem, olyan leszek neked, mint egy felhő. Sehol sem vagyok veled annyira, hogy magad mellett érezz, de kísérlek, bárhová is mész.

137

Ezt mondta, és ebbe bele is törődtem. Ezek szerint nem hűlt ki egészen abban a pohárka vízben, csak éppen képtelen volt mit kezdeni a lánggal. Jobb, ha felhő marad.

– Búcsút veszek tőled és a színektől – biccentettem a fejemmel a kis festőbrancs felé bökve, akik magukkal vontak minket a városba.

– Előbb még áruld el, kérlek, most békét érzel?

Megszaladt a szám sarka fölfelé.

– Vihar nincs.

Mindketten fejet hajtottunk, aztán elengedtük annak a varázslatnak a kezét, ami megint körbetáncolt minket.

Hazaérve a fotelbe huppantam, hogy bámulhassak ki a balkonajtón. Követtem az áfonyás füstöt. Kiáramlott a számból, egyenesen a tükörképemnek csapódva. Tetőtől talpig elteltem vele. Zen lett a lélegzetvétel, a füst, az íz és a vérnyomás bennem. Tényleg privát felhő. Nem zavart volna a vihar sem.

Egy darabig be kellett érnem a rajzszakköri felbukkanásokkal. Mögém lopódzott csöndesen, és a vállamnak támasztotta a fejét. Úgy tett, mint aki figyel. Ilyenkor a bűnbánat ammóniapermetét éreztem rajta. Hagyta, hogy aztán mellé telepedjek, de nem lett belőle valódi, eleven szóváltás. Csak megmutatta, hogyan is tud pingálni. Lebecsülte minden képességét. Egy kifejletlen lárva volt a saját szemében, aminek a hiúsága mégis nőttön nőtt, akárhányszor becserkészni igyekeztem. Volt egy füzete. Azt szorongatta. Minden lapja elengedte már a ragasztást és hullott szerteszét. Felhőket maszatolt a külső borítására. Az a füzet tűnt a legértékesebb holminak a kezében. A táskájába rejtve hurcolászta, gyakorlatilag mással sem törődve. Az óráin a papírra virágokat firkált inkább a matekpélda helyett, hogy visszaadja annak eredeti mivoltát, legalább részben, így kérve elnézést az erdőtől. Minden kelekótyasága ellenére számomra ő továbbra is csoda volt. Tömény fekete és zöld csoda, mint a tiszaparti mocsarak növényei. Zöld volt. Zöld, mint égen a hasadó hajnal, vagy a moha a fák kéregráncain.

Egy adventi vasárnapon kávézni hívtam Vanillát. Mióta a család feloszlott, Alexben végképp elszabadult a kisördög és csokronként szedte áldozatait. Ez a lány kísértetiesen hasonlított rám, csak éppen három évvel később jött a világra. Pontosan ismertem Alex hosszú körmös, hegyes fogazatú testi adottságait, és az azokkal elkövetett gonoszságok listáját. A női nem kipécézett példányai ellen, vagy éppen azok érdekében vetette be képességeit. Okkal féltettem tőle mindegyik bimbó korában lenyirbált hajtást.

Vanilla fél évig volt Alex lelkes rabszolgája. Előszeretettel illusztrálta Alex minden fantáziáját, első sorban a verseit, és kecsegtető tárgyi ajándékokkal tudott szolgálni. Sokkal szebbnek találtam magamnál. Friss volt és törékeny, akár egy virág. Nem evett. Ez idő tájt pláne nem. Alexnek úgy kellett belekönyörögni egy-egy bonbont, mielőtt távozott tőle. Alex a kegyetlenségei ellenére képes volt a szerelemre, de csak a butus és bárgyú, elsősorban telt lányok vonzották igazán. Vanilla esze magasra hágott. Ezzel és az odaadásával megvásárolta Alex jóindulatát, de nem vehette meg ugyanezen a pénzen a hűségét. Fel kellett volna nőnie, mióta Alex eldobta magától.

Leant kevesen látták kegyetlennek. Alex felett könnyebb volt pálcát törni. Drágakő volt ő a maga nevében, csak éppen elátkozott. Vanilla megérintette a csecsebecsét, és ettől fogva osztozott az átkon. Mire egészen behódolt, Alex új prédára lelt. A hollókerti színek között kipécézte magának a lilát. Sőt mi több, kifejezetten beleásta magát egy három hónapos lila-projektbe. Az új vágyat űzve teljesen megfeledkezett az előzőről. Odalökött neki egy ilyesmit: – Szakítunk, drága! – és részéről minden számla rendezésre került. Nem számolt azzal, hogy a lányka össze fog rogyni az átok súlya alatt. A fájdalom egy életre elegyedett a lelkével.

Dühös voltam Alexre. Már csak azért is, mert ennek a félidegen lánynak a szenvedéseit napról napra elém tárta, hogy osszam az ő könnyen megvethető álláspontját. Tükröződtem Vanillában. Fel kellett keresnem.

Szívesen mondott igent. Hagyta, hogy helyette beszéljek.

Meg sem itta a kávéját. Nem fért be.

Ismertem a történetet. Sajnos szinte szóról szóra. Tőle csak annyit kértem, hogy ha rosszul mondok valamit, helyesbítsen. Azt mondta, megkönnyebbült. Olybá tűnt, hogy a ragsorban felettem hiányzott a nővérkarakter. Zsolma sem szolgált mostanában okosságokkal. A képző árja rég elsodorta.

Ahogy kiléptünk a hagymával vegyes kürtőskalács-szagba, Abigél alakja tűnt fel. Az egyik vásári bódé árnyékából pedig a hidegtől fújtató Zente lépett ki.

– Tűz! Adjatok tüzet! Tűz kell! Lángot!

Kattant az öngyújtó és perzselődött a papír.

– Bemutatom Vanillát! Ő az én – ekkor neveztem először így – fogadott kishúgom.

Fél pillanat múlva megbántam. Láttam, ahogy Zen utánamered. Még meg is dicsérte:

– Szép az az usánka. Csodacsaj!

Féltékenyen rándult a szemöldököm. Egy pillanatra megbántam a bemutatást. Megkönnyebbültem, hogy elköszönt...

Miután „testvérkém" továbbállt, mi még leültünk teázni. Zent meghívtam egy erős feketére mézzel. Én tejjel ittam. Tekintete a semmibe révedt, hát finoman, de kibillentettem.

– Olyan mintha timelapse-t készítenél.

– Igazad is van. Valahogy így érzem. Mondd, te nem vagy éhes?

– Leszoktam az étkezésről.

Lehajtotta a fejét és egyszerre szigorral, mégis aggodalommal nézett. Párszor már tolt elém dacból pogácsás papírszatyrot, hogy vegyek, én pedig nyafkán löktem vissza. Úgy éreztem, a dolog részletesebb interpretációt követel.

– Ez más néven *anorexia nervosa*.

– Jó. Sejthettem volna. Azaz, azt hiszem, gondoltam.

Elszeparált asztalkánk hangja komolyra fordult. Kíméletesnek kellett lennem. Olyan fiatal. Nem biztos, hogy megérti.

Közeledett a születésnapja. Abigél árulta el a telefonszámát. Egy könyvtárat rajzoltam neki. Ő volt a könyvtáros a polcok végtelen útvesztőjében. Arcát kandalló világította.

Az utolsó nap következett, mielőtt eltűntünk volna más városok hófödte ölelésében.

A könyvtárat a holmijai közé csempésztem az öltözőben, amit csak az ő osztálya használt.

Megtalálta. A „napsugár csoport" felirat alatt üldögélt a papírt szemügyre véve. Elbújt a fogasok és a kabátok között. Mondhatni sarokba szorítottam, de nem tűnt úgy, mint aki menekülni akar. Mára feladta. A földre ereszkedtem, hogy hozzáférjek. Átöleltem a derekát és a mellkasára fektettem az arcom. Nem úgy, mint legutóbb Noellel tettem a teaházban! Ez sokkal puhább volt; mint amikor az állatok egymáson alszanak.

– Miért én? Nem is vagyok méltó rá.

– Ez badarság. Különben is azt akartam, hogy csak akkor nyisd ki, ha már hazaértél! Így te rontottad el a játékot. Egyébként meg túl makacs vagyok, hogy feladjam...

Visszaölelt. Ez után nem sokkal távoznia kellett, hogy időben buszra tudjon szállni.

Elégedett voltam. Nem lakmározhattam be belőle kedvemre, de az éhhalál sem fenyegetett. Az a rohadt remény tényleg, tényleg soha nem halt meg bennem egészen.

Aztán hazavánszorogtam én is. Előbb talán még köszöntem a folyosókat díszítő Simonnak és Rémusznak. Azok, akik kijárták a Hollókertet, maradhattak továbbképzésre. Ők is így tettek. Tanultak animálni. Esküt tettünk, hogy hátralévő hónapjaikban megint együtt dolgozunk majd. Már régóta ismertem őket. Kilencedikben is összefutottak a lábaink néha.

Jött az óév utolsó alkonyata. Mindent jó előre kiterveltem.

Kosárba gyertya, előkészített SMS, zene hangosan, cigaretta, és tea. Egyedül-piknikre készültem, magamra pokrócot hajtogattam. Éjfél előtt kivándoroltam az udvarra. Tábort vertem egy farönkökből összetákolt padon, hogy lássam a hegyvidéki fogíny minden kitüremkedését.

0:00

Megnyomtam a küldés-gombot, és rágyújtani próbáltam a cigarettára.

Nem ment. Az öngyújtó befuccsolt. Addig bénáztam, míg kénytelen voltam a gyertyalángról meggyújtani. Rossz érzésem támadt. Babonás létemre nem volt szép tőlem. Vagy tengerész, vagy tündér élete bánta, de mindenesetre valami baljóssal kecsegtetett. Sajnáltam.

A harangok felzúgtak, az SMS kiszaladt az űrbe, én pedig dideregve szívtam azt a cigarettát. Hamarosan ropogni kezdtek a csillagok. Puskadördülésnek tűnt a hangjuk. A zene, a harangok és a durrogás tetejére apám bekapcsolta a nemzeti rádiót. Kintről is hallottam. Háború van – gondoltam –,le kellene feküdni. Inkább elalszom.

Hatkor kipattantak a szemeim.

Csak egy csíkos selyemhálóing voltam. Eltűntem benne. Itt volt az ideje cipekedni, kivixolni a teljes eddigi életet. Kicseréltem a könyveimet. Letisztogattam a falakat, mindent fényesre por-töröltem, hogy aztán a régi rajzok mind a falamra kerülhessenek. Megembereltem magam, és úgy döntöttem, kibírom. Muszáj, hogy megedződjek, és ne fogjon el a rettegés, ha a tükörképeim rajzolt szemgödrébe nézek.

Több időt tölts itthon
Maradj saját magaddal
Hazudj többet.
Ne magyarázkodj
Sportolj
Ne aggódj a hibáidon.
Ne parázz meg nem történt dolgokon.
Alkoss.
Szeress.

Az álmoknak az ébredés vet véget. Ezt általában szerencsésnek tartjuk. Új napra virradt, és megint Debrecenben keltem fel. Inkább tovább álmodtam volna, de aztán eljött a kedd délutáni nyílt szakkör, ahová Zente is belépett. Az üzenetet nem látta; a szünidő alatt kikapcsolta a kütyüket. Ennek voltaképpen örültem. Kimaradt a kínos csend. Egy darabig körülöttem téblábolt, aztán Ádám mellé zuhant a kanapén. Sóhajtott.

– Cigit! Ó, Egek Ura, adj egy cigarettát! Nikotint akarok!

Mire felnézett, már nyújtottam is orra elé a dobozom. Szokás szerint.

– Fogadd el!

– Nem túl etikus.

– Vedd már el azt a szálat! Kettő van. Látod? Nekem is marad.

Bosszantott, hogy totojázik. Haladtam volna, nem szerettem várni, és tudtam, hogy hamarosan jön egy busz. Végre eldöntötte, mit akar. Ádám szólalt meg, felocsúdva a röhögcsélésből, amitől eddig nem vette az adást.

– Hékás, testvér, neked meg honnan került a kezedbe az a jó kis cigi?

– Egy virágszáltól kaptam.

Búcsút intettem, de Zen is talpra ugrott.

– Illene kikísérnem a hölgyet.

Bevártam. Velem tartott. Kirángatta a hajából a gumit. Az megbomlott.

– Nahát, nem is láttalak még így!

– Igen, ez a két arcom van. A bohóc, meg ez a komoly. – közben játszott a vonásaival, és kezével szétzilálta vagy összehúzta a haját egy csokorba. Nevetgéltem rajta. Otthonossá vált nekem, mintha ő maga lenne a kunyhó a látomásaimból. Szinte már be is rendezkedtem, de tartottam tőle, hogy földrengés közeleg. Leérve a B épület rámpáján megálltunk egymással szemben egy villanyoszlop glóriájában. Nézegettem őt. Kicsit kacagtunk.

– Nem fázol? – Kicsámborgott egy szál pulóverben a remegő hóesésbe. Megrántotta a vállát.

– Nem. Jó így. Biztosan hüllő vagyok. Bírom a hideget. Idomulok a hőfokhoz.

143

– Megünnepelted a születésnapodat?

– Hát, amolyan kínosan. Tudod. Nagycsalád.

– Láttam, hogy elállítottad a születési dátumod a profilodon.

– Jaj. – Felső fogaival a szája szélébe harapott, hogy megnyalja, amíg elpirul. – Nem sikerült a trükk. Megtaláltak így is.

– Igen.

Hirtelen nagy csönd lett. Már elégtek a cigaretták és nem volt más, csak a hó szitálása, a csöndes parkerdő, meg mi ketten abban a körrajzolatú lámpaárnyékban.

– Tudod, most szívesen vennék egy érintést a szádtól az enyémen.

– Ezen gondolkodom. Ennél tökéletesebb nem is lehetne a díszlet ahhoz, hogy megcsókoljalak.

– Mi tart vissza?

– Az, hogy tudom, hogy mennyire vársz rá.

– Ez nem fair, ugye megérted? Nem hiszem, hogy eljön az idő, amikor már nem kívánok ilyesmit.

– Ez is igaz.

– Tettethetem, hogy lemondtam rólad, de nem lesz igazi. Miért csapjam be magam? És most mi lesz? Holnaptól megint nem beszélünk, mert ma alig húsz centi választott el tőled?

– Nem tudom.

– Én már így is szeretlek, Zen! Pontosan tisztában vagy vele.

– Igen, és ezt köszönöm neked. De szerintem túl nagy teher rám várnod.

– Ne tegyem? Nem lesz foganatja a türelmemnek?

– Nem tudom! – Kicsit hátrébb lépett, és a cipője fejével húzott egy egyenes vonalat maga elé.

–Bezárod magad?

A szájába harapott.

– Igen.

Megkerültem a vonalat. Ő velem fordult, és húzott egy teljes négyzetet, még mielőtt birtokot háborítottam volna. A hóval saját magát zárta lilás ketrecbe.

A számba vettem a cigit, a másikat kivettem a füle mögül és a fogai közé nyomtam. Öngyújtó, katt.

– Mag helyett a madárnak.

– Mag helyett! – mondta ő is.

Egy darabig követtem, ahogy a szempillái megtelnek hideg pihékkel, aztán vakmerő fordulatot vettem, és ráléptem a ketrec egyik gizda vonaljelölésére. Elmaszatoltam a határt. Figyelmem nem volt elég éles, és mire berekesztettem magam a képzelt cellába, ő kihátrált a hátsó rácsokon. Megértettem, hogy netovább. Nem kellett volna erőszakoskodnom. Ahogy hátrébb lépett, megkeményedett az arca.

– Ez hiba volt, kedvesem. Végzetes hiba. Most mélyebbre csúsztam benned, mint eddig bárki. Eddig elmenekülhettél volna, de mostantól benned leszek. Benne minden rezdülésedben, még ha talán eddig a pillanatig túl is tudtál volna adni a hozzám való ragaszkodásodon.

Maga elé nézett, mintha valóban bántaná, hogy ilyen közel engedett, vagy engedtem magamhoz. Mintha az áldozatának tekintene, pedig én akartam. A fiút, aki saját magát képtelennek találta a szeretetre, beitta egy végtelen szárazsággal küzdő sivatag: én.

Ekkor kihúzta magát, és azt mondta, mégis fázik. Ideje visszamennie a többiekhez.

Ott rekedtem a havazásban, az elmázolt négyzettel kettecskén. Egy képsor pergett előttem.

A novemberi szélben állt Bóbitával. Futottam. Jobb kezemmel érintettem Zente zöld filckabátját. „Szép napot!" Megemelte az állát, szeme a naptól izzott. A szeme izzott, filckabát és a kezem. Bóbita és Zen, én szaladok, „Szép napot!", barna fény, ősz van, izzás, filckabát. A kezemmel húzom, „Szép napot!", Bóbita és Zen, Zen és Bóbita, izzás, szem, zöld kabát, szaladok, Bóbita, izzás, szem. „Szép napot!" Izzás, „Szép napot!", szem. Zen...

Szép, de ijesztő. Ahogyan Páfrány egy versében írta: szörnyűnek szörnyű, hogy az érzékenység és a brutalitás édestestvérek. Közben odahaza minden omlásnak indult. Anyámék nem voltak megelégedve az ígért boldogság minőségével.

– Nem ezt ígérted! Az a reggeli zab semmi! Hol van az emelés? Arról volt, szó, hogy ez napról napra több lesz! Kétszáz gramm zabbal nem fognak kevésbé kilógni a csontjaid!

– Nem, anya, ez nem megy úgy!

– Hát akkor, hogy megy?

– Nem tudjátok, el sem tudjátok képzelni, hogy megy...

– De segíts már, miért kell ez a hiszti? Mi a fene bajod van? Leültem a konyhában a csetepaté közepén, és a fejem fölé húztam az evőeszközös fiókot. Nem látnak, nem látok.

– Nem hiszem, hogy ti repesnétek az örömtől, ha tizenöt éves korotokban megerőszakolt volna valaki, akit az egész rohadt világnál jobban szerettetek.

Némult megdöbbenés volt a válasz. Míg a részleteket meséltem, anya felállt és a számba dugott egy meggyújtott cigit.

– Egészségedre!

Félálom

Mindenütt ott az illatod.
Ágyamon tested melegét érzem.
Pedig mily' régen, hogy eltűntél már.
Én pedig néma, sértett, becstelen.

Oroszlánhölgyem lehettél volna.
Örökkön át ettük volna egymást.
Karmunk a másikban megmártva.
Szeánszunk lett volna – nem pusztítás.

Hanem a más tervek előszele
Volt és marad is – így nélküled tán –,
Mert mind ágyamon s mind a szavannán
Vértől nemesül meg az oroszlán.

8

Prizma

Gyengült bennem a hit. Egyre távolabbinak tűnt az egyszemélyes Kánaán. Aztán ajándékot kaptam valamitől, ami sokkal többet tud nálunk. Szerencsém volt, és az újévvel a színek felkaroltak. Elza, a méltán híres lila köd, Mira a napsárga, Balázs mindig piros nadrágban, és így tovább. Hozzám szoktak, hétről hétre betértek egy újabb tetkóért. Megismerték, milyen is az én vendégszeretetem. Lubickolhattak benne. Etettem, itattam őket, recsegtek a hangfalak, egyre több staub füstje gomolygott, egymás után sercegtek haláluk előtt a hamutartó oválisában, és mindenki bőrén gyűltek a fekete firkák. Szolgálataimért cserébe meghívókat kaptam a kicsi, színes törzs estélyeire.

Elza születésnapját olyan helyen tartottunk, ahol Zente is tiszteletét tette. Nem számított rám, de értékelte a jelenlétemet. Eleinte kerülgetett, mint egy keselyű, és nevetgélt szánalmas sóvárgásomon. Faképnél is hagyott a márciusi fagyban. Repedeztem, de a cserepek megvédtek a hidegtől. Egy lopott pillanatban pár nap múlva – egész véletlenül nőnapkor – félrevontam. Nyüzügén fonta egymásba a csuklóit, és elkerekedett szemei hirtelen nagyot pislogtak, mikor jobbról arcon csaptam. Itt volt már az ideje. Meglepődött, de egy óra múlva már vigyorgott rajtam.

A legközelebbi ünnepelt a sorban Irina volt. Egy kanárira emlékeztetett. Mint kiderült, Zent valaha gyengéd zsinórok kötözték ehhez a teltkarcsú, madárarcú lányhoz, így persze megint csak hivatalos volt a partira. Együtt üldögéltünk távol a többitől egy pincenyirkos szófán, figyelve a lufikat dobáló tömeget. Ő whiskyt kortyolt, én zöld teát ittam.

– Mint a két angol nagyszülő, aki bulit szervezett a gyerekeinek! – szúrta közbe lesajnáló fintorral. – Nem nézünk ki a tetőre? Elbújtunk a bejárat felett. Hanyatt dobtam magam és figyeltem, ahogy spiccesen felhőket ereget. A mizantrópiája mulattatott. Viháncolásba kezdtem, ami felborzolta Zen kedélyeit.

– Ezt ne csináld! Hagyd abba! A hangod... ne csináld, érted!? Mert itt rögtön kénytelen leszek...

Rögtön máris meg... Meg kell, hogy...

– Na, mi lesz veled, Zen? Hah? Meséld csak el, meséld el! – hergeltem tovább.

– Olyan kéjesen nevetgélsz. Felpiszkálod az alvó vágyakat bennem.

– Igen, Zen, ó, valóban? Hogy a csudába tudod magad ilyen mereven tartani a jégtömböd fogságában, mikor egy görbe estéden rám vetnéd magad?

– Ez az egész... jaj, de esendőnek láthatsz most, szörnyű. De az a nevetés! Bele tudnék halni.

–Akkor csókolj meg, Zen! Gyere, dőlj mellém, és hagyj fel a hülye játékoddal!

– Ahj! Nem bírom...

Kínlódva leheveredett. Közben Irina és Abigél már kereste, de még nem állt kötélnek. Mellettem lapulva az eget fürkészte. Tiszta, csillagos lepel-tekercs terült szét felettünk ott a züllés sötétségében, mintha angyalok tartották volna a részegek fölé.

– Látod azt a kettőt ott? Azt a két fényeset?

– Azokat? – mutogattam kézzel.

– Igen. Olyan, mint Lucifer két szeme.

– Tényleg!

– Az lesz a mi két csillagunk. Melyik akarsz lenni?

– Nem tudom. Te tudod?

– Hadd legyek a fényesebb! Mégiscsak a férfi dolga a dominancia...

– Nekem jó a másik is. Ott pislogok melletted, csak tompábban.

Kicsit bámultuk még a másikat ebben az elszállt, szemernyi gyöngédségben, de a tömeg erősebb volt nálam.

– Egy kicsit az ünnepeltekkel is kell törődni!

– Jó! Igaz. Megyek én is.

Két irányba fordultunk. Ő le, a tátongó bugyor öblébe, én pedig szemügyre vettem közelebbről Balázst. Most az arca sok minden volt, csak nem piros. Túlzásba vitte a mesefüstöt, és az ebédjével együtt visszakívánkozott belőle a szabadba. Az utóbbi időszak közel sodort bennünket egymáshoz, olyannyira, hogy megesett, hogy Páfrány felolvasásaira kézen fogva mentünk, hogy álljuk a sarat, ha az idősebb Hollókertesek faggatni kezdenek bennünket az élet nagybetűs értelméről. Végignéztem rajta egy kőkemény önvallomás beteljesülését, amivel végleg kitépte magát családja hagyományainak ringatásából. Balázs egy juderan, kikeresztelkedett család sarja volt, csupa lánytestvérrel. A szülei oszlopos tagjai voltak a gyülekezeti összejöveteleknek, így többszörös lázadásnak bizonyult Balázs maga, aki nem a zenében, nem a kereszténységben, és még csak nem is a heteroszexualitás szentségeiben kereste útját. Balázs volt a legmegrendíthetetlenebb festőfiú, akit ismertem. A vászonhoz is olyan türelemmel és alázattal lépett, mint az emberekhez. Annyi toleranciára volt szüksége a saját puzzle-darabkája helyezgetéséhez, hogy végtelen együttérzés nőtt benne mindenki iránt. Ebben az időben, bár voltaképpen Elza csábított át a Hollókertbe, Balázs lett a legbizalmasabb jóbarátom. Ez a varázs még akkor sem tört meg egészen, mikor felvették a Képzőművészetire őt is, és a többi színeket.

Ezen az Irina-féle szoarén döbbentem rá, milyen gyönyörű az élet!

Most éreztem először úgy, hogy nem a szenvedtetés a végcél. Tehát Balázs mellé léptem, aki éppen készséggel okádta az epét egy félreeső bokor alá, és így szólt:

– Ne... Nem, köszi, Hedvig, nem kell segítség. Az a helyzet, hogy ezt most valahol még élvezem is! Elvégre meg kell tapasztalnom, ha a bűnbe estem, magát a bűnt és annak a következményét. Nem igaz?

De igaz. Résnyire nyílt ajkakkal, piros orral körbenéztem a kiégett tanárokon, a végzősökön, az idegeneken, a színeken, Abigél arcán, a falak által szemem elől elrejtett Zente, és rádöbbentem, hogy ez a visszataszító udvar színaranyban izzik, és minél tocsogóbb a tivornya, annál nagyobb az út felfelé. A legjobb dolog, ami történhetett velem, az maga a tény, hogy létezem, és hálásnak kell lennem azért, hogy valaki hagyta, hogy ennyi roncsolódás után most olyan emberek vegyenek körül, akik mind ebbe az irányba vágynak. A „túl a szivárványon" annyira gicscses, hogy már igaz és gyönyörű.

Zent elkísértem a villamosig. Didergett a fáradtságtól és attól, hogy távozott belőle az alkohol. Hatalmas, kötött sál volt rajtam. Megosztottam vele, összekötve a nyakunkat. A kezeimet a kabátja alá fésültem. Két zeke voltunk csak, amik ölelkeznek. A torkomból rágóillatú meleg gőzt árasztottam a garbójába. A pamut átmelegedett, most a melegségtől borzongott.

– Te nagyon jó anya leszel! Ebben biztos vagyok.

– Vidd el a sálam, te lüke! Meg fogsz fagyni!

– Nem lehetek ennél is nyámnyilább. A sál rajtad marad, de köszönöm a gondoskodásodat! Ez a meleg most felért egy élettel.

Hamarabb jött érte a villamos, mint értem. Néztem felszállni.

Pár nappal később kiállítás nyílt a város egyik színgyűjtő bödönében. Megpillantottam Zent a tömeg arcai között. Nem szokott ennyi embert bevállalni egy napra, talán Ádám rángatta el. Ma jómagam is kiállítási tárggyá változtam Simon és Rémusz munkáiban. Néha felkértek a kisfilmjeikhez. Ennek később is nagy hasznát vettem. Kevésbé a videóknak, mint a barátságuknak.

Nem tudtak lekötni a közös videók sem, Zente zöld kabátját követtem, ami egy szemvillanás alatt kislisszolt a kapun a megnyitó beszéd után. Utánatörtem a sorok között. Kirontottam a kertbe. Az ingatag támfalon sétafikált, mint egy cica. Ádám nem volt sehol, én viszont közeledtem. Csak egyikünk fért el, nem tudott elszaladni. Mögötte már véget ért a fal.

– Azt mondtad, várhatok, de ugyan meddig?! Ha rajtad múlik, akkor az idő végezetéig eljátszol velem, mert tudod, hogy függő vagyok!

– Lehet, hogy igazad van.

– Mégis meddig, meddig várjak, hogy adj egy egyenes választ, hogy igen, avagy sem?

Fogalmam sincsen, hányadjára tettem fel neki ezt a kérdést, de soha nem kaptam feleletet.

– Van egy érmém! Most elhagytam. Egy bokorba pattant a Hollókertben, de azt mindennap feldobom. Aszerint érzed, hogy közel vagyok-e vagy sem. Ha az *igen* van felül, akkor sokat vagyok veled, ha a *nem*, akkor alig látsz.

– Ez a valóságban olyan, mint a mindig nem, hiszen a felvételim óta egyhelyben tötyörgünk!

– Ez nem egészen így van! Tévedsz, csak felteszem a kérdést, hogy na, ma megcsókoljalak? Az igen-napokon közel kerülsz, és valamiért úgy döntök, hogy csók nem lesz mégsem.

– Miért mondasz nemet olyasmire, amiről tudod, hogy jólesik, és amit te is szeretnél?

– Hiszen már alig emlékszem!

– Ezt te sem gondolod komolyan! Semmi akadálya nincs, rajtad kívül!

– Dehogyisnem, hónapokkal ezelőtt történt!

– Jó, akkor maradj ott, ahol vagy! Segítek a memóriád felfrissítésében!

Kalimpált. Megpróbált elrepülni. Közelebb értem. Már csak fél méter. Húsz centi, tíz, öt, semmi... Nem húzódott el, nem ugrott a mélybe, nem vonakodott. Hagyta.

Mikor elhúzódtam a nyakától, így szólt:

– Ezt sosem fogom megszokni. Hogy lehet, hogy... Hogy lehet, hogy ettől kiráz a hideg? Mid van, amitől...?

– Nincs semmim, Zen. De ezt a semmit mind neked adhatom. Ezer ilyen kis aprósággal, ha megengednéd! És tudod mit? Azért csak baszd meg az érméd!

A dühöm nevetésre csalta a borzongás végén. Sőt, még engem is. Aztán távoznom kellett. Zent megint csak abban a töprengésben hagytam, ami a mindennapjait átitatta.

Másnap magamhoz hívtam a „napsugár-csoport" felirat alatt egy padra.

A térdeimre tette a kezét, és a fejét belehajtotta a térdeim közötti résbe.

– Te kusza, kóbor kis állat, hiszen ez nem mehet így tovább, te is tudod!

– Tudom.

– Figyelj csak, ne cicázz velem, mert egy ilyen játéknak valaha nagyon rossz vége lett. Addig úszkáltunk el egymás mellett egy Leviatánnal, hogy egyszer csak tudod min kaptam magam? Felfalt egészben, és visszaköpött egy zátonyra.

Felfortyant a figyelme, és a kezeimet fogva mellém ült inkább, a lábaimat pedig az ölébe vette.

– Az történt, hogy az az ártatlannak látszó fiú a saját tehetetlenségének hevében – itt elhallgattam, nem nagyon tudtam, ez hogy is hangzik, ha nem csak gondolok a szavakra – megerőszakolt! –suttogtam megnyomva minden betűt. – Érted ezt? Érted, hogy meglopott, hogy elvette tőlem azt, amiből tutira csak egy akad egynek, és mindezt azért, mert nem értettük egymást elég jól?

– Ó, te jó ég. Nem... nem tudtam!

– Persze, hogy nem, hiszen nem meséltem el, de nem akarok többé pórul járni, érted?

– Még szép, hogy értem.

– Szóval könyörgöm, hagyj utamra menni egy nemmel, vagy mondj igent, és akkor lehiggadok. De nem fáradozom tovább, ha soha nem kérsz belőlem többet! Ehhez nem vagyok elég jól!

Bizonyára az akkoriban heti kétszer látogatott új pszichonéni és pszichobácsi páros is ezt mondta volna. Mindent tudtak. Többet, mint én; a súlyomat, a diagnózist. Kértem, hogy ne tárják fel a kínos részleteket. Barátnak tartottam őket, akiknek mindent elmeséltem. Fallabdáztam velük, csak mondtam, mondtam, ők meg hagyták, hogy végül mindent egyedül oldjak meg. Tulajdonképpen ez hasznos! Zentét írattam fel magamnak receptre, de nem árulták a patikában.

– Nem tudom, Hedvig, ez... ez nekem nem megy. Ne állíts ilyen döntések elé, tudod, hogy retek szar vagyok ebben!

– Tudom, éppen ezért kényszerítelek, mert fel fogom adni, és aztán majd nem érted, hogy mi zajlik bennem, és hogy miért nem nyargalok utánad.

Úgy dajkált, mint egy kislányt, a térdein ringatva, közben meg tanácstalanabbnak láttam most, mint bármikor. Nem jutottunk dűlőre. Utamra engedett.

Ekkorra felfedeztem magamnak a padsorok között jobbára nekem a háta közepét mutató Vadász Timit. Mikor Zentől elváltam, Tim egyedül ücsörgött a harmadik emeleti folyosón.

– Szia! Jól, hallom, hogy vége van Robinnal?

Timi évek óta megalkuvó kapcsolatban állt egy osztálytársunkkal. Azzal a szőke sráccal, akit a felvételimkor monitoroztam. Igazából nagyon jól néztek ki együtt, még ha a srác nem is volt egy agytröszt. Ezzel ellentétben Timinek a hobbija volt a tanulás.

– Jól. Azt hiszem, tényleg vége.

– Elég feltűnő a zaklatottsága. Kár, pedig ugye meg is dicsértelek titeket párszor.

Két szőke minimál. Timi modellnek állt olykor, és Robint is magával vitte.

– Hát igen, de az az igazság, hogy nem is egészen a férfiakhoz vonzódom, ezt pedig ő nem tolerálta.

– Ó, valóban?

A szemem felcsillant. Tim kijelentése bennem izgalmas porfelhőt kavart.

– Tudod, ezzel azt hiszem én is így vagyok, bár már nem egészen tudom, hogy rám ragadt-e, vagy tényleg igaz.

– Hát, én csak nem vágyom férfiakra. Robin sem azért volt, mert beleszerettem. Inkább csak megszoktuk egymás társaságát. Modellek vagyunk, de néha nem elég ugye, ha valami párban is jól néz ki...

– Gondolod, hogy lányokkal könnyebb?

– Otthonosabb lenne, talán.

Nem hittem volna, hogy efféle társalgás ver köztünk tábortüzet, de Robinnak máris szemet szúrt a susmus. Papírgalacsinokkal dobált egész óra alatt, bombázva a kérdésekkel. Eddig alig állt szóba velem. Most sem voltam túl közlékeny. Úgy ítéltem, ez Tim magánügye. Lehet azonban, hogy hibáztam, ugyanis a következő két hétben szóváltásaink felkavarták a vizet az iskolában, amire Robin rákontrázott. Tim és én a lépcsőindu-

154

lóban, Tim és én a női WC-ben, Tim és én egy udvari padon, cigivel. Sok lett az *és*, és ezt az ostobák ómenként könyvelik el.

– Jesszus, ez a Hédi odalopakodik fiatalabb lányokhoz a WC-ben és belesuttog a fülükbe, hogy „Tudod, mennyire szép vagy?". Úristen, baszd meg. Úristen, mekkora leszbi! És most fogja Timet és manipulálja... Így akarja tőlem elszedni! Hát totál kivagyok...

Hadd legyek őszinte: telibeszartam, hogy az osztályomnak mi alakul a fejében. Ariel – akit anno vezértyúknak ítéltem – és Robin mehetett a picsába. Elvégre maga ajánlotta fel a társaságát. Különös barátságunk lett. A színek mind az utolsókat rúgták, és az érettségi közeledtével egyre feltűnőbben szublimáltak az iskola területéről. Nélkülük fakult minden zug, minden emelet. Más cimborák kellettek. Ebbe a kategóriába lépett be Timi, meg a magántanárom, Szimóna. Filozofálás céljából hetente tiszteletemet tettem nála. Egyszerre lógtunk meg az előkészítőből. Voltaképpen ő inspirált hosszútávú elképzeléseimben. Ha egyszer tanár leszek, olyan hatással szeretnék lenni a hallgatóságra, mint ő volt ránk, elsősorban a deviánsokra. Azokat is meg tudta mindemellett zabolázni, akiknek neurológiailag semmi köze nem volt a humán világhoz.

– Te, Hedvig, van egy csodálatos fiú a nyelviseknél! – kezdett egyszer bele nagy töprengést törve meg. – Soha nem tanul a világon semmit, pedig ha írnia kell, olyan remekül fogalmaz! Titokban ő az egyik kedvencem, csak olyan link, hogy nem mutathatom ki a többiek előtt, hogy odavagyok érte, mert minden renomém odavész!

– Ki lenne az?

– Tölgyes Zente.

Jót nevettem. Elregéltem neki mindent töviről hegyire.

– Húha, nem tudtam, hogy ilyeneket is tud, de az a baj, hogy ettől csak még jobban tetszik! El ne mondd neki! – emelte kezét a szája elé, hogy eltakarja csodálkozó kacaját. Legjobban nyilván az italautomaták közt történtek ragadtatták el.

Szóval odakint a valóságban bakokat lőttem. Timi is annak született, csak épp év végi helyett januárinak. Olyan volt, mint a képzelt fiúm, Vé, akire vágytam, csak éppen szőkében és lányban.

Elza már-már azt gondolta, szép kis dupla awakeninget ünnepelhet majd velem és Balázzsal.

Nem egészen így lett. Az éhezésben maga is jártas Timtől elfogadtam a banánt. Ha egy modell-lány állítja, hogy az étel fontos, akkor abban lehet is valami. Gondoltam, ha már ilyen jó hatással van rám, meg tud etetni, kicsit megvédi az UFO-sejhajom az osztály náspángolásától, és el tudja képzelni, mi megy a fejemben, miért ne tehetnék egy próbát? Randira hívtam, és készségesen elfogadta.

– Elmehetnénk valamikor közösen enni! Vagy csak meginni valamit.

– Nem szeretek enni – mondta ő.

– Menjünk az egyetlen helyre, ami méltán viseli a „teaház" címet. Sokat fordulok meg ott, foglalok helyet!

– Jaj de jó! Milyen régóta várom már, hogy valaki eljöjjön velem!

Egy szombati napon vittem el. Órákat vártunk, hogy kinyisson a Floating Flower. Eleinte csak a miénk volt. Egy bambuszházikóban ültünk, és a Hollókert egyik hajdani diákja rakosgatta elénk a gőzöket. Egész délután áztunk, mint a teafű. Sokára másztunk elő, de már várt a tüdőnkre egy bláz.

– És akkor, a lényegre térve, ha nem haragszol, hogy belevágok... Te el tudod képzelni, hogy köztünk legyen valami?

Timi rám nézett azzal az áthatóan türkiz tekintettel. Kifújta a bent tartott füstöt, ahogy guggolt mellettem egy sikátorban, és megrázta a fejét.

– Nem. Nem hiszem.

Tudomásul vettem. Jégdárda fúródott keresztül a kulcscsontomtól lefelé a bordákon és a medencémen, és karóba húzott. Útra keltünk. Vakított a fehér.

Tim balra fordult, át a zebrán, én jobbra. Láttam, hogy könnyed és boldog a program hatásától. A villamosra szállva lefagyott a világ. Még ez sem sikerült. Mire hazaértem, berepedt a merev képernyő, és a fotelbe kapaszkodva összecsuklottam. A lábaimból kiszaladt az erő. Két órán át csak feküdtem a parkettán, kábán és hitetlenül. Féltem, hogy lebénulok.

Nem sokkal ezután betoppant Lujza. Mivel nem lett nagy bajom, sikerült elsomfordálnunk anya zaklatott őrködése elől. Különben sem tetszett neki, hogy Lujza kiszolgálja magát a konyha kelléktárából. Erre kifejezetten allergiás volt.

Elbújtunk a szobámban, hogy Lujza, mint egyetlen reménységének, azaz nekem, töviről hegyire elmesélje szomorú, egynemű szerelmének szívfacsaró cselekményét. Kellett is ez nekem! Összekerült Linda első udvarhölgyének húgával. A nővér persze mit sem sejtett az egészből. Később egy véletlen elszólással éppen én rántottam le a leplet. Ez a három évvel fiatalabb kislány – Lujza elmondása szerint – megtanította őt egy egészen új életre.

– Hedvig, én nem vagyok leszbikus, én nem vagyok biszex, én nem vagyok semmi extra, de Fanniba szerelmes vagyok! Érted ezt? Meg kell értened! Az egész előkészítőben senkit nem ismerek, aki jobban tudhatná, milyen is ennyire egyedül lenni valamivel. Még Ármin sem. Szóra sem érdemes. Undorral néz rám azóta, hogy neki is szerelmet vallottam. Majd jött Fanni.

– Lujza, figyelj, én egyetlenegy dolgot tanultam: az érzelemre való képesség az utolsó, amitől mi még emberek vagyunk. Mindegy, mi az, ami megmozdít. Vagy, hogy ki...

Belenéztem a hibás szemébe, amit annyiszor műtöttek, és énekeltem neki egy dalt a függőségről.

Levideózott, hogy a dalt emlékül magával vigye, és látszólag megnyugodott a lelke. Az enyém is. Rájöttem: a homoszexualitás a Lujza-féléknek való, akikre akaratuk ellenére talál.

Tavaszodott végre, olvadt a jég.

Ebben az enyhülésben tartott Balázs egy házipartit. Hálából, hogy a színes szekta tagja lehetek, cipeltem magammal a mobil tetoválófelszerelést, hogyha illuminálódnak a vendégek, minél többekre kerülhessen valami. Egyre több ismerős arc gyűlt össze. Abigél; Kriszti, a kék; Irina, a majdnem-pink, és Elza. Még Ádám is tiszteletét tette. Zent is képviselte, mint Lucifert az emberek között. Itt találkoztunk először Gerzsonnal, aki Elzának csapta a szelet. Mondtam, hogy a lilaság működik! Még Teó is felbukkant. Linda és Ármin csatlósa volt az elit sulinkban, de édesanyja a Hollókertben tanított. Ennek ellenére ő könnyen akklimatizálódott, nem jutott a sorsomra. Timi, Teó, és később Gerzson is nagy szerepet játszottak abban, hogy merjek enni. Elsőre persze nem győztek meg. Noel tanácsait sem fogadtam be azonnal. Piros pulóvert javasolt és müzliszeletet. Gem egy februári kiránduláson gyakorolt rám nagy hatást. A Hollókertben szerveztek egy farsangi országjárást, ahol Teó és a családja szorított nekem helyet egy emeletes ágyon. Olyan jóízűen nassolt a hátizsákban bújó csemegékből egész nap, hogy már-már megkívántam.

Irigyeltem, hogy neki ilyen könnyen ment. Ez nagy szó, hiszen Bibliát tudtam volna írni abból, mennyire gyenge dolognak tartom az étkezést. Bár nem mertem a számba tenni a kandis gyümölcsöket, elképzeltem, milyen lesz vagy milyen volna, ha, és hosszú idő után először nem borzasztott el.

Mialatt ezeken tűnődtem, az este szépen beindult. Az első, akire varrtam, persze Teó volt, a legbátrabb mind közül. Aztán Kriszti, Mira és Abigél is kapott egy firkát. Még ha több vércsepp csordult is ki az alkohol hatásától, örültek neki.

Abigél, ez a holdarcú lány, furcsa pillantásokat vetett rám. Azt szerette volna, hogy csókoljam meg. Vissza kellett utasítanom. Mondtam, hogy nekem ez nem játék, ilyesmit brahiból nem csinálok. Végül Irinában lelt átmeneti menedéket.

Ha nem is itt, a parti éjjel hullámzó óráiban, de persze valami történt Timivel. Egy nagy beszélgetés után, mielőtt nyitotta volna a rajzteremajtót, megfogtam az arcát és hatalmas csókot nyomtam hideg és puha ajkaira. Ezt nem azért tettem, hogy „becserkésszem". Meg akartam köszönni a figyelmét, és kölcsöngyengédségre vágytam. Azt mondta, hogy már várta. Bóbita meglátta, és persze rosszul fordította le. Nem próbáltam utánaszaladni; higgyen, ami tetszik. Nem érdekel. Nekem akkor, arra másfél percre, ő volt a rejtek.

Sokan bújtak meglepő karokba. Kriszti egy ponton elnyelte Teót, ám a lelkiismerete sokkot kapott. Mira és Irina meztelenül talált rá. Fel kellett öltöztetniük a félig eszméletlen lányt. Gerzson hajnalig bírta. Még mindig a megfelelő zenét kereste, amikor én elcsomagoltam a tetoválógépet és az utolsó mosott edényt is odabiggyesztettem száradni a csap mellé. Lehuppantam egy fotelba, és a karjaimmal táncolni kezdtem. Gerzsonnak tetszett a játékom. Kicsalogatott egy cigire, mielőtt útra kelt volna. Azt mondta, érdekelné, milyen lehet pszichológusnak lenni. Meséltem neki magamról, és jól csinálta. Egy felkapott sorozat szereplőjéhez hasonlított engem. A koplaló lány EAT feliratú üzeneteket kapott.

– Hé, abban van, hogy a csaj üzeneteket kap EAT felirattal, ugye?

– És?

– Ez nála beválik, nem?

– De hát ott valójában ez csak a lelkiismerete...

– Vagy ki tudja.

– Csak hallucinál.

– Annak is oka van.

– De gagyi...

– Legyen az, hogy megadod a telefonszámod. Elza révén csak összefutunk még néha!

– Tessék?

– Na! Csak add meg. Az én nevem Gerzson, és te? Amúgy lehetek Geri, Gerő, Gerzsi...mindegy, szeretem mindet.

– Oké...Geri! Hedvig vagyok.

– Szuper Hedvig. Akkor pötyögd be magad! – A kezembe nyomta a kis nyitom-csukom telefont.

– Kész van!

–SzuperHédikus! Mentve. Beszélünk még! Most hazabatytyogok, de légyszi, vigyázz magadra!

A lábtörlőn üldögélve néztem, ahogy csukódik a kertkapu. Már zümmögött is a zsebem, megnyitom az üzenetet: „Egyél!"

Jócskán delelőre járt már a nap, mire elhagytuk a házat mi, a legkitartóbbak. Odahaza az Egyetemkertben az ágyba bábozódtam, de képtelen voltam elaludni. Rettegtem, hogy nem fogok felkelni onnan, hogy mi van, ha soha többé nem ébredek fel?!

Sírva rontottam ki a szobámból, bokámon napfonatokkal.

– Adjatok valamit enni! Kérek valami jót, valami magot meg aszalt gyümölcsöket, ha szabad! Éhes vagyok! Nagyon éhes vagyok! Sajnálom, nem tehetek róla... de muszáj lesz, mert... nem akarok meghalni!

A szüleim nem szóltak, csak hirtelen megmozdult minden. Anya mézben mandulát pörkölt nekem. Felfaltam, tejjel öblítettem.

– Csak lassan, mert a gyomrod bánni fogja!

Igyekeztem, de másnap a tanáriban kötöttem ki vinnyogva, gyomorpanaszokkal. Megérte. Megint megszületett az elhatározás, hogy kikecmergek ebből és meggyógyulok! Ha egyszer véget ér, elpusztíthatatlan leszek!

Egy hétre átléptem az országhatárt. Londonba utaztam egy csoporttal, ami épp elég távol tartott minden zavaró körülménytől. Felváltva Zenre és Timire gondoltam, de összességében Vével maradtam kettesben, mint örök útitársammal. Idehaza aztán egy régi divatmagazin címlapját toltam Tim orra elé, Zen kezébe meg egy stampedlit nyomtam a művésznevének kezdőbetűjével: L, mint Lizander. Tölgyes Zente Lizander. Egy regényből szedte. Előszeretettel bogarászott az etimológiában.

A nagy elengedésben és befelé fordulásban felmerült bennem, hogy milyen jót is tenne már egy nagystílű beszélgetés Leanderrel. Számomra is talányos indokból szerettem a saját elméleteim letisztulását általa igazoltatni. Visszaigazolás kellett: jól emlékszem-e, hogy ő vágott tönkre engem, nem pedig fordítva.

Még mindig fejből tudtam a számát, nem kellett, hogy a telefonomban legyen. Hamar felvette, de pár másodpercig meghökkent csönd ült a vonalban.

– Azta. Szia, Hédi!

– Szia, Lean. Mondd, nincs kedved sétálni?

– Hű! Azaz, de! De éppen most megyek a városba Józsáról munícióért, de utána...

– Nem. Veled tartanék!

– Jó, jó, jó... akkor, ööö, egy félóra múlva az agrártanszéknél!

– Ott leszek!

Legutóbb Bogdánnal és Alexszel jártam ott, amikor először fújtak zöld füstöt a számba. Szegény apám úgy tudta, csak egy egyszerű sétára indulok az éjszakában, kezemben lámpással. Ő otthon pötyögött, amíg én a legrettegettebb lidércemmel találkoztam. A bevásárlás után elrejtőztünk az Agropolisz erdejében, egy bungalóban, kettőnk között a gyertyaláng. Lean tépett, én dohányoztam. El sem hitte, ami történik. Úgy nyomasztotta a bűnbánat, hogy gyomokba, bogyókba fojtotta amúgy sem túl józan eszét. Tudta, hogy elszúrta és soha többé nem hajtok fejet előtte, pedig a rögeszméjévé vált, hogy közös végzetet szántak nekünk. Magasabban ültem nála, rettegve fogta vissza magát, nehogy elriasszon, ha már úgyis hologramnak néz. Nagyon is jól tette. Valahogy mégis az lett a vége, hogy megesett rajta szívem, és a megbocsájtásom jeléül, én hülye, megcsókoltam. El volt alélva. Ragaszkodott ahhoz a meggyőződéshez, miszerint csak velem megy a csók.

Ki kellett ábrándítanom. Egyáltalán nem gondoltam folytatásra, csak le akartam rázni a terheimből. Úgy tűnt, érti, de a következő hetekben nem bírt magával. Egy darabig hagytam, hogy ostromoljon. Egy kis törlesztés nem árthat. Egész, hozzám szóló verseskötettel állt elő, önmagához híven telis-tele csöpögős förmedvényekkel. Néha még fel is olvasta. Nem vallottam be neki, hogy mind hallgathatatlan.

Húsvétkor a frászt hozta rám bejelentve, hogy Egerben tartózkodik. Fogalmam sincs, minek, de utánam jött. Szinte láttam lelki szemeim előtt: a szüleim először az ő nyakát tekerik körbe egy gyíkkal, hogy azzal fojtsák meg és akasszák fel, aztán levágják a fülemet, ki a nyelvemet, hogy többé ne halljam, amit mondd, és ne is válaszolhassak rá. Részletkérdés, hogy addigra magától értetődően halott volna. Ez a pióca nem értett a szép szóból, de szerencséjére összebalhéztam a családommal annyira, hogy volt okom lelécelni pár órára. Fogtam két buszjegyre való zsebzsetont és köddé váltam. Már várt. Még élőben is nehéz volt vele megértetni, hogy eszem ágában sincs vele kézen fogva poroszkálni a saját városkám utcáin. Még valaki leadja a drótot a háziaknak! A Tüdőszanatórium teraszára vittem, ami rendszeresen szolgált titokzatos akcióim helyszínéül. Basszuskulcs, azonnal rázendített. Sorra előadta a nekem írt verseket gitárral.

Fájdalmas volt nézni ezt a szánni való jelenetet, ezt az elfony-nyadt fiút, akibe valaha oly nagyon beleestem. Egy napra sem mert kijózanodni, mert az álmok olyankor véget értek, és szembe kellett néznie a bestiákkal, miket én keltettem benne életre. A következő tanítási napon felívtam. A Hollókert előtt leültem, és egy nyolcvanas sztoikus higgadtságával közöltem vele a fejleményeket.

– Jól nyisd ki a füledet, Leander! Ha dühös leszel is, értsd meg: nem akarok tőled semmit. Nem volt célom, hogy összezavarjalak, sőt ellenkezőleg. Napról napra az a célom, hogy minél inkább a helyükre billentsem a múltbéli zökkenéseket. Kevesebb zűrt szeretnék, ez pedig kifejezetten túl sok! Látom, hogy igyekszel, de nagyon erőltetett a vezeklősdi, amit leművelsz. Nem tudom, sajnálom-e, hogy nem vagy túl rajta, de én azon vagyok. El akarom magamtól távolítani a fájdalmakat, s ebből fakadóan téged is. Tudod, azt, ami kettőnk között történt, azt még a legokosabbak is párkapcsolaton belüli nemi erőszaknak hívják. Ezt nem lehet semmissé tenni. Gyakorlatilag megloptál, és még mindig nyögöm. Nem az én dolgom rajtad bosszút állni, de megpróbáltam kifejezni a bocsánatomat. Mindazonáltal hosszútávú jelenlétedtől felfordult a gyomrom. Hiába gondolom újra meg újra, hogy beszélgethetünk…

– Értem, de akkor miért?

– Most mondtam el. Hogy tudomásul vedd, hogy harag már nincs bennem. A memóriám viszont pazar. Szinte túlzás…

– Lehozhatom a rohadt csillagokat is, igaz? Neked az sem lenne elég. Hát jó. Ha nem, nem. Akkor ég veled, Valentin Hédi. Sejtettem, hogy ez lesz. Élj boldogan! – és rám csapta a telefont.

– Ég veled! – A sípszó után mondtam. Ha mást nem is, ezt a ridegséget eltanultam Zentétől. Meg sem érintett Lean férfiatlan és jellemtelen viselkedése. Nem számíthattam másra. Párszor belevágtam még efféle „tegyük tisztába azt is, amit nem lehet" ügyekbe vele. Mivel mindegyik éppen ugyanennyire meddő volt, kénytelen voltam a bosszúm töredékeként kezelni őket. Nem volt szándékos. A karma, ha van olyan, kalapáccsal szaladt utána.

Hazaértem, és rövidre vágtam a hajamat.

Április első napja jött. A Bóbitával való megismerkedésünk második évindulója, és a mindenkori közös örömünnep Alexszel, egy bolond kalappal, s Alíz, jómagam. Alextől újabban undorodtam, ízléstelenül bánt Bóbitával, aki viszont richtig nem szokott le róla, hogy a napjait vele szomorítsa. A kislány egészen beleroppant abba a kényszerített orális tragédiába, aminek Alex egy kocsma vécéjében tette ki. Az esemény nem volt világos számomra. Annyit láttam, hogy Bóbita egyfolytában reszket, nem eszik, kócos a haja, és úgy ténfereg, mint aki megháborodott. Láttam őket a macskaköves szakaszon. Részletet énekeltek egy meséből. Alex észrevett, és tulajdonképpen nekem énekelt. Hiába. Én éppen egy érzésekkel teletömött szekrény voltam, amiben a motyók mind emlékzárványok, és a zsúfoltságtól egyiket sem könnyű szeparálni. Arra vágytam, hogy valaki fellökjön, kiborítsák belőlem a sok szemetet. Meggyötörten tértem haza.

Egy nem fogadott üzenet villogott a virtuális postaládában. Két napja olvasatlan.

Zen írta.

Igen, Zen.

Tölgyes Zente Lizander, személyesen.

Megállt bennem az ütő. Torkomba hideg izgalom szaladt, és azt hittem, álmodom.

Zente írta. Kétsoros fohász volt egy fotóval.

A fotón keze alatt a rajzomat láttam, mellette a fekete tollat, az első ajándékomat.

Felirat:

„Hol vagy? Hová lettél? Te fehér Angyal."

Reszketve gépeltem vissza:

„Itt vagyok! Ugyanitt. Meg sem kell keresned! Itt vagyok. Itt vagyok neked!"

II.

9

Zen

Villog a kurzor. Rianás tépázta meg bordakosarát. Tétova ígéret gyanánt kitűztek egy vasárnapi találkozót, ami persze elmaradt. Zen megfeledkezett róla, ám Hedvig most csak mosollyal nyugtázta a fiú hóbortosságát. Így jött el a hétfő.

– Ugye tudod, hogy tegnap elfelejtettél velem találkozni?

– Jaj, bassza meg, tényleg? Tényleg! Ne haragudj...

Ezt eljátszották újra meg újra. Zen korábban nem volt nagy dohányos. Hedvig tette azzá. Minden beszélgetésük apropója egy túl masszívra sodort cigaretta lett. Reggelente Zen fekete alakja a lombokat járta a Hollókert előterében, Hedvig pedig csatlakozott. Mindennap elölről kezdték a cserkészést. Mostanra Zen lett Vé. Nem csak magában rejtette, hanem eggyé olvadtak.

– Tudod, szerintem együtt aludni másokkal nagyon intim dolog – mormolta a lány neki egyszer, vállára hajtva fejét –, te a kollégiumban több tucat másik emberrel vagy összezárva. Ilyenek a panelházak is. Nem tudhatod, mit kapsz attól, aki a szobád falának túloldalán alszik. Egyformát álmodtok, egyszerre működik a vesétek, átragad mások békéje vagy a zaklatottsága.

– Igen, ebben igazad lehet.

– Tudod, alhatnánk együtt. Szerintem jót tenne!

– Lehet. Majd kipróbáljuk.

Hümmögött, majd lassan bele kellett gyalogolni a nap sűrűjébe. Anya szinte azonnal érkező telefonja ezt az átlagos szerdát ünnepi díszbe öltöztette.

– Ma nem leszünk az Egyetemkertben, illetve apád odamehet éjszakára, ha gondolod?!

Ez azt jelentette volna, hogy körbekocsikázza a fél világot, másnap pedig továbbáll.

– Ó, figyelj, nem kell! Pihenjetek inkább. Megleszek egymagam!

Negyvenöt perccel később már Zentét rohamozta, aki pislogott a huzattól.

– Zen, Zen, idehallgass! Van kedved ma nálam aludni? Tudod, az előbb beszéltük, hogy... és hát erre van most egy szabad járat.

– Ajjaj. Öh. De, de van. Jó, jó-jó.

– Mi van, mitől félsz? Nem azt kértem, hogy gyere és erőszakolj meg, csak hogy aludj velem!

– Oké. Igaz – pirult el szégyenlősen. – Rendben! Dehogy félek, nem félek én semmitől, főleg tőled nem! – próbált elszánt képet vágni, majd nyelt egyet és csuklott. – Akkor átgondolom, hogy oldom meg a napot, meg a koli, meg a barátok, és megbeszéljük.

– Juj, de jó! Gyere el, kérlek! Csak jobb, mint a koliban aludni! – Olyan érzése támadt, mintha valaha valakinek ezt már mondta volna.

A fiú szendén vigyorgott egyet, lehajtotta a fejét és beszippantotta az ajkait, ahogy szokta, ha zavarba jön. A gyomorban morfolódó izgalomtól gyorsan telt a nap.

Még nem sejtette, hová érkezik. A lakásba való betérés előtt tettek egy kört az erdőn.

Hintáztak. Lassan rájuk sötétedett. Áthágtak az erdőn a villáig. Hedvig bemutatta neki Rózit, a nagy fát, aki az egyetlen barikád volt közte és a patológiai intézet között. Már hiányoztak az alsó ágai. Nem volt olyan izmos sövény körülötte, mint mikor ideköltöztek, és nehéz volt rá felkapaszkodni. Jobb is, hisz' holmi Leandereknek így élből elvágták az útját.

Fordult a kulccsal a zár. Be a toronyba. A csigalépcső tetején átlépték a határt a *fátylon innen és túl* között. Túl voltak rajta, túl a rohadt szivárványon, egy privát Csodaországban, ahol ők ketten az összes mese főszereplői. Sellő és aligátor, horgony és lepke, szörnyeteg és szépség, rügy és kéreg. Zen volt, aki a könyvtárban olvas, Hedvig pedig a varjú, aki az olvasó vállára telepszik.

A lakásban Zen leült a kanapéra. Hagyta, hogy a szoba sötétes bíbora körülkeringje. Hedvig tejes indiai teát főzött neki. Ő meselöttynek nevezte. Ekkor még nem szeretett semmit, ami meleg volt és édes.

Figyelte a lányt, ahogy körülugrálta. Átöltözött, táncolt neki. A jelmeztárát próbálgatta. Előhozott minden könyvet, rajzosat, színest, és az összes vackot az emléklomokból.

– Most bevallom, kicsit elfáradtam – csukott be a fiú egy katalógust –, nem kevés ez egyszerre. Azért jöttem, hogy veled legyek, nem a tárgyaiddal.

Hedvig megértette, és félve, hogy elrontott valamit, mindent a helyére pakolt.

– Rám nehezedett az álmatagság! – szólt Zen. – Ideje lenne nyugovóra térni. Holnap is van kötelesség.

– Igaz.

Hedvig a nappaliban vedlett át. Puha, bolyhos pulóver került rá. Nem akarta, hogy a fiú úgy lássa, kelleti magát. Elbújt átvedleni.

– Nekem kell kívül aludnom, mert a férfi dolga, hogy megvédje a nőt a szörnyektől.

– Ahogy gondolod.

A zene elhallgatott, és a lámpák maradék barnaságában ringatóztak. Csak a kezük ért össze. Hedvigtől a jobb, Zentétől a bal.

Mikor még sötétben, hat óra tájban Hedvig magához tért, az ágya üres volt. A takaró, ahogy este hagyta, az ágy végére hajtva. Tapogatta a fiú hűlt helyét maga mellett és megrémült.

„Felállt, és kisétált volna, miután elaludtam? Horkoltam, és átköltözött a kanapéra az éjjel? Egyszerűen itt sem volt, csak végleg elvesztettem az eszem?"

Aztán meghallotta. Elért füléig a fürdőszobai matatás zaja. Itt volt. Itt volt vele, csak már felriadt, és most tisztálkodni ment. Mielőtt lekapcsolódott volna a lámpa a folyosó végén, jelezve, hogy végzett a cicamosdással, felpattant és útnak indított egy északi közös-kedvenc nyenyergést a hangfalon. Egy fiúról szólt a dal, aki egy erdei kunyhóban éldegél egymaga. Most ők is éppen így, éppen ott húzódtak meg a világ elől. Nem volt senki rajtuk kívül, csak ők ketten, meg ez a pár fal. Sehol a Föld. Lebegtek felette egy buborékban.

A lány cigit vett a szájába, és az ágyba huppant vissza, oda, ahol ez a fekete királyfi hagyta. Az ekkor fordult ki a fürdőből. Elmosolyodott szélesen. A lány a fogait is látta. Ahogy a szoba fényébe ért, kisimította arcából a hajzatot.

– Szép reggelt! Nahát, micsoda fogadtatás. Te cigivel a szádban aludtál?

– Mondhatni. Megijedtem, hogy nem vagy itt!

– Már régen felkeltem, és vártam, hogy jöjjön a Nap.

– Ó, igazán felébreszthettél volna!

– Nem lett volna szívem. Szép volt, ahogyan aludtál.

Az ágy szélére ült. Kivett egy másik szál cigit a dobozból és befészkelte magát párnának vetett háttal. Miután elszívta, szembefordult Hedviggel. A lányka addigra lecsúszott a nagy párnáról és hanyatt feküdt az ágyon, hogy az oldalába fúrhassa magát. Zen fölé emelkedett, majd egy finom csókot nyomott a még sistergő szájra.

– Köszönöm! – mormolta.

Ezután a nappaliban heveredett le. Hagyta, hogy Hedvig elkészüljön a toalettjével. Szerette a zenét, amit hallott, de nem szerette a habot a kávén. Mindig hideg tejjel kérte.

Miután Hedvig előkerült a vízből, tétován meredt rá. A folyosóról nézte őt. Hologramnak hitte.

Közelebb lépkedett, mint egy sötét dámvadbambi. A jobbjára kuporodott. Inkább a balra. Térdelt a puha dívány-ölben és kérdés nélkül rendesen, lassan, hosszan megcsókolta. Kíméletesen, megfontoltan. Egymás arcához is alig értek.

– Én is köszönöm – búgta, és máris indulniuk kellett.

Zsolma tudta, Zsolma megálmodta. Hedvig délután hozzá sietett, és a rózsákból, amik az arccsontján pihentek, Zsolma olvasni tudott.

– Tudtam! Zöld lesz meg barna, és nagyon szorosan melletted... láttam előre a fiúd!

Hamarosan Hedvig újabb kiállítása nyílt meg az Illaberekben. Az előkészülgetés közepén rászóltak, hogy valaki már odakint ácsorog, és nem mer magától áttörni a növénykapuzaton. Kirohant hozzá. A buszmegálló villanypóznájához lökte és megcsókolta. Hagyta. Lelkesebb volt egy kölyökkutyánál, aki a gazdáját látja. A kiállítást aztán magának nyitotta.

– Egyszer egy valaha hűn szeretett árnyék azt tanácsolta, hogy a rémálmodás átkát áldásként használjam fel. De fel kell ébredni – kezdte a beszédet. A nyitány persze Alexről szólt, aki már nem volt köreinek része. Nem is akarta. Nem engedte már magához. Hamarosan látta a távolból, ahogyan pont Bóbitával eltűnnek az Illaberek lombjai alatt, de nem közelített. Alex tudta, hogy Hedvig kiállít. A kicsi Hédi kiállít, és neki azt meg kellett néznie. Tudta, hogy az egész az ő ötletén alapul.

Sokan eljöttek. Egész jól sikerült. Zente kezében ott volt a kis pecsét, amit Londonból hozott az ő Hedvigje. Kétségkívül az övé volt már, testestül-lelkestül, csakis az övé. Zen a nyomdával hagyott pár pacás, elhalványuló L-t az egyik lap alján. Sok szeretettel. Valaki fölé írta: „Ébresztő!"

A következő hét végén a lány megint az erdő szélén várta a fiút. Az ösvény, amit követtek, egyenesen átszaladt egy tóvá mélyedő pocsolyán. Zen gondolt egyet, lerántotta a batyut a válláról, amiben egy egész hétre elegendő ruha gyűrődött, jól meglódította és áthajította a túlpartra. Azaz majdnem. Nem számolta ki elég jól és várták, nézték, ahogy a katonahátizsák visszagurul, és csobban. Szomorúan nevettek. Eztán a lányt kapta fel, és bokáig ázva, a legsekélyebb gáton átvitte a túlpartra. Kihalászták ketten a zsákot, benne a szottyadt munícióval.

– Szerencse, hogy holnap hazautazom. Meg tudom szárítani.

– Még szerencse.

Kicsit aggódott a rózsalány. Zen olyan megfoghatatlan volt. Olyan kevéssé emberszerű. Zen örült a ráaggatott szerepeknek, de egyikkel sem akart azonosulni. Tudta, hogy mind hamis. Valahol mind igaztalan. Hedvig egyszer egy együgyű művészgyereknek találta, aki együtt szórakozik vele, máskor pedig valami nagy fekete fantomnak, ami időről időre megszánja a társaságával. Félt, hogy nem jön többet. Akárhányszor elutazott, vagy csak hazament szunyókálni a kollégiumba, úgy érezte, fennáll az esélye annak, hogy soha nem látja ismét. Pont, mint egy kisértetet. A létezésük a maga titkosságától még misztikusabb szintekre emelkedett. Nem volt többé talaj, és közben semmi más sem volt, csak az. Az ő közös talajuk, és az abban futó folyókon a hidak. Két adag lelkesedett iszap közös kis gyönyöre a gyümölcsöskertben. Gyerekek, akik egy homokozóban kezdtek várat építeni. Társak voltak. Játszótársak, élettársak, a szobatársak és a lakótársak, majd munkatársak, lelki társak és az összes többi. Hedvig még mindig nem vette számításba, hogy minden bizonnyal túl sok lesz ez Zennek.

Ezen az estén úgy alakult, hogy csak vörös gyertyákat gyújtottak, nagyon sokat. Hatalmas, hosszúkás, vörös gyertyákat. Kéj terjengett a levegőben. Egymásnak estek hamar. A kanapéba hancúrozták egymást, de Zen hamar kihátrált belőle.

– Ah! Még nem, még nem most, még nem lehet!

Pár órával később Zenben megpendült valami, és összekuporodva a szoba aljára hevert, arcán a vörös gyertyák lángjával. Átölelte a térdét.

– Seholban szeretnék lenni. A testvéreimmel.

A játékaik egyike lett, hogy a múltjukat fotókon mutatják be egymásnak. Zente gyerekkorának bölcsőjét Hedvig Seholnak hívta. Mára már szinte csak hiány-aknája maradt ez a zsebkendőnyi mennyország annak a sok megemlékezésnek, hiszen Zen felnőtt. Az ilyen meghasadó estéken, mint ez is, eltűnt belőle a rózsaszín, csak valami gyülemlő, tompa zöld és szürke maradt. Egy háromlábú kisszéket a tükör elé tolt, és rácsücsült. A tükörben bámulta magát, mint aki nem egészen hiszi el, hogy ehhez a testhez tartozik. Hedvig asszisztált. Ha inni kért, inni adott, ha cigarettát, gyújtva a szájába illesztette. Néha mellé feküdt, hozzádörgölőzött, akár egy macska. Úgy rémlik, mintha nem is aludtak volna. Mintha egész éjszaka ott gubbasztottak volna a tükörrel szemben, mélázva külalakjuk és szellemük különbségein.

Zennek vérzett az orra. Megfájdult a feje, majd vérzett az orra, és másnap is vérzett. Nagyon el volt kenődve. Hedvig attól tartott, belé fáradt, unja. Szorongatás nélkül váltak el a zebránál. Zen előre,

Hedvig hátra. Később írt a lánynak:

172

„Bánom, hogy nem öleltelek meg. Hazafelé még sírtam is az ürességtől. Nemsokára látlak."

Később esett. Két nap múlva Hedvig újra Zente elé sietett villamoson. Zen kalapban várta, és bénázott egy maga sodorta cigarettával. Az esernyő nem ért sokat, csak az összebújás volt segítség.

Siettek haza.

– Hú, de jó idő van a helyett a vihar helyett odakint.

– Ja, igen, furcsa szeszélyek kószálnak szabadlábon. Kerülj beljebb! – Hedvig az ajtót nyitotta.

– Máris, drága, csak a cipőm...

Hedvig minden alkalommal olyan mohón tapadt rá, mintha először látta volna, mintha más, mintha vadiúj lenne, mint a legfrissebb játékszerzemény egy gyerek tárházában. Körbeugrálta, épp csak nem nyalta a kezeit.

Az este úgy hozta, hogy a sok hempergésből egyszer csak ágy lett. A pehely Hedviget Zen cipelte oda. Rózsaszín hálóing került a lányra. A fürdő félhomályában még sellőnek látszott. Kicsi, törékeny, hártyás hableánynak. Bőrén a kék érhálók átviláglottak. Most szirom volt. Rózsatöredék.

Zen hanyatt feküdt keresztbe az ágyon, erőlködés nélkül szétvetve a lábait, de a talpai még mindig a földhöz tapadtak. A viráglány az ölébe mászott. Egy korhadt törzs, moha és új élet rajta.

Hedvig eljátszott rajta. Kezdte az őrületbe kergetni. Zen gyümölcs volt, aki élvezte, hogy valaki megfosztja a héjától, a buroktól, ami az új ingerektől védte.

Nem volt más a kis kombiné alatt, csak a bőr, ami egyszerre a zöldellő fiú bőréhez érkezett.

A lány reszketett, mint a nyárfalevél. Olyan volt mintha... Pár csepp kis vér. Így ér. Akárha először. Vihar sehol. Nincs.

Másnap Hedvig megérezte csípőjében az éjszaka lenyomatait. Szólt is Zennek, de rosszul tette.

Odahaza a fiú az ágyra dobta és úgy döntött, egy ujjal sem ér hozzá.

– Azt mondtad, fáj, szóval ma nem. Eszem ágában sincs fájdalmat okozni. Gondolj Leanderre!

– Nem mondhatod komolyan, Zen! Hiszen azt nem azért mondtam, csak kedveskedtem, hogy érezd, hogy nyomot hagyott bennem! Na, kérlek, gyere ide még egy kicsit, gyere közel!

– Nem.

Hagyta cirkuszolni. A lány sírt. Könyörgött, majd' beleőrült a libidóba. Addig nyűglődött, míg Zen gúnyosan tollat ragadott és írni kezdett. Eleinte hangosan olvasva azt, amit papírra vetett.

– Sír. Most megfordult. Felém néz. Mindjárt alszik. Nem. Most hisztis. Dühös.

Folytatta. Nagyon mérges volt rá, de aztán felkelt, hogy elolvassa, mit produkált idáig.

– Nem olvashatod el.

– Miért? Talán titok?

– Nem, csak tilos. Ez egy varázsige! Ha elolvasod, eltűnsz – komiszkodott Zen.

– Nem hiszek neked!

Nemsokára Hedvigbe karolt, és a földre ült vele az ágy szélénél. Az ölébe vette, mint egy babát, és éppen csak rá nem zendített a hoc-hoc-katonára. Ettől a virágnak majdnem kicsordultak a könnyei.

Énekelni kezdett, hogy leállítsa. Az egyik közös dalukat fújta, rossz szöveggel.

Zente belehahotázott a szájába.

– Téves, téves! Mi ez a lyrics! Rosszul énekled, az nem úgy van, te! Te kis csoda!

Összevissza puszilgatta, a szemén, a nyakán, az arcán, a mellkasán, mindenhol, majd felemelte és visszahajtogatta az ágyba. Mellé ült és simogatta. Azt remélte, elalszik. Meg is történhetett volna, ha nincs a lányban a vágy és a félsz afelől, hogy mire felébred, a fiú nem vesztegel mellette.

Hedvignek csak ő volt – mint a Hollókert nagy fekete medvéje – azokon a felnőtteken túl, akik földöntúlinak látták.

– Nézd, Hédi – szólt az igazgató. –Tudom, milyen vagy. Hasonló voltam, és mégsem egészen olyan, mint te. Neked nehezebb annál is, mint amilyen nekem volt gyerekkoromban. Fi-

174

atal koromban. Bocsánat. Engedd meg ezt a botlást. Tudod, olyasvalaki vagy, aki aligha tíz rokont, magához hasonlót találhat a világban, akikkel maradéktalanul egyet tud érteni. Legyen ez társ, barát, szerető, bármi. Ez nagyon kevés, de elég is lehet akár. Ha Zennel látlak... nos, ő egész jó választás. Talán a tízből egy.

Persze az ilyesmi szövegek mindig arra a jó öreg Good Will Hunting-féle elszólásra emlékeztették. Ez még Zennek is nehéz volt, nemhogy magának Hedvignek. Nem tudta, igaza van-e a direktornak, de a medve meggyőzte Zentéről és minden hitét belé vetette, várva, hogy a magok kikeljenek. Már rügyek fakadtak rajta. Mellette helye van. Mellette van helye.

Hamarosan jött a ballagás. Zen és Hedvig éppen egyik mesenapjuk végén strázsáltak, a színek vonulásának tartva paravánt. Felbukkant a fertőző Alex. Hedvig most nem tudta elkerülni.

Bordásfal

Rajtam lóg minden.
Támaszd a gerincem.
Elég volt éjszakákon át
S elsőként viszem a gyötört
Megrepedt testeden a kört,
Ha engem is bevársz.

Nékem csak általad felel
Ezen izzadságszagú hely,
Hiszen, ha szabályodon átlépvén
ki/ti, amikor mászik rád,
Nem függ ez aztán, csak tőled
Hát utáljad őket
Fentről alább.

– Jöttem a Kékhez! A Liláből ennyi elég volt.

– Na de Alex, ki a Kék, csak nem Kriszti? Nem volt elég Elza?

– Ja, hogy te nem tudod? Az én kékem más, az enyém Dia. Ki egyáltalán az a Kriszti? Én Diáról beszélek, a fehér hollóról kék tollakkal meg pöttyökkel. Tudod, a para csaj fehér és kék csíkos hajjal. Bolondulok érte.

– Aha! Világos. – Hedvig ekkor rádöbbent, hogy Alex épp Néró egykori macájára vetette ki hálóját. Bár Zen tudta jól, hogy Hedvig ódzkodik Alex társaságától, lappangó kíváncsisággal figyelte az előadást. Az árnyék két cigaretta között ledarálta nekik egy teljes, televíziós-tehetségkutatós karrier első keréknyomait. Jelentkezett a csalogánygyűjtő pénzmosások egyikébe, hogy elüsse az időt, és meglepően jól sikerült az előadása. Eleinte. Ekkor még nem is sejthették, hogy szegény Alex mekkorát fog botlani.

– Ha vége a misének, vagy mi ez, én benéznék a Berekbe-burokba. Meglesem a kis képeidet újra. Tudom, hogy tudod, hogy ezt én találtam ki, sőt azt is tudom, hogy tudod, hogy jártam már köztük! Ha gondolod, gyere el, bocs, gyertek el mind a ketten!

A tőle telhető legnyájasabban hívta meg a párt, ehhez kétség sem férhet, de mégis inkább elszomorító volt, és taszító. Hedvig nem tudott a Lila-játszma leforgásáról sokat, csak azt, hogy már megint mellé célzott Alex minden vágynyila, és lám, egy következő lányig szaladtak, a levegőt hasítva ketté. Egyre erősebb lett a hite abban, hogy jobb, hogy kiadta az útját annak, aki az utolsó szeletét jelentette a család édenkertjének.

Dia pedig magaslati kilátóból, ahonnan flegmán az egész univerzumot figyelte, valójában nem törődött a részletekkel. Alexszel és Néróval sem. Magát a fehér hollónak tartotta.

Alex elsasszézott, Hédi pedig belekarolt Zentébe és megcsókolta. Egyszer, kétszer, tizenháromszor, valahányszor, ezerszer.

A hétvégén már anyák napját ünnepeltek. Mire az egri bázison az anya szemein nyíltak a héjak, a viráglány már felbokrétázta orgonával a konyhát. Égtek a mécsek. Úgy döntött, elárul mindent az útról, ami a kincs rejtekéhez vezet, leleplezi önmagát és Zent. Anya megértette. Megfogta a kezét az asztalon átnyúlva. Naná, hogy sejtette!

176

Azonnal vérmes szervezésbe kezdett. Közeledett Hedvig tizennyolcadik születésnapja. Anya valahogy kiderítette Balázs elérhetőségét, aki felkereste Ádámot, hogy megadja Zente mobiljának számát, hogy aztán anya fel tudja őt hívni. A következő hét elején Zen beteg lett. Hedvig számára nagyon furcsa volt nélküle lézengeni a Hollókert folyosóin. Öszsze-, sőt egészen eggyé nőtt vele. A visszatérése napján Hedvig előrehozott érettségit írt. Hamar túlesett rajta, át sem nézte a javítást, csak rohant vissza a fészekbe, mert tudta, hogy érkezik. A zöldfiúnak piroslott az orra a sok zsebkendőtől, és pulóvert húzott a tűző napon is.

– Figyelj, Hédi! – szólt szelíden, berekedve a náthától. – A születésnapodról lenne szó. Tudom, hogy szeretnéd, hogy ott legyek. Hívtál is. Közben pedig az történt, hogy az édesanyád felkeresett, és ő is kérte, hogy menjek el, ha tehetem.

– Ó, nem mondod? Annyira tudtam, hogy valami turpisságon agyal... Megint!

– Viszont, nem tudom, hogy jutnék el oda. Mármint furcsák a buszok, meg nem biztos, hogy van számomra hely a családod körében.

– Ne butáskodj! Már hogyne volna? Te is vagy annyira a családom! Gyere el!

– Jó, majd meglátom, de azért mondom ezt most el neked, hazavágva a meglepetést, hogy tudd, hogy az anyukád szerette volna, hogy menjek, csak nem biztos, hogy meg tudom oldani.

– Hát jó! Ahogy érzed...

Ez is hozzátartozott Zen szabadságához. Semmire nem lehetett „kötelezni". A „program" és a „kell" nem igazán tartozott a saját felhasználása alatt álló szótárba. Ügyes kibúvókat talált az embernek kiszabott, gusztustalan, egyen-kockás térítőn. Ebben mindketten jók voltak. Albatroszokként vonták maguk után a szárnyat, ha emberi talajon kellett szambázni, ezért előszeretettel köszörülték minden szabályon a körmeiket. Zen maga tehát szép szlalomban ignorálta a kötelező lépcsőfokokat. Volt ugyan bölcsi, ovi, suli, aztán megint suli, és lesz még iskola, iskola, munka, család, nyugdíj, család, halál, avagy ki tudja, de nem vett ezek egyikéről sem tudomást. Olykor Hedviget is megvetette a sztahanovizmusért, amivel küzdeni tudott a buborékdicsőségek oltárán. Könnyű volt. Ő, aki virágot rajzolt a matekdolgozatára, hogy visszaadja annak növényi voltát, még Hedvig kedvéért sem állt be a boldog könyvmolyok sorába. Zen egyben Hedvig szabadsága is lett. A döntés, az elme, az identitás és az út szabadsága. Ekkoriban még nem körvonalazódott előtte semmilyen evilági jövőkép. Nagyon jó fotós volt. Ügyesen szerkesztett, rajzolt, sőt festhetett is volna, de nem tett lépéseket egyik készsége irányába sem egészen addig, amíg Hedviget meg nem ismerte, aki megmutatta, milyen is mániásnak lenni. Elindult a folyamatos változás mezsgyéjén, ahol folyamatos imágói vagyunk önmagunk téziseinek.

Eljött a születésnap. A rózsakisasszony elviekben felnőtté érett.

A születésnap olyasvalami, amit a kívülállók megünnepelnek, de mi a hatodik után vajmi kevés lelkesedéssel vetjük bele magunkat. Mindig közbejön egy kis ormótlanság, ami fontosabb. Igaz, Hedvig családja az utóbbi évek születésnapjait mély szomorúságban töltötte, hiszen arra lehetett számítani, hogy a következő reggeleken sem szűkül újra a kislány pupillája. Most másként volt. Még mindig zörgött rajta minden csont, de most volt ok örülni. Nem egyedül lépett a következő esztendőbe. Igaz, ez azt is jelentette, hogy lehagyja Zent, és azt is, hogy egy teljes napot végig kell rituálisan bájologni az őt ünneplőkkel. Viki kivételesen együtt nyafogott vele. Ő megértette az efféle ünnepek természetszerű nyűgösségét. Miért is nem azokkal tölti az ember ezeket a napokat, akikkel szeretné?! Nos, fontos a hagyomány.

Hedvig sütött magának tortát müzliből. Azt megehette. Megveregethette volna a vállát, ha attól nem lilul be.

Mivel Zente a saját kijelentései alapján nem volt várható – előre nem láthatólag –, semmi lelkesedés nem fűzte a lánykát ehhez a naphoz, pedig jött a díszsereg. Misi és Bence apa idősebb fiai voltak a korábbi házasságából. Ők is legalább tizenhat évvel korábban jöttek a világra Hedvignél, de ahogy a kislány felcseperedett, egyre közelebb kerültek hozzá. Lassan elkezdhették megismerni. Boglár, Bence barátnője mindig felszabadító jelenség volt Hédi számára. Vele össze lehetett súgni, akárcsak Vendel párjával, mikor kezdtek elfajulni az indulatok. Kamilla gyakran nem tudta magában tartani a megvetést, amivel a Valentin család sarjaira tekintett. Mindez amiatt alakulhatott így, amit apa szülei tettek. Hiába nem éltek már, Kamilla kibékíthetetlenül dédelgette a harminc éves tüskéket a szívében és rendre próbálta őket másokba szurkálni, hogy osztozzanak a fájdalmában. Persze Viki, a férjecskéje, Tibor, meg a csemetéjük, Dorián, avagy a szentháromság, és még egy rakás kedves arc, ami csak az évekkel vált vérrokonivá. Mindenki csupa feketében és lilában, Hedvig tiszteletére.

A születésnapok olyasvalamik, amiket nem magadért ünnepelsz. Megünnepled az anyukádat, hogy kipréselt magából. Megünnepled a nagymamádat, hogy az anyukádat a világra hozta, és megünnepled az apukádat, hogy hozzájárult a génállományhoz. Egyszerre ünnepled az élő és meg nem született testvéreidet, hogy elviseltek, vagy hogy hagytak maguk helyett téged célba érni és felcseperedni...

A nap java részében hernyó vagy, de aztán mire kopogtatnak az ősök – „Na, most, na, pont most láttad meg a napfényt!" – a lehető legkellemetlenebb módokon persze, akkor valami kinyílik benned. Még egy szem, a burok a bábon, vagy csak egy kisajtó, ami megengedi, hogy a következő háromszázhatvanötbe léphess.

Hedvig köszöngetett, mosolykodott, de alig várta, hogy teljen az idő. Éppen, mint holmi lepke csapkodott, hogy valami baromi fontosat megértessen a publikummal, mikor nyílt mögötte az ajtó. Először egy rózsás kis ruhát látott meg, fehér harisnyával. A ruha két kontyban ért véget, közte nagy, bogárbarna szemek. Zsolma lépett az udvarra, mögötte pedig ő. Itt volt. Hazudott neki, becsapta, átverte, és eljött a szülinapjára mégis. Fehér ingben és öltönynadrágban előtte állt Zente. Fényre gyúlt benne egy csillár. Lezuhant. Egyszerre ugrott volna mindkettő nyakába, ha lehet. Olyan szépek voltak, mint három virág. Eljött az a két ember, akit az egész világnál jobban érzett magáénak. Bocs, Noémi, Zora, Lujza meg a többiek, de akkoriban ők voltak a legszebbek és legkedvesebbek Hedvig elvarázsolt kertjében. Kicsit zavarban is voltak. Mivel a szülinapos bálként harangozta be a happeninget, nagyon kitettek magukért és talpig díszben érkeztek. Tetszettek nekik a rokonok, cigarettázgattak hárman, kézen fogva, a dombtetőre feltoloncolt hintaágyon, bámulva a látóhatárt, aztán Hédi szobájában bújtak el. Kaptak a müzlitortából. Ízlett nekik. Az ünnepelt igyekezett egyszerre mindkettőnek a kezét vezetni. Megint káprázatnak hitte, ami történik. Mikor anya benyitott, hogy szóljon, kezdődik a „koronázás", Hedvig felpattant és a kedveseire mutatott:

– Nézd, milyen szépek!

Mindkettő angyal volt. Sima arc, mély indigó. Sötét szem, sötét űr, és mező-lélek, amin szirmot bontanak a bűnök, nem válnak alvadt vérré.

Zen elbújt, de Zsolma kilépett velük a nappaliba. Persze körbeálltak és énekelték a szüli-himnuszt. Hadd legyen a kínosnál is kínosabb. Hedvig örült. Sorba álltak, megölelték, körbecsókolgatták és megajándékozták valamivel. Festékkel, rézlapokkal, mindenféle a Képzőművészetire való encsembencsemmel. Anyától egy albumot kapott. Egy albumot magáról, úgy, ahogyan anya őt látni akarta. Szépnek, ifjúságtól kicsattanónak, és üdének. Az összes oklevél meg emléklap, illetve némi egyéb kincset érő szelektív hulladék ott virított szkennelve a lapokon, beapplikált fotókkal a táncokról, az első darabról a drámán, a színházról, a dalokról, a nyarakról, az ordításról és arról, amikor még minden Hold egész volt, semmi csonka, semmi elmegond. A családról és a Családról. A végére pedig mindenki írt valami finomat emlékül, aki eljött. Ma Hedvig volt a kiállítás tárgya. A tizennyolc éve készülő műdarab. Az egyetlen, hamisítatlan, majdhogynem kétdimenziós Hédi. Zsolmától egy kék, kristályokkal tűzdelt naplót kapott, egy szintúgy kék kendőbe csomagolva. Zen pedig egyedül, a többiektől elrejtőzve nyújtott át egy kis szürke tükröt. Tükröt tartott Hedvig elé, és Hedvig – csak és kizárólag neki – megengedte.

Az ünnepély végén Zsolmának távoznia kellett. Máris jött érte a busz, ami hozta, de Zen maradt éjszakára. A parti végén még legurult valami bor, aztán elbújtak a világ elől.

A gyerekkori ágyában aludtak el, úgy, hogy hallották a soha csobogni meg nem szűnő kerti bugyborékolást a tücskökkel. A jobb fül Zente vállához préselődött, hogy a szülinapos hallja a szívverést. Reggel, mint akik átrandalírozták az éjszakát, hajnalban szálltak autóba apával. Várt Kelet.

Történt egyszer, hogy a pszichológusnéni azt gondolta ki, tesz egy próbát, és meg relax-hipnózza Hedviget. Nézzük, a tudat mélye mit ismer?!

Lepkével kezdtek, fehér pillangóval a kézben. A hosszú és tanulságos utazás után Hédi kitántorgott a napfényre. Zente már várta az egyik padon. Leült mellé, és a kezébe nyomott egy fehér origami-molyt. Ilyenek voltak ők ketten.

A szülők lassan hozzászoktak Zente jelenlétéhez, sőt természetesnek vették. Mostantól nyugodtan magára lehetett Hedviget, a köz- és önveszélyes kislányt hagyni, mert a fiú elterelte a figyelmét az önsanyargatásról. Egyszer Zen meg is jegyezte, B verzió semmi esetre sem szeretne lenni. Nem azért marad a lánnyal, hogy felvigyázzon, hanem mert szereti a vele eltelő órákat. Ez nem mindig volt kristálytiszta. Hedvig gyakran valóban felvigyázásra szorult, pesztrálásra. Zentét azért is tudta olyan korlátlanul szeretni, mert ő elfogadta azt, ahogyan táplálkozik. Zen makulátlannak találta. Semmi zsír, semmi kenyér vagy cukor. Tej. Friss gyümölcshús, vitaminok, magnézium, méz, zab, némi gyümölcslé.

Már a Hollókertben is csak egyként emlegették őket. Ha Zente neve elhangzott, az bennfoglalta Hedviget is. Ez azonban Zentétől emberfeletti kitartást követelt meg. Egy budapesti kiránduláson a lány kiborult. Azt mondta, olyan, akárha buborék nőne a nyaka köré. Fuldoklott a metróban, a galériákban, és minden plakátra Leander arcát hallucinálta. A füle zúgott, és utólag ébredt csak rá, mikor már kis híján letépte Zente ujjait keze szorításával, hogy éppen három éve rontotta meg őt a szőke lidérc.

– Tudod, én nagyon szomorú voltam, mielőtt jöttél, és ebből kiemelt a lényed. Viszont nem voltam készen. Nagyon sok volt ma... – köszönt el a debreceni pályaudvaron. Hedvignek meg kellett értenie, pedig mostanában úgy beszélt róla, mint az az időszak, és az az ember, aki miatt még egyáltalán életben van.

Közeledett az év vége.

A színek fakultak, a többieket pedig számon kérték a mesterek. Hedvig nem volt az országban. A nővérétől egy egynapos kiruccanást kapott Milánóba. Persze Vikivel kettesben. Reggel oda, este vissza repülővel. Ez éppen a teregetés napja volt. Zen helyettesítette. A B épület aulájában tapicskolt a több száz papírba örökített alakban, aminek java részét vele közösen, vagy neki, vagy róla készítették. Hedvig munkáit maga a múzsa mutatta be.

Ebben az időben már kezdett elkomorulni az arca. Egyre sötétült az egyik oldal, és már nem tudta, hol is van a kettő között a határ. Eleinte egy ráadás-grimasz, majd kettő, aztán három bújt meg az eredeti felfedezés mellett. Zen lassanként négy külön részre bomlott. Olykor megrémítette a törékeny viráglányt, de az többnyire nagyot fújt: „valamit valamiért" gondolta elszántan. Hiszen ha a fiú kibírta mellette, neki is bírnia kellett. Zente nem tudta volna meg soha, hogy nincs egészen egyedül a fejében. Hedvig volt az első és egyetlen, mióta a srác Debrecenben tengette napjait, aki elég közel férkőzött hozzá ahhoz, hogy szemügyre vegye. Azon kapták magukat, hogy egymást jobban ismerik már, mint a saját tükörképeiket.

A rajzok egy része is elkezdett erről dalolni. Zen saját rajzai is.

A bizonyítványosztáson már egészen nyilvánvaló volt a baj. Megengedte, hogy Hedvig kérdezősködjön a legújabb, gyermekpszichiátriai felügyelőinek köreiben. A doki azt mondta, ez a viselkedésmód a disszociatív személyiségzavarra emlékezteti. Egymillióból egy. Nagyon keveseknél alakul ki valójában. Sokszor a skizofréniával kevert diagnózis. Aki skizofrén, olyasvalamit hall, akár lát, hisz, ami nincsen, míg a disszociatív, ha úgy tetszik, több különböző ember, akik a helyet egyazon testben keresik.

Hedvig nem tudta, hogy Zen elhitte-e ezeket, avagy nem. Nem tudta, akarta-e, hogy belé ivódjon a betegségtudat. Hajlamos volt a hipochondriára. Egy egyszerű gyulladástól a körömágyában rémképei támadtak a saját temetéséről. Azt mondta, hogy zokogott, sírt, ahogy elképzelte Hedvig és Ádám arcát, a családtagjait, ahogy megtudják, hogy kúszik fel az a piros csík a fertőzés ormán. Mit tett volna, ha elhatalmasodik rajta a félsz, és négy helyett hirtelen nyolcan talál lenni? A jelenük tehát közösen különleges volt. Egy lány nyakig az anorexiában, és egy fiú, belekorcsolyázva ebbe a ki tudja mibe.

Azon az ominózus oklevélgálán – ami az utolsó, önfeledt gimnazista év zárszavát jelentette az érettségi előtt –, egyik pillanatról a másikra komorult el Zen ábrázata. Az ünnepségig minden rendben ment. Elváltak, a saját osztályaikban telepedtek le. Végül, markukban a tizenegyedikes bizonyítványokkal, a macskakövön gyülekeztek a többiekkel. Bóbita, Edina, Ádám és a többi koszorújában.

Zen hátrébb maradt. Mintha megütötte volna valami, vagy mintha egy fal tartotta volna távol tőlük, és mikor Hedvig hozzáért, úgy nézett rá, mint aki nem hall többé, nem ismeri a lányt és nem ismeri a Zente nevet sem. Üres volt a tekintete. Úgy fordult Hedvig felé, mintha idegen kezek hidege érte volna.

– Zen! Zen? Zeni. Figyelj. Hallod? Apa, jön mindjárt. Már parkol. Itt van értünk.

Semmit nem értett. Süket falakhoz beszélt a kis szirom. Úgy kellett toloncolnia, taszigálnia a kocsiig, mint egy zombit, aki még csak most tért vissza a halálból. Az autóban szinte eldőlt. Pislogás nélkül bámult ki az ablakon. A ház előtt is zavartan nézett. Már alig hagyta, hogy Hedvig a kezénél fogva irányítsa a lépcsőkön. Meg sem szólalt. Nem is köszönt apának. Semmi. Süket lett. A szobába érve letelepedett és átvedleni készült. Ledobta az ünneplőt, visszavette megszokott, rongyolódó, hosszú, puha, fekete pólóját és tovább bányászott a katonazsákban. Hedvig az arcát fürkészte, taperolta, kérdezgette. Néhány megvető pillantást kapott cserébe, aztán felkelt, hogy az ágyra vesse magát. Rézsút ráheveredett, elnyúlt, és három szuszszanás múlva már nem is volt ebben a világban. Aludt. Ágyúval sem kelthették volna fel.

Mikor magához tért, felült az ágyban, kifejezett derűt sugározva. Hedvig eddig éberen várta, hogy visszazökkenjen. Már cigizgetett vígan, mikor a lány a szobába lépett. Az ágy mellé készített narancslevet szürcsölgette.

– Jó reggelt, édes!

– Jó reggelt neked is! Minden rendben?

– Miért ne lenne? Remekül aludtam.

– Csak olyan furcsa voltál.

– Furcsa? Miért mondod ezt? Nem rémlik.

– Hát, miközben jöttünk haza, mintha nem is te lettél volna...

– Nem emlékszem semmi ilyesmire. Bizonyára nagyon kimerültem.

– Bizonyára.

Pár perc elteltével fejfájásra panaszkodott, majd lassan csorogni kezdett az orrából a vér.

Zentével együtt meztelenül az ágyban fekve nézték a plafont később, miután megtisztították Hedvig szobáját az évek óta halmozódó giccsadagtól, ami a falakon díszelgett. Poszterek, bakelitek, fecnik a pesti kóborlásokból. A foltos vakolatra csend került, amire a csillár fenyegető halálfejként vetett árnyékot.

Zen nem tudta, egy kapcsolathoz hogyan is járulhat hozzá a nyár. Keveset találkoztak. Egy hétbe belefért volna az összes óra, amit egymás oldalán töltöttek. Zentének nem volt igénye többre. Sőt talán kellett is neki, hogy szabadon lélegezzen kicsit. A lányka szinte belerokkant.

Mielőtt megfeneklettek, még megünnepelték az év végét a színekkel. Ők ezen a partin füstkarikákká váltak, és a felvételivel szertefoszlottak, hogy újraalakuljanak a Képzőművészeti rogyadozó termeiben. A május végén megrendezett háromnapos születésnapi partit Hedvig Balázzsal együtt ünnepelte a Egyetemkertben. Az első estén nagyon sokan gyűltek össze. A vendégek lecsaptak a házigazdákra és sorba rendeződtek. A két fekete mesegyerek elé ajándékokat halmoztak, mintha a lakodalmukat ülnék. Kriszti, az egyik osztálytárs volt az indigókék. Legyen indigó, hogy a cián Diával össze ne keverjük. Balázs korábbi buliján összeszűrte a levet Teóval, aztán pedig úgy érezte, Hedvighez kell segítségért fordulnia. Mira elmondásaiból úgy ítélte, hogy a törékeny virágcsajszi jó pszichológus. Leveleket írt neki, amikre Hedvig készségesen válaszolt, de aztán nem lett belőle élőszavas kávé. Maradtak a távolságnál, és maradt a szomorú fejecske Kriszti felkarján, ami épp azon a bulin került oda, kitöröletlenül. Kriszti most egy ládát adott Hedvignek, benne egy papírtekerccsel. A tekercsen az imént emlegetett bánatos arc helyett mosolygós csücsült.

– Ezt azért kapod, mert Simonnal beszélgettünk és megállapítottuk, hogy te vagy a legjobb ember, akit ismerünk. Szóval köszi mindent. – Hedvig köpni-nyelni nem tudott. Üldögélt, és nézte a szmájlit. Eljött Bóbita is Arnolddal. Kár volt. Hamar magukra haragították Hédit. Bohóka benyakalt egy üveg pezsgőt és berúgott. Kabát nélkül indult volna haza, magával ragadva a bátyját is, mire Hédi rákiabált:

– Márpedig kurvára nem mész sehová a kabátom nélkül, mert kint hideg van, és unom már, hogy minden szarból én kell, hogy kirángassalak, és úgy kell kísérgetnem téged, mint az anyádnak!

– Mondd, Hédi, szerinted nekem is akadna esetleg egy kabát, ha már a húgomnak így felajánlottad? – tolta a képét Arnold is a már nem éppen józan házigazda arcába.

Zora gondoskodott róla. Hozott egy mesegyommal telt cigit, és bizony az már régen elégett. Arnold felkeltette az alvó állatot. Hédi a józanság hiányában kikelt magából...

– Nesze, itt a vászonkabátom, viheted!

– Na de Hédi, hiszen ez női?!

– Idefigyelj, öregem, ne finnyogj! Torkig vagyok! Nem te nézed minden kurva nap, ahogyan Alex szívja a húgod vérét, mert az kikunyerálja! Olyan kabátot kapsz, amilyen van! Örülj, hogy egyáltalán beszélek még neked arról, amit Alex leművel! Bohóka – fordult meg –, húzd már fel azt a szart, amit neked adtam és könyörgöm, embereld meg magad, hallgass rám, mert ha még egyszer meglátlak az orrom előtt beállni, kénytelen leszek szólni anyádnak, hogy tartson pórázon.

Hedvig megszeppent a saját éles hangjától. Dézsából zúdította rájuk a dühöt, ami gyűlt benne. Poshadt lé fröcskölődött rájuk, és a bűz feléjük fordította a lakás összes tekintetét. Hirtelen mellélépett Dália és Zora, hogy lecsitítsák. Egyedül ők értettek hozzá ebben a túlvilági üzemmódban. Látták már így. A magához térő Hedvig Zen tekintetét kereste, aki maga is illuminálódott. Túlzásba vitte. Olyannyira, hogy hamarosan növénnyé változott. Fotoszintetizálva üldögélt egyedül, szürkülő arccal a konyhapultnál, és nem tudott mit kezdeni a nyüzsgéssel. Levezető gyanánt pár órával később Hedvig egy hosszú papírtekercset kapott elő. Rajzoljunk! Csak egy lány ült mellé. Még csak elsős volt. Magát molynak tartotta a fa kérgén. Néha úgy érezték, egyszerre szerelmes Zenbe és Hedvigbe is. Kettejükbe. Gyakran hívta őket magával a szünetekben cigarettázni egy rétre a Hollókerttől távolabb, ahol még a tizenötévesek is mertek pöfékelni. Ebből a barátságból azután további kataklizmák sora származott, de erről majd később...

Gréta, a fenyves volt az egyetlen, aki leült Hedviggel firkálgatni, de aztán az ünnepelt megunta, és mosogatás meg rendezkedés helyett bebújt az akkor már szunnyadó Zen mellé. Félt, hogy a fáradtság újabb kitörésekhez vezethet. Korán magukhoz tértek, körülöttük Zora, Dália, Noémi és még két csöndes árnyék pihent a szőnyegeken. Megmártóztak a kádban, ahol éjjel még egymás után hunytak el a mohás cigik. Aztán Zen a nappali pamlagára heverve visszazuhant az álom görbe zsákutcájába. Mellettünk Kriszti szuszogott azzal a fiúval, akit Teó miatt majdnem – de csak majdnem – elveszített. Újra összetartoztak, mint a narancs és a héja.

Mire a többiek szeme kinyílt, már új világ uralkodott. Az üres üvegek és a dohányos tasakok az örök vadászmezőkre távoztak, és készen várt mindenkit a habos kávé meg a reggeli.

Heten álltak tovább. Mira és akkori párja, Placid, Balázs, Irina, Elza, Zen és Hedvig. A busztúra maga volt a purgatórium az éj poklai után. Az estéből megmaradt sült almák a hőségben kicsúsztak az izzadt tenyerek szorításából és végiggörögtek a járművön, nekiütközve idegen ülések sarkainak. A szülők értük jöttek, pont, mint az oviban. A hatosfogat engedett a káprázatnak. Nem volt más dolguk, mint bepuszilni a kávét és a tejturmixot. A táblán dobókocka gurult, aztán belakhatták az egri hajlék bájos sarkait. Elviselhetetlenül könnyűvé vált minden, nem egészen két napig.

Az éjszaka közepén – úgy két óra tájban – csengettek. Hedvig ajtót nyitott. Alvin lihegve, győzelemittasan befutott egy gördeszkával. Elzához jött, Gerzson után most ő fűzte. A harmadnap lehetőleg még bódultabban telt a másnapnál. Félmeztelen fiúk fetrengtek az udvaron, fogyott a papír és a szűrő, Hedvig pedig megint sorra tetoválta, aki csak kérte.

Zen akkorra már nem volt jelen. Egy rövid és alvásba torkolló szeretkezés után hajnalban távozott, hogy még hazajuthasson Abádszalókra az új hét kezdete előtt. Hedvig nem tudott aludni. Már eszegették belülről a bánat rágcsálói. Még ő sem fogta fel egészen, akármennyire járatos volt ebben: bajban a test, ha bajban a lélek.

Amikor Debrecenben megint együtt töltötték az éjszakát, játékra vágytak. Megvadultak. Hedvig felkapcsolta anya régi réz állólámpáját és a tükörbe világított vele. Semmi más fény nem maradt. A terek is megszűntek. Csak ők, és ők is csak ott, ahol a villany világa hozzájuk ért.

– Kifestelek, mit szólsz? – ült Zente ölébe a szirom. – Régóta ki akartam próbálni. Csontváz-arcot kapsz. Nekem is volt ilyen maszkom korábban, de most rád pingálom! Mit szólsz?

– Jó! Tetszik. Csináld csak, szórakozz!

Először fáraóvá változtatta. Zen megkönnyítette a dolgát; kopaszon érkezett. Frizurája megszilárdult másfél milliméterben, katonásan. A haj is olyasvalami volt köztük, mint a cigaretta. Hedvig aggódott, hogy az elhagyása rosszat sejtet.

A fáraó szemeit vastagra húzta, Hédi köntösének selyemkötelét pedig a nyakába tekerte. Fotókat lőttek. A lány magára is firkált kicsit, majd megint Zen következett, hogy teljes legyen a halálfej a pulóver csuklyája alatt.

A fiú a tükröt bámulva feltartott egy rajzot, amin fehér bőrű monstrum szegezte jéghideg tekintetét a nézőre. Azt mondta, néha ilyen szeretne lenni. Valami rettenetes lakik benne. Hedvig hiába mondta, hogy nem fog menni ezzel a tündefejjel, meg -hanggal, meg -alkattal. Ehhez a torz Góliáthoz akart hasonlítani Dávid létére. A halálmaszk közelebb vitte.

Gréta meghívta őket, hogy látogassák meg saját, hajdúsámsoni kulipintyójában. Meg akarta mutatni az erdőt, szemközt a búzakalászokkal. Azt tekintette a birodalmának. Zen addigra elutazott, hát csak Hedvig és a pöttöm Dénes vállalta az úttörést a bozótosba. Dénes olyan kissrác volt, aki szintén a fiúkat szerette. Mielőtt Hedvig megismerkedett Timivel, néha biztatta is a levélvékony lányt, hogy vágjon bele az egyszikűek életébe. Most a kirándulás volt a legnagyobb feladat. Mindössze annyit tudtak Gréta anyjáról, hogy nem egészen pártolja Gréta értékrendjét. Nem volt nehéz elképzelni, hiszen Gréti zöld hajjal, csipkés ruhákban, és korához képest bizony túlzottan gömbölydeden flangált a Hollókert labirintusában. Az anyukát illetően tehát egy egyszerű nőre számítottak szemüveggel, szomorú ajakkal, aki nem tud mit kezdeni méhe gyümölcsével. Egy élelmiszerboltban dolgozott közösen a nagymamával – gondolták, ugyan mi baj lehet? Majd nagyon udvariasak lesznek.

A kiruccanás első órái gondtalanul teltek Sámsonban, azonban gonosz felhők leselkedtek rájuk. Egyszer csak beparkolt az anyuka. Ez a nő nem volt szánnivaló, sokkal inkább habzó szájú amazon. Egy szőke, tetovált domina lépett be az ajtón, aki dühösen hadonászott fel-alá rohanva, csörtetve, fogat csattogtatva, keresztül a pirinyó házon.

– Ki ivott ebből a bögréből, te mihaszna? – ordított a lányára köszönés helyett.

– Anya, de hát tudtad! Szóltam, hogy a barátaim jönnek ma.

– Lehet, de ők nem az én vendégeim, szóval te csak ne itassad őket az én cuccaimból meg az én kávémból, világos? És ez a folt itt mi a fasz? Az egész konyha egy nagy hányadék, mivel te használtad. Megmondtam már, hogy hozzá ne érjél semmihez, mert azonnal szarrá változik!

Dénes és Hedvig a kanapén rekedtek megkukulva. Két furcsa, idegen szerzet. Egy hófehér anorexiás, akiknek Gréta pillangós csatokat tűzdelt a hajába, meg a ropi, meleg kisgyerek. Ütős páros! Gréti szemeiből már éppen potyogtak a könnyek, de karon fogta a másik kettőt.

– Gyertek, lépjünk le innen! Hagyjuk anyát – és maga mögött becsapta az ajtót. Fordult a zár. Bentről kulcsok kopogtak.

Az erdő szélét pécézték ki. Ott elnyúltak egy teljes délutánon át, szót sem ejtve a történtekről. Mikor napnyugtakor felbátorodtak, visszasettenkedtek a házba.

A nő még mindig tombolt. Egyszerre zúgott a televízió, a számítógép, és hozzá játszott valamit a telefonján, ami néha megcsörrent, de nem kapta fel, hogy válaszoljon. Hagyta recsegni. Oda-vissza korzózott, csapkodva, haragosan, mintha egész idő alatt zaklatták volna. Mintha démon szállta volna meg. Féltek tőle.

Újra kipenderítette őket a küszöbön, de most már egy búzatábla szélébe rejtőzve, a könnyek mellett utat törtek a szavak:

– Volt, hogy bezártam a szobámat, és ő kívülről egy késsel törte rám. Majd látjátok az ajtót, hogy milyen. Ezért van annyi gyertya a szobában, hátha megvédenek tőle. A nővérem rendőr, de mindig mellé áll. Volt, hogy fogott egy sodrófát és párszor a hátamra vágott. Főleg az a bajuk, hogy az apámra hasonlítok, aki elhagyta őket. Szerintem ez lehet a gond.

Nem tudtuk megvigasztalni. Hamarosan újra az ikerházba merészkedtünk. Csak nem tölthettük szabad ég alatt az éjszakát!

A házidúvad eleinte némán, a négy hangosan búgó kütyüt nyomkodva, játszva, klattyogva szuszogott, de aztán a fürdés gondolatára tébolyult dühbe gurult megint.

– Ki mondta, hogy használhatják a fürdőt? És a mi törölközőinkbe törlik a koszos seggüket? Meg beleköpnek a csapba? Ki engedte ezt meg neked, te löttyedt mócsing? Hah? Olyan dagadt vagy, hogy nem látod a lábfejed a hasadtól. Undormány. Hogy lehet nekem ilyen gyerekem?

Szegény lány igyekezett lefogyni, de ennyi bántástól, még ha nem is evett valami sokat, a teste a zsírt használta pajzsnak. Amit otthon kapott, csak láncdohányossá tette, nem soványnyá. Nem is lehetett elképzelni keskenyebben, pedig kimondottan szép arca volt. Csupa szeplő, meg olyan gesztenyés szempár. Szóval szép, de ez a folytonos nyomor eltorzította.

Az éjszaka is szörnyen alakult. Abban a zsebpokolban, amiben Gréta többnyire aludt, Hedvig álmatlanul forgolódott. Meleg volt és büdös. Párszor felnyögött mellette Gréta.

– Ne, ne, ne bánts, tedd már le! Hagyd abba, nem én voltam, nem én voltam! – Nem ébredt fel, álmában hatott a csitítás, ha Hedvig megsimogatta a gyöngyöző homlokot meg a kézfejét. Mire virradt, csapkodást és rohangálást lehetett hallani. Az anyanőstény fel-alá csörtetett a hátsó ajtótól a lépcsőig, az ajtófélfát érve, ott egyet morgott, és elölről kezdte. Hamar porceláncserepek törtek. Gréti ordított és sírt. Ő korábban felélénkült, és a földszintre merészkedett. Hedvig improvizált, és hangrögzítőre vett valamit a zajból, de nem volt tisztán érthető.

– Csak egy kávét akarok főzni a barátaimnak!

– Nekem te ne nyúljál a cuccaimhoz, mindenen folyik már így is a retek!

Dénes felriadt, és kishíján jajveszékelni kezdett. Hedvig befogta a száját, aztán kezébe nyomta a telefont és mikor volt egy lélegzetvételnyi szünet, lelopódzott a lépcsőn. A predátor éppen cigarettára gyújtott. Ez alatt, gondolta Hédi, átveszi Grétától a konyha törölgetését. Értett a kényszeresek nyelvén.

– Figyelj, hagyd, majd én! Szerintem szót értek vele – bökött fejével az anyavadra. Úgy sejtette, hogy a nő OCD-s. Ismerte ezt a kórt. A rendmánia és a figyelemzavar ürmös keveréke.

Nem lőtt nagyon mellé, hiszen az őrült az őrülttel általában jól kijön. Csak a tisztaságszeretetével kellett kezdenie. Ő is mániákusan sikált, akár mások helyett is. A következő pillanatban elbaltázta. Beleivott a laktózmentes tejbe.

– Gréta! Az milyen tej? Az az a tej, ami a nővérednek van? – S már lökte is ki a viráglány kezéből. A fehér lötty lecsöpögött a pulton és pocsolya lett belőle.

– Igen, de Hédi is laktózérzékeny, a testvérem pedig csak havonta egyszer jön haza...

– És akkor mi a faszt fogok neki adni, he? Mástól rosszul van! Ez meg igya a sajátját. Hozzon magának, ha ilyen igényei vannak!

– De hát ő a vendégem, hadd szolgáljam ki!

Gréta közben a kezébe vette a meggyötört tejeskartont. Reszketett. A maradék is kicsordult belőle. Tényleg csak kedveskedni akart. Hédi túlzásba vitte a tejezősdit, és már nem tolerálta a vércukra.

190

A tócsát látva felbőszült a bestia, és nekik rontott. A doboz repült, Grétát a saját anyja ütni, tépni és fojtogatni kezdte. Viszszavágott, de messze alulmaradt. Hiába nyomott többet az anyjánál, az erősebb volt. Aztán a nő felvett egy kést a pultról. Azt, amivel Hedvig a tej csücskén a lyukat vágta, és sarokba szorította mindkettőt. Hedvig nem is figyelte, mikor került ki a fenevad kezéből az éles fegyver, de talán megcsúszott a tejen, és elejtette. Pattant, és a nappali szőnyegén landolt. A szörnyeteg utánavetődött.

Gréta megfogta Hedvig kezét, és míg a nő pacsált a tejben, kirángatta a szűk kis konyhafolyosóból.

– Menj fel, és szedd össze Dénest!

– Rendben!

Az amazon feltápászkodott, és a lányát lerángatta a lépcsőről.

– Márpedig a saját hányásodat fel is fogod mosni! Ha kell, akkor hajaddal! Úgyis zöldre van festve, nem fog rajta látszani!

Felnyalatta szerencsétlennel a padlót. Gréta sírt. Közben a másik óbégatott.

– Ki baszott el így téged, azt én nem tudom?! Pszichiátriára való vagy!

– Te vagy az elmebeteg, anya, nekem nincs semmi bajom, neked kéne diliházba menni!

– Mi ki nem bír jönni a szádon! Mindjárt pofán váglak! Pont olyan vagy, mint az a seggfej apád, aki lelécelt a picsába...

Kibírhatatlan volt. A két vendég a tetőtérben lapítva tudta, hogy nincs sok a maradásból. Lihegve rontott a tetőtérbe Gréta.

– Megvagytok?

– Persze.

Nem hallotta a választ, mert a sírva ordibálás még az emeleten is visszhangzott. Összeszedte egy kicsiny, fa bőröndbe az összes pénzét, a töltőjét, a fülhallgatóját, a telefont és a cigit.

– Mehetünk!

– Kotródj a házamból, te rohadék. Gyűlöljél csak! Pedig mindent megtettem érted. Hálátlan szemét. Tűnj innen a kattos haverjaiddal együtt! – ütközött a hátunknak a hörgés, amíg lekígyóztunk a fokokon, aztán durr. Bezárult az ajtó. Gréta még egyet rivallott.

– Gyűlöllek! Mindig gyűlölni foglak! – De a hév már a zárt be-
járatnak ütközött.

Szipogott párat.

– Rá se ránts! Hallod? Segítünk! – karolta át Hedvig. – Lega-
lább vagyunk itt hárman. Jobb, mint egyedül. Gyertek, menjünk
be Debrecenbe. Ennyi bőven elég volt Hajdúsámsonból egy napra.
Hamar jött a busz. A belváros főterén a nagykorú meghívta
a két gyereket valami finomságra.

Turmixot kaptak, hogy jobb kedvre derüljenek. Dénes már
nem volt képben. Eluralkodott rajta a pánik, és feladta.

– Bocsánat, de ez engem most nagyon megviselt. Jobb lesz,
ha hazaindulok.

Messze lakott, még vonatoznia kellett.

– Mennyi pénzed van, Gréti? – kérdezte Hedvig, mikor ket-
ten rekedtek.

Éppen futotta belőle egy távolsági buszjegyre. Hirtelen felin-
dulásból Hedvig magával vitte Egerbe. Gondolta, ott mégiscsak
jobb lesz. Útközben értesítette anyáékat. Persze frászt kaptak,
de mit volt mit tenni, ők is ezt javasolták volna.

Hedvig úgy vélte, hogy Gréta nem a barátja, csak valaki, aki-
nek túl sokat látott az életéből ahhoz, hogy hagyja ázni a pác-
ban. Pont, mint korábban Bori esetében. Ezt Gréta nem értette.
Hedvig a szemében túl fontos lett, angyalnak nézte.

Három reggellel később együtt utaztak vissza, miután apa szer-
zett Grétinek egy családsegítőt és beszélt az anyjával. Hedvig
ezután kiborult. Ettől fogva képtelen volt vele foglalkozni. Soha
többé semmit nem akart tudni Apró Grétáról. Összeroppant.

Zen ezt nem egészen értette meg. Világos volt neki a pizsi-
buli sztorija, de ő továbbra is hagyta Grétának, hogy hívogassa.
Napi többször. Kétszer, háromszor, és kedélyesen válaszolgatott
és többnyire be is jelentette. Hédit, akit egyébként is marcangol-
tak a Zenmegvonás tünetei, felemésztette a szerelemféltés, bár-
milyen abszurd is legyen. Innentől Gréta emlékeinek megásott
sírgödre várakozott a villa mögötti földben.

Démon

Büszkén behálóz
Szerves szavak szerint
Lebegve rám legyint
Szeméthegy alatt.

Nívójuk nő,
Számuk szép
Hideg húshadként
A pír alatt.

Nő a teher
S végtére
Majd felemel
És megélte

A fenntartó hegy –
Papírgombolyag
Átnedvesedve
Falhoz tapad.

Magába szorít
Majd téged
S lemarja nyállal
A festéket.

Hiányt okoz hát,
Ha nem tapad –
De hiába várod,
Ha ottmarad.

Három héten át egy árva falat sem ment le Hedvig torkán. Még sosem érzett ilyen könnyedséget. Vikitől repülőjegyet kapott a születésnapjára, ezért helyette Zen mutogatta rajzait az iskola auditóriuma előtt. Magától értetődő volt minden tanár számára, hogy a párocska egyik tagja behelyettesíthető a másikkal. Minden további nélkül. Zen pontos részletességgel számolt be a munkák születéséről. Azonban lett légyen akármilyen mágikus is az a világ, amit Hédi és ő ketten megalkottak, ami megelevenedett a papíron, a vonalak baljós kisugárzása Kőszálit zavarba hozta. Krisna meg a kelet Bibliája mellett nem fért meg annak a felelőssége, hogy egy anorexiás lányt magával vigyen az éves művésztáborba Pányokra. Hédi különben ismerte a helyet. Korábban járt már arra a szülőkkel. Lakott ott régi barát. Hülyeség volt tulajdonképpen. Az elutasítástól meg a minden értelemben rossz reakciótól Hédi csak még inkább kétségbeesett. Londonba is elengedték. Igaz, hogy előtte végigcsináltattak vele egy halom kardióvizsgálatot, hogy anya és apa megbizonyodhassanak róla, túléli-e az egyhetes sétát a UK-ban. Meg sem kottyant neki. Egy príma hegyi-hetyegés valószínűleg nem okozott volna különösebb fennakadást. Mégis, hiába volt Hédi az egyik legelső, aki befizetett a „nyaralásra", Kőszáli megkérte, hogy vegye vissza a pénzt.

Sajnos az sem tett jót Hédi általános létfelfogásának, hogy miután Léna anyukája felkérte, és táncolt egy nívósabbacska galéria megnyitóján, összefutott egy fickóval, akit anno a Potterava család javasolt magántanári szerepre. Hédi végül is lemondott a férfi felkereséséről, ám az addigra értesült a lehetőségről. Megjegyezte. Fülön ütötte a hír, hogy éppen az ajánlott lány lép fel, és gondolta, jól megnézi magának. Csak akkor szólította meg, mikor véget ért a bemutató és Hédinek öngyújtóra volt szüksége. Hamar felfedte kilétét. Hédi már éppen megörült volna, mikor hozzátette, kíváncsiságból megtekintette a kiállítását az Illaberekben.

– Tudod, az van, hogy megnéztem őket és én a helyedben a tűzre dobnám a teljes tárlatot. Így kell csinálni: ami szar, azt égesd el, és lépj tovább. Én is mindig ezt teszem.

Kifújta a füstöt megsárgult fogai között. Hártyás szeme pökhendi fordulatot tett és észre sem vette, hogy a törékeny boldogságot, amit a tánc sikere okozott, máris ripityomra törte.

Gréti, Kőszáli és ez együtt nemhogy diónyira nyomta öszsze Hedvig gyomrát, hanem voltaképpen kiműtötte belőle, az étvágyával együtt.

Igaz, ami igaz, a lánykát már a régi tanárai sem ismerték fel, ha a színházban járt. El kellett gondolkodnia: mi van, ha összeesik valahol és nem tud lábra állni? Valentin Hedvig eltűnt a saját ruhái között. Füst és parfüm maradt belőle.

Haldoklott benne a maradék fény, s közben ő egyre ragyogóbbnak látta.

Zen tűrte. Szegény tűrte jó távolról. Abádszalók eltakarta előle a csontvázat, amit máskor ölelgetett.

– Hiszen, te mindent kibírsz, virág! Az emberek nem tudnak rólad semmit, csak, hogy keveset eszel... bassza meg, ne végy mindent a szívedre! – szólt, ha mentegetni próbálta a helyzetet.

A végstádiumot a koplalásban a spanyol főváros törte meg. Anya és apa vitte oda. Semminek nem tudott örülni, hiszen Zen nem tartott velük. Nem minthogyha nem fért volna el, de nem szerette elfogadni az efféle ajánlatokat. Hiányzott a telefonból, mellőle, mindenhonnan. Még ha Hédi ettől tudta is volna függetleníteni a gondolatait, a koplaló agy és idegrendszer kezdte feladni a harcot. Kapott egy gyógyszert, ami megvédte a terhességtől, de persze annak volt egy olyan jó tulajdonsága, hogy követelte az ételt. A lányka próbált ellenszegülni, ebből reszketés lett és furcsa, félelmetes eufória.

10

Eszmélet

Az emberlét egyik hatalmas szerencséje, hogy van olyan, hogy automata mentőöv. Van, aki angyalnak, sorsnak, netán végzetnek hívja, de az is lehet, hogy csak az agyunk feltérképezetlen részeinek közös projekciója. Egy kapcsoló, ami kinyitja a kapukat, ha kopogtat a halál.

Hedvig egyszer ráébredt már tizenhárom évesen, hogy bár keskeny, mégis tapintható határvonal választja el egymástól a fantáziát és az elmebajt. Kleó tanította meg erre a fontos felismerésre. Pontosabban az a teljes hét, amit hosszú évek kihagyásai után együtt töltöttek. Azóta sok víz lefolyt Hedvig kicsi patakjának medrében, és mégis, az újabb kanyarulatoknál a habok kilöttyentek a partot áztatva. Aki pszichológiailag megbicsaklik, az egyrészt kripli, másrészt az önzés egyszemélyes piedesztálja lesz, ahol mind a három dobogós érmet ő kapja a panaszkodásban. Ezt ő, a győztes nem érzékeli. Kleó bontakozó skizofréniája akkor még félrevezette, aztán elnémult a nyár hátralevő hónapjaira. Egy darabig kevésbé hitt a varázslatokban, most azonban tudatalattija feladta követni azt, ami évekkel ezelőtt törvényeket szabott neki. Más kérdések maradtak. Mit szabad enni, mit nem? Minek hiheti magát, minek nem? Mit vehet magára, mit nem? Milyen szavak méltók hozzá, mik nem? A megbicsaklott eszmélet néha nem más, mint egy etikakódexes nagynéni okuláréval, azaz majdnem.

A gonosz függőség fogságban tart mindaddig, amíg nem érkezik valami, ami elgázolja a kísértetet. Ettől persze az őrült még a pöcegödör alján fog poroszkálni, csak épp megkapja a kilépőkártyát egy ajtóhoz, amiről nem tudja, hol van. Ha nem rémül meg, akkor megkeresi a legjárhatóbb utat felfelé, az égnek.

Azt mondtam: ha!

Már harmadik napja krosnyogott Barcelona utcáin étlen, de nem szomjan. Kezdte belátni, hogy jön, jön a pillanat, amikor fel kell adni az elveit. Amikor nem lehet tovább megfeledkezni a táplálkozás emberi formáiról. Anya persze már a kezdetektől fogva átkozódott. Hedvig meg egyre csak fumigált mindent. Minden helyi látványosság ingerelte; az emberek, a mozaikok, az ananászos és sárkányos épületek, anya és apa vacsorája. Nem engedte meg magának, hogy elfogadjon bármilyen közízlést. Nem akart elbukni a harcban, amit hat éve vívott.

Apa néha vigasztalni igyekezett, megpróbálta védeni anya keserű rohamaitól, de nem sok menteni való volt rajta. Csak addig volt béke, míg szóba nem jött az étel, onnantól viszont hangos rohamokban tört ki élete mindkét hölgye. A kisebbik előreszaladt az utakon, és kapualjakba bújt zokogni, anya pedig tovább szitkozódott.

Semmi nem volt rendben. Hedvig hónapok óta hashajtót tett méz helyett a kávéjába, amitől csak tovább csökkent a súlya. Közben azok a bogyók! Látomások gyötörték, mert a tablettának zsír kellett volna és cukor. Zörgő csontokkal loholt az emberek kreol tömegében fehér csíkot húzva, valahányszor a teste szólt, hogy fajansz vízesést kíván. Giccses könnycsepp volt egy rézbőrű portrén.

De eljön a reggel megint, és fel kell ébredni.

A Sagrada Familia színes ablakain bevilágított az azúr meg az okker. Kubista Madonnák arca nyögött áldásért a falakról, szólt az orgona. Az oszlopok tetején kitüremkedtek az éden narancsai meg kókuszpálmái, Krisztus meg egy ejtőernyőn lógott a hívők imái fölé.

És anya betalált.

Tulajdonképpen megzsarolta. Ebben a szentkáoszban Hedvig eltűnt szem elől, de mikor megtalálták, kivezették a forgatagból. Rosszul nézett ki. Az arca zöld volt és fakó, mint az árnyékos márványpadló. Reszketett.

– Nem lehetsz ilyen önző! Nem lehetsz annyira önfejű, hogy meghalsz most, hogy végre van valakid, aki viszontszeret téged!

– Ne mondj ilyet! Nem fogok, én nem akarok...

– Beszéltem Zentével. Ő is ki van borulva, azt mondta, azokat a trutymókat, amiket magadba tömsz, senki meg nem enné! Undorodik tőle, csak nem akarja neked megmondani! Térj már magadhoz!

– Nem igaz, hazudsz, Zen nem mondana ilyesmit! Ő tisztának látja, szereti, hogy nem...

– Kérdezd csak meg tőle!

– Nem igaz, nem hiszem el, nem mondasz igazat!

Itt kitépte magát a szülői karokból és berontott megint a fényektől hangos főhajóba. Levegőért kapkodott, és úgy tűnt, meggörbülnek az oszlopok, magasabb hangon szólt az orgona, és kiszáradtak az ajkai.

„Nem akarok meghalni! Nem akarok meghalni! Zen úgyis vigyáz rám! Vigyázz rám! Éhen halok, bassza meg... éhen fogok halni...A francba, a kurva életbe, nem ez volt a terv! Sajnálom, annyira sajnálom!"

Elesett. Két kar érintette a vállát. Két fiatal kitűzővel és mikroporttal.

– Hé, hé, jól vagy? Minden rendben?

– Aha – nyelt egyet –, kösz, csak a hely hangulata!

– Ó, valóban? Nagyon örülünk, üdv a hit országában!

És faképnél hagyták, megnyugodva, hogy csak megint kitört valakiből a megvilágosodás. És tényleg! Igazuk volt. Ilyen, ha betör a fény.

A falak megint egyenesen álltak, Hedvig kapott levegőt. Biztonságban volt. Ilyen hinni, ilyen életben maradni.

Negyedóra múlva tárcsázta Zent.

– Haló? Mondjad, kicsi, de tedd le gyorsan, nagyon drága a külföldi hívás!

– Nem, nem, figyelj, leszarom mennyi, csak akarom, hogy tudd, hogy mennyire hálás vagyok neked! Érted? Nem fogok meghalni! Érted ezt? Nem akarok meghalni többé! Hallod?

– Persze, hogy nem fogsz, jaj, kincs. Még szép, hogy nem. Én tudom, te is tudod!

– Tudom!

Az eszmélet szaga jégszerű. Beleroppannak idegvégződéseid a rianásba. És megéhezel. Megéhezel a világ valóságainak megismerésére. Mindet kívánod.

– Anya, veszünk valami ennivalót?

– Persze hogy veszünk, kicsim!

Csak csínján, óvatosan. Egy pohár ananász dinnyedarabokkal, falatnyi sonka és egy darab sajt. Több mint az elmúlt hónap betevője összesen. Másnap egy hegyi kolostorba kirándultak. Vettek egy tábla csokit. Hét napig kitartott. Otthon Zentét is megkínálta, de nehezen fogadta el tőle. Félt, hogy a lány egyetlen táplálékát majszolja.

Hedvig ezután hosszasan olívabogyóból és sonkából álló épületeket álmodott. Anya és apa fellélegezhettek. Az legnagyobb vágyuk, hogy a közös teremtményük még ne lépjen ki az élők sorából, úgy fest, teljesült. Meg tudott volna enni egy várost, de félt, hogy akkor masniba rendeződnek a belsőségei.

Tupírozd szét a hajadat.
Tisztítsd meg poszterektől a falat.
Giccstől, ha mentes a szekrény polca,
Mástól lesz bíborvörös az orca
S szemed tükrében szétolvad.

Zen második nyári látogatásának első színtere a város szíve volt. Debrecen ifjúsága, régi cimborák és idegen arcok hívták őket magukkal játszani a sötétbe. A Rombárban egy halom társasjátékot ki lehetett kölcsönözni egész éjszakára. Túl bonyolultat választottak, hamar megunták. Inkább csak cigizni meg nevetgélni akartak, ezért Zen és Hedvig, a két pesztonka egy óvatlan pillanatban felszívódtak a füstös sátrak baldachin-erdejéből. Rohantak az utcán, majd egymást lökve el kiterültek a járdán és a föléjük magasodó épületek között bámulták az égboltot.

– Látod azt a két csillagot?

– Látom!

– Azok mi vagyunk! Irina buliján osztottuk el őket.

És játszottak, mintha csak most ismerkednének meg. Ez volt az igazi társas.

– Mondd, idegen, nincs kedved hazáig kísérni?

– De! Volna!

Aztán mégsem csak móka lett. Zen arca megváltozott. Úgy tűnt, hirtelen valóban nem emlékszik az Egyetemkertre, és nem ismeri fel Hédit. Később a szoba rózsaszínes barnasága némileg elnyelte a kételyt, és vele együtt a zavart is. Hedvig soha nem jött rá, hogy Zen tudta-e akkor, kivel fekszik az ágyba.

– Hiszen csak most látlak először! – s aznap nem szeretkeztek.

Másnap napszállta után Hedvig kezébe akadt egy fekete ruhadarab, amit Grétitől kapott. Zenre pillantott, aki bólintott a néma kérdésre.

– Elégetjük!

– El. Most?

– Most.

A hátsó kertben volt tűzrakóhely. A már megásott sírgödör nem is kellett. Hedvig és Zente dísztalárt öltött, felvették legszebb ékszereiket, aztán a bográcsos kőgyűrű fölé akasztották a muszlin blúzt. A lány a fiúra nézett. Egy lámpás világa táncolt háborodott és mégis békésen ziháló bőrén. A szeme felé kis mosoly illant.

– Szeretlek!

– Én is szeretlek! – kontrázta Hédi, és arcát a lógó textilre fordította. Jobb kezében cikkant a fém, és a következő percben életre kelt a láng. Az öngyújtó tüzétől a totem szinte felsikoltott. Sötétség csapott fel belőle, és nem maradt más, csak az árnyék a fák leveleinek alján.

Hedvig megfogta Zen kezét. Kialudt a lámpás.

– Szép volt!

– Megkönnyebbültem.

– Mehetünk!

200

Legközelebb Hedvig látogatott el Abádszalókra. Zen már várta. Készült, hogy megmutassa a mesebeli pagonyt, amiben a gyerekkorát töltötte.

„Sehol" most tenger volt. Tenger, ami kusza, térdig érő fűszálaktól hullámzott. A bejáratánál állt egy viskó, tele limlommal, előtte két szék és egy asztal. Messzebb összedőlt gyerekkunyhók, abroncsgumik és drótok. Néhány bogyós bokor, málna és áfonya. Aztán egy domb, rajta nagy fa, körülötte hanga lengedez, majd lejtő és végtelen rónaság.

– Látod ezt? Róka meg őzek lábnyomai. Talán nyúl. Ott szalad, nézd!

Állatka loholt előttük keresztül az árkon.

– Gyere, menjünk utána!

– Áhh, ne most, Hédi! Az az erdő nem lányoknak való. Még megkarcolnak a tüskék meg a rekettyebokrok.

– Ne félts te engem a bozóttól! Nem vagyok olyan királylány, mint amilyennek hiszel, de ha mégis, éppen azért kell bemennem. Lidércet láttam, meg akarom kergetni!

– Majd máskor, kincs. Gyere, menjünk haza. Ideje enned valamit.

Igazat beszélt. Hedvigre lépten-nyomon rátört az éhség. Óránként etetni kellett, akár egy csecsemőt, aki még csak pépeket nyammog, és nem ismeri a többi ízeket.

Zen kiszolgálta. Pezsgőspohárból itatta tejjel. Levendulás olajjal dédelgette silány kis végtagjait és egy bárány bundájával takarta be, amíg el nem fogyott a zabkása.

Hedvig a vén bagolyboszorkánnyal álmodott, aki a Hollókertben az irodalmat meg a törit tanította. Akitől osztálytársai óva intették. Egy fiút kergetett az egri házban. Feltehetőleg Vé volt, fehér inget viselt. Haja emlékeztetett a régi Zentére. Hédi felrohant a lépcsőn, hogy elcsípje, de szemben találta magát a banyával. Apró volt, de a szemei sárgák, akár egy kígyóé, a szoknyája alól a lábai helyett hosszú, pikkelyes csáp kúszott lefelé. Mikor menekülni próbált, a nő sötét igét mormolt és megégette a lány tenyerét. Összeolvasztotta a bőrt az ujj csontjaival, mintha vasalóval szaladt volna át rajta.

Ahogy felriadt, semmit sem látott. Pánikba esett. Vele szemben a ház másik üres hálószobája sötétje tátongott feneketlenül. Az is eltartott egy darabig, míg ráébredt, hogy mellette fekszik Zen. Mellé bújt, még mindig gyöngyöző izzadtsággal az arcán.

– Na, na kis virág, mi a baj?

– Rémeset álmodtam! Jött a vén bagoly! És közben kígyó volt, és az a szoba, ott!

– Átköltözünk a nagy házba holnap, rendben? Megígérem.

– Jó!

– Most gyere ide, és aludj csak el!

Zen szülei azzal foglalkoztak, hogy a kertjükben emelt négy épületet kiadták másoknak. Turisták voltak, akik a Tisza ezen partjára jöttek vakációzni. A főépület, amit általában az „otthonuknak" neveztek, most nem volt alkalmas az ifjú pár befogadására. Az úgynevezett „toszkán ház" állott rendelkezésükre, de ebben bizony gyanús sarkok bujkáltak.

Hedvig nem maradt volna meg egyedül. Még ha nem is a fiútól függött, hogy a lány szíve megáll-e dobogni, ki volt szolgáltatva a köteléknek, amivel magához tudta láncolni a még gyermek Zent, miközben már azt is megkörnyékezte az agybaj.

Könnyű dolguk volt. Amennyire volt feminin Zente, annyira volt domináns Hédi, s az ellenpárok megfordítva is rajonghattak egymásért. Hedvig nem ismert senki mást, aki mellett ennyiféleképpen megnyilvánulhatott volna, aki megtűri, és szereti, ha cirkuszt csap, ha dühöng, ha ellágyul, ha szerelmes, és ha fél. Legalábbis így tűnt. Hagyta, hogy nap mint nap meglepje a játékaikban. Viszont várható volt sajnos, hogy ez a zsebkendőnyi Édenkert egyszer csak kiveti magából csemetéit.

Zétény, Zen apja, a következő estén kikocsikázott velük a szomszéd mezőre. Belegyalogoltak a semmibe, hogy végre tiszta burát lássanak, ne egy város fényszennyesét. Befogadta őket az éjcsend. Utoljára voltak ilyen gyönyörűek. Utoljára volt ilyen felhőtlen felettünk a mennybolt.

Elérkezett az augusztus. A nyár a végét taposta. Zen utolsó látogatása következett. Ez kicsivel tovább tartott, mint a többi. Hédi közben nem nagyon ért rá. Ha már Kőszáli nem vitte magával a művésztelepre, kihasználta a maradék szabadidőt, hogy az évek óta buzgón tanult olasz nyelvből minden lehetséges vizsgát letegyen. A legutóbbi légyottjuk óta elhangzott néhány telefonbeszélgetés, ami többnyire sírásba torkollott. Nem voltak valami jól. Zen egyik tereferéről a másikra nem tudta felidézni, milyen mondatok hangzottak már el korábban. Akkor sem, ha egy napon belül vagy háromszor egymásra csörögtek. Az egyikben szelíd üzemmódban, majd mufurc szavakkal, aztán egészen vad, bántó volt a modor, ám a negyedikre visszajött a hagyományos, a higgadt, távoli szerető. Ez az egy legalább ismerős, nyugtázta Hédi. Bár a lányka színeváltozásai is hullámvasúton ültek, lassacskán nem tudott lépést tartani a fiú maszkcseréivel. Minden vágya volt viszonozni a tűrést, de nem állhatta meg, hogy figyelmeztesse:

– Zen, megint többen vagytok! Vagy négy ember beszél belőled...

Hamarosan a fiú is felfogta, hogy ez nem nevezhető normálisnak, de valószínűleg már puszta kíváncsiságból is élvezni kezdte.

– Azért csak ne félj, kincs, mind a négyen téged szeretünk! Ezt biztosra veszem...

Az űr nőtt közöttünk. Egyre inkább elevenedett. Hedvig nem Zent hibáztatta. Csak a lány tűrte rosszul, csak ő kevesellte. A fiú nem tudta másként. Az is csoda volt, hogy egyáltalán rábólintott arra, hogy az életüket egyszerre éljék. Mindig is többet foglalkozott a szellemi világgal, mint azzal, hogy legyen valaki, akinek a haját simogatja, miközben édes álomba süllyed. Hedvig mítoszok idolját képviselte a történetében, Pygmalion-sztorit csináltak magukból. Így még belefért a nőiség. Máskülönben a genezis és az istenkeresés leszorította volna a pályáról. Zen sokkal inkább mentorra vágyott. Egy idősebb férfira, aki beavatja őt a tudásba. Olyan volt, akár egy ógörög sorban álló a szellem piacán, aki még a rossz kofánál várakozik.

Mikor Zen leszállt a buszról a debreceni végállomáson, Hedvig talpig fehér szerelésben ment elé. Az emberek az utcán lefotózták és összesúgtak a háta mögött. Még Zen is kinevette, mert nagy tüllkalapot viselt. Lassanként rá kellett jönnie, hogy a fiút zavarja, ha énekelni kezd a buszon, ha rohangál az erdőn, ha giccses üzeneteket küld, és ha csiricsáré ruhákat visel. Zen úgy gondolta, jobb, ha a világot nem billentik ki a komfortzónájából. Magasból tett rá, hogyan működik, ha őt békén hagyta. Minden más földlakóra csökevényes alávetettként tekintett. Hedvig nem a Hollókertben nőtt fel. Az oda járó diákok már attól is összezavarodtak, ha a tűzpiros nadrágjukat, a színes hajat, esetleg a sok piercinget megbámulta valaki a boltban. A paneltömbök, amik között nevelkedtek, megóvta őket a megvető pillantásoktól. Hedvig megszokta: ha jól akarta érezni magát, akkor olyan dolgokat tett, ami előcsalogatta a kurva mobilt a kurva konformisták kurva zsebeiből. Gyávának és irigynek tartotta őket, és csak szánalmat érzett irántuk. Ugyanakkor sportot űzött a lefitymáló polgárpukkasztásból, szórakoztatónak találta, elvégre az előkészítőben kénytelen volt szemellenzővel járni.

Néhányszor beigazolódott az elmélete. Egy téli napon, fél évvel később, éppen a belvárosból igyekezett vissza a Hollókert fűtött aulájába, és a hideg utazást dalolászva gondolta átvészelni. Mikor elhallgatott, egy bácsi utánaszólt:

– Abba, ne hagyja, kérem! Valami jó is legyen ebben a napban! – Hát újfent rázendített.

Abban hitt, hogy az embereket szabad egy kicsit nevelni. Megtörni azt az egyformaságot, amiben a huszonnégy kereke megakadt.

Ezzel Zen nem értett egyet. Sőt, ami azt illeti, egyre kevesebb mindennel értett egyet, ami Hedvig elméleteit jelentette. Valószínűleg belefáradt a felvigyázásba. De az is meglehet, hogy a romlás virágai Hedvig a saját testképének korcsulásán szökkentek szárba.

Hízott. Sírt. Hízott. Hisztizett. Sírt. Evett. Hízott. Cirkuszolt. Ezt senki nem tudta volna nézni ölbe tett ésszel és ép kézzel. A ruhatárára már nemigen nézett rá, használhatatlanná vált az XXS és a gyerekrészleges 136. Zen fekete lebernyegeit hordta, abban elfért úgy, hogy nem ért a pamuthoz a hasa. A súrlódás kiborította, undorodott magától. Sötétben fürdött, hogy ne kelljen szembenéznie a ténnyel, hogy nőiesedik a teste. Lett egy kis feneke, a combjára tetovált pillangó pedig hosszúkás helyett inkább szétterülni látszott. Nem volt foltos a csípője, hogyha hason aludt, és már nem szerette megtapogatni a nyakát, mert nem álltak ki a csigolyái. Nem ismerte fel magát a tükörben.

Most aztán mindenki tapsolt, mert elveszítette azt a külalakot, amit olyan sok időbe tellett elérnie. Amiért annyit gyötörte magát. Mindenki örvendett, hogy a csaj kajál! Hogy nem fog megdögleni... Lehetett büszkélkedni. Őt meg a szégyen nyaldosta, kudarcnak érezte.

Nem akart izmokat, kerekedést meg tomport. Szerette a bordáit számolgatni. Tetszett neki a beesett arc, a kiálló kulcscsont. Franc enné...

Nehéz volt. Mindent támadásnak vett, és ahogy elmúlt az a törékenység, Zen nem boldogult vele. Az egész mágia nem működött többé.

Hedvig magára maradt a csatában. Senki nem tudott beszállni a vívódásba. Rá kellett jönnie, mennyi mindent nem szeret. Mennyi íz van, ami finom, és mennyi másik, amit kivet az emésztőrendszer. Akárcsak egy kétéves. Így járt a hal, a paprika, a krumpli vagy a kenyér, de a sütik csak addig voltak biztonságban, amíg páncélszekrénybe voltak zárva előle. Többe került az élet. A csaj eszik! A csaj eszik! A csaj eszik...

Nem tudott ZenTének elég figyelmet szentelni, és szinte észre sem vette. Sajnos elsétált egyszer a régi iskolatársai mellett:

– Nekem jobban bejött, amíg anorex volt! – dugták össze fejüket az előkészítős pöcsök a háta mögött.

Az összes inzultust elkerülendő, mégis inkább megkönyörült Alexen. Szembe battyogott vele egy félreeső utcán és kérdőre vonták egymást.

– Ugyan mi bánt bennem olyan nagyon? – szögezte melleinek a kérdést hajdani árnyéka.

Hát ecsetelni kezdte. Az egész Bóbitás meg Vanillás sztorit előadta neki.

Alex állította, hogy meg tudja cáfolni a Bóbita-esetet, de ahhoz kell egy egész este, sok kávéval meg alkohollal. Hédi vona-

205

kodva bár, de meghívta. Zentének még egy napja hátravolt az egyetemkerti romantikázásból, úgyhogy ő is nézte a műsort. Még mindig tocsogott abban a tehetségkutatóban. Egyre előrébb bukdácsolt benne, a tévés fordulókig. Az egyik meghallgatás előtt Hédi együtt utazott vele Budapestre. Éppen lakásavatót tartott Bence, úgyhogy az ő bulijuk kínálkozott, mint egészestés program. Hédi nem árulta el anyáéknak, hogy együtt mentek. Tudtak Bóbitáról, és haragudtak Alexre. A rózsadombi összejövetelkor sem alakult szépen felbukkanása. Bár az egész Valentin-gárda roppant toleranciát mutatott, tény, hogy Hédi barátja mocskosan leitta magát, körbehányta a vécét, aztán elnyúlt a kanapén. A hugica először mutatott volna be valakit. Madarat tolláról... Mégiscsak ő volt a legjobb barátja.

Lux, ahogy újabban hívatta magát, szaftosan ecsetelte a végtelen történeteket a tévés élet hátteréről és mind az összes versét felolvasta.

Ő maga is olyan volt, mint egy tévé. Csak egy pléhkeret hiányzott a nyakáról. Jólesett nézni, bár közben időről időre megtört a hallgatóság koncentrációja. A zsenijéből egy ponton túl egyforma szavak áradtak. Tagadhatatlan, zseni volt. Ez a zseni-dolog félelmetes eszköz. Könnyű elcsúszni az elbizakodottság lejtőjén. Nem csak dicséret, sőt néha szitokszó, ami a hordozót és a környezetét is fokozott óvatosságra inti. Elmondta, hogy Bohóka túlzásai hogyan hazudtak.

– Ugyan már, Cica, te ezt komolyan elhitted egy kislánynak, aki a bátyjába meg az apjába szerelmes? Basszus, ne már! Tudom, hogy odavan értem, de könyörgöm! Jobb a semminél, pajtinak elmegy, de minden egyébre alkalmatlan. Addig húzta az agyam, hogy végre le fog szopni, hogy egyszer csak behajtottam rajta. Ugyanakkor, nem volt bedrogozva. Dehogy! Jeszszus. Nem tennék ilyet! Én nem vagyok szörnyeteg, legalábbis nem valódi. Nem úgy, mint a te kis csillagszemű juhászod! Na, Leander fű alatt csinálja, lassan, könyörtelenül végez az áldozatával. Bohó azonban csak a saját tőzegáfonyás nyugibogyóit ette, és végül rám hagyta az abszintjait is. Ami a vécében történt... hát, azt meg ugye beígérte. Én csak a szaván fogtam. Kicsit még élvezte is. Én is. Bele a szájába. Nagyon bénán csinálta. Azt hitte, belepisiltem! Pfuj! Hallottam, hogy azt terjeszti, hogy az vizelet volt, meg hogy a fejét a csövekbe vertem, miközben húztam a haját. Nevetséges... nem finomkodtam, de, de ez akkor is szemenszedett hazugság. Aztán jött az a Gerzson meg a haverja, és a rendőrök... fhuh. Rémes egy este volt. Kész cirkusz!

– Gerzson? Az Elzás Gerzson?

– Ja, pont az, ő a fővédnöke minden árva kiscicának, akinek megakad rajtam a szeme. Jön Gerzson, az utcaangyal, és mindet megmenti...

Hedvig tudott volna hinni neki, de Bohókának is. Hát ráhagyta. Alex túl régóta volt már az árnyéka ahhoz, hogy csak úgy eldobja magától. Alíz hülyén festett volna a Kalapos nélkül, pláne, hogy Hédi szobájában az ajtó fölé egész konkrétan fel volt festve: „Csodaország". Alex mindörökre fekete virág közepe maradt, még ha szirmait el is hullajtotta. Hédit nem, ő visszanőtt egy kis locsolás után. Nem tudta egészen elengedni. Alex őrzött valamit abból, aminek a lányka szerette magát érezni. Ez igaz volt megfordítva is.

Nem Kleó volt az egyetlen meghasadt elme Hédi életében. Az egy dolog, hogy az utóbbi időben Zente is rendszerhibákat produkált, de Lux kétségtelenül háborodott volt. Örökölte. Igaz, hogyha nem fogyaszt ilyen mértékű narkotikumot, talán nem támadja meg őt ilyen ádáz módon, ilyen gyorsan. Ez az, ami végső soron elriasztotta a család tagjait, még ha ők nem is voltak ezzel tárgyilagos értelemben tisztában. Csak Hédi tudta, ezért érthette meg, ami zajlott Luxban. Ők ketten voltak valójában háborodottak. Egyezett a lelkük, csak épp a gyertya két másik végét égették. Hedvig abban a szerencsés helyzetben volt, hogy maga dönthetett a változásairól, míg Alex csak sodródott, hiába próbálta kezébe venni az evezőt.

Mikor Hédi tizenhét éves volt, és a második tanév vette kezdetét az előkészítőben, a névnapja alkalmából egyedül maradhatott a villában. Becsapta anyát és apát, azt füllentette, hogy Lujzi

aludt nála. Az tény, hogy egész késő estig hárman együtt lébe-
coltak a városban, de Lujzi aztán a saját ágyába tért nyugovóra.
Lux Hedviggel villamosozott haza. Ezzel önmagában nem lett
volna semmi nagy baj. Jó, kicsit hangosabban szóltak a hangfalak
a kelleténél, amit a szomszédok fel is róttak Valentin Hedvignek
és családjának, de nem itt bukott meg a dolog. Alex ekkor még
nem tudta irányítani, ami benne történik. Az éjszaka közepén rá-
tört valami idegen. A szeme elsötétült, kétségbe esett. A napi ma-
rihuána-adag ekkorra ütött be, és felébresztette fejében a sutto-
gásokat. Nem is suttogás volt, hanem törvényszék. Vádlottként
állt egy megrengethetetlen bíróság előtt, és ócsárolták. Minden
vágyát és tudását megkérdőjelezték. Előfordult, hogy valamelyik
arctalan recsegés megvédte, de legtöbben a szapulásra hajlottak.

Lux már nem először hallotta őket, azonban még mindig szin-
te szörnyethalt az élménytől. Kétségbeesett tekintetét Hedvigre
emelte, aki szintén kótyagos volt, de legalább maradéktalanul
józan. A lányka improvizált. Semmit nem jelentett, hogy talál-
kozott már a skizofrénia egyik formájával, most erősebbnek kel-
lett lennie nála idősebb, hímnemű barátjánál. Elküldte fürdeni.

Amíg Alex ázott, ő zenét keresett, és előtúrt a szekrény mé-
lyéről egy jelmezt, amit szárítkozás után rá akart adni. Rányi-
tott aztán a fürdőszobában, mert gyanúsan sokáig nem került
elő. Hédi látta, hogy a srác fejét a víz alá nyomja a kádban tér-
delve, és hosszú haja közül előtörnek a buborékok. Már kiáltott
volna, de ekkor Alex felkapta a fejét.

Nagy levegőt vett. Kisimította arcából a vizes hajat, össze-
ragadt szempilláit megtornáztatta, és így szólt:

– A víz jó, ott nem hallom őket. Tudod, mint a kákalagok éne-
ke a bűvös tojásban, odalent egyáltalán nem gonosz.

Hédi megrettenve mosolygott, és törülközőt tartott bőrig
ázott barátja elé. Mindegy volt, mennyit látnak egymás testéből.
Teljesen egyenrangúak voltak. Semmiféle szexualitásnak, afféle
vonzalomnak nem volt helye köztük. Még ha lett volna, sem va-
lószínű, hogy engednek neki. Nem hallgattak volna rá. Ott állt
Lux Hédi előtt egy szál himbilimbiben, a haját szárítgatva. Hédi
hátulról megölelte, felitatott néhány maradék vízcseppet a hátáról.

A szobába érve következhetett a stratégia következő lépcsője. Lux inget, csíkos zakót, csokornyakkendőt kapott, zsebórát, és egy papírkalapot, amit Hédi még a drámáról csent el. A lányka fogta, és a tükörrel szembe fordította Luxot. A teljes alak látszott.

– Nézd, nézd, Alexus! Látod?

– Igen...

– Tudod, ki ez?

– A Kalapos.

– Nem! Ez te vagy, csak épp egy jelmezben. Az én Kalaposom vagy, de ez csak játék nekünk. Arra gondolj, hogy semmilyen veszély nem fenyeget. Rossz álmok vannak csak a fejedben, ha megcsípnek, fel tudsz ébredni, hallod?!

– Igen!

– Itt vagyok neked, rendben?

– Rendben!

– Mindig itt leszek.

– Megígéred?

– Meg!

Hatalmas csókot nyomott aztán egyik a másik arcára, majd olyan zeneszám következett a lejátszási listán, amire táncolni lehetett. A Kalapos hátrébb lépett, derekát meghajtotta, kezet nyújtott, és felkérte Hédit egy táncra. Körös-körül keringőztek a nappaliban.

Az ég már utat engedett a napnak. A kúszó derengés azt jelezte, nemsokára fel kell kerekedni, és elhúzni az iskolapadba. Hedvig kávét ivott, Alex egy pohár whiskyt.

Azóta szüntelen felelősséget érzett iránta, és furdalta a lelkiismeret, ha ellentmondott ennek az íratlan fogadalomnak.

A felolvasóest másnapján Hedvig számára megkezdődött a mustra. Három vizsgája volt a héten. Azt remélte, Zen támogatni fogja, de nem egészen így esett. A fiú nem értette, miért kell kísérgetnie. Elfáradt és haza szeretett volna menni, mielőtt Hedviget behívták volna a „tárgyalókba". Ahogyan a nyári interakciók hálóját is hosszúra nyújtotta, az sem volt világos, milyen a nem kifejezetten mélypszichológiai támogatás. Hédi nem élte ezt meg önzésnek, csak minden szó után nyögve nyelt.

– Nekem ez most fontos. Nem hagyhatsz benne magamra! Csak azt szerettem volna, hogy mellettem legyél. Ez még mindig nem egy nőgyógyászati rendelő, vagy ilyesmi...

– Pontosan. Ez nekem a maga nemében egyáltalán nem fontos. De maradok, ha muszáj. Ugyanakkor tudod, hogy nem értek egyet ezzel a sok tanulással. Semmire nem mész vele!

– Bocs, hogy nem rajzolok virágokat a matekdolgozataimra, hanem megpróbálom megoldani őket. Lehet, hogy szimplán csak máshogy neveltek vagy saját motivációból fakad, de én élvezem, hogy tömhetem az agyam valamivel. A matekból sem értek többet, mint te, nem az a lényeg... mindegy, mehetsz, ha akarsz.

– Maradok.

– Jó, leszarom. Be kell mennem. Bocs.

Délután Zen felett a kis, egyszemélyes égbolt beborult. Végül azt kívánta, hadd legyen egyedül kicsit. Erre Hedvig felcsattant.

– Egyedül? Jól van, ha így, hát így. – Zen szemlátomást megfeledkezett a tényről, hogy kettejük között Hedvig volt otthon. A kanapé azonban nem őt ölelgette tovább a fehér, vastag pulóverféleségben, ami volt rajta. A fiú keresztbe fonta a lábait, törökülésben, gyűrűkkel az ujjain, kelyhet szorongatva cigarettázott, miközben Hedvig hitetlenkedve lelépett.

Zen kézenfekvőnek ítélte, hogy mivel nem volt hová mennie nyáron, még a kollégium sem nyitott ki, kedvesének illendő otthonról eltűnni, ha békét akart.

Az erdőn keresett egy padot. Éppen ott, ahol valaha, az egyik első randevún, Zen motyója a tóba gurult.

Most itt fetrengett önsajnálatában és bömbölt két órán keresztül. A harmadikban felhívta Zsolmát, mindent elmesélgetett neki a tövétől a hegyéig, hogy aztán privát Bolond Kalaposának is elismételhesse.

– Ahj, Cica, úgy sajnálom. Nekem ti mindig olyan egyben voltatok. Ő jó volt neked! Rá áldásomat adtam volna... tegnap nem tűnt úgy, mintha lenne bármi feszkó, de fura ez a „négyen vannak" sztori. Lehet, hogy rosszabb, mint a skizó, pedig azt vágom!

– Épp ezért nem tudom, mi a frász legyen...

Aztán letette. Hevert tovább a rönkpadon. Dalolgatott. Zente meghallotta. Már kereste egy ideje. Jött, feketéllett cingár alakja a fák között, az ötből a negyedik ösvényen.

– Épp vissza akartam fordulni, de aztán meghallottam, ahogy énekeled azt a dalt és követtem. Jobban vagy?

– Én? Eddig is egészen jól voltam, csak tudod, úgy nehéz beszélni arról, hogy hogy vagyunk, ha nem vagy itt. Mármint... alig láttalak a nyáron, Zeni!

– Nem tudtam megoldani. Dolgoztam, és ez nekem nagyon sok pénz. Mármint az utazás meg ilyesmi...

– Csak a jegyre kellett volna. Másra meghívlak, nálam laksz, de tegyük fel, hogy megértem. Viszont valami amúgy is romlik... olvad. Úgy érzem, hogy a lehető legközelebb engedtél magadhoz, de marad egy fal, amin nem jutok keresztül, akárhogy vergődöm és raplizom, amíg a torkom bírja.

Közben hüppögött. Órákig üldögéltek ott a sötétben, és amit már jól begyakorolt, most harmadszor is előadta. Zen a végén átkarolta, sóhajtott, és a hajába puszilt.

– Sajnálom. Gyere. Menjünk haza. Lehűl az erdő...

A fiú hamarabb elaludt. Hedvig szemére nem jött álom, de közben betoppant apa. Látta, hogy gond van. Hedvig neki is megpróbált beszélni, de aztán Zen mellé bújt mégis. Még nem is aludt el, mikor megszállták a lidércálmok. Vadászatot látott, és karóra tűzött fejeket, amikről már eltűnt a bőr. A képek elől mégis inkább az ikonikus kanapéra menekült, apa éber pötyögése mellé, a nappaliba. Ez volt a vendégágy, amin meghúzta magát, ha zsúfolt volt a szobája.

Reggel Hedvig már kávéval csücsült Zen fejénél. A fiú épp csak pislogni kezdett.

– Hogy aludtál? – vágott bele.

– Elég jól, viszont szörnyű álmom volt.

– Mit láttál?

– Az öcsémmel vadásztunk és mindenféle halott lények fejét tűztük lándzsákra... aztán meg jött valami vadkan, meg woodoo. Mindennek halálszaga volt, meg a hangja is.

– Tudom! – rázta ki Hedviget a hideg.

– Mit?

– Hallottam, vagy láttam, amíg ezt álmodtad. Azért mentem ki a kanapéra, mert rothadó fejeket láttam karóra tűzve, vadkanokat, meg ezt a szurkálós bábut... hátborzongató, mennyire össze vagyunk kapcsolódva. Nem csak a veséink...

– Ez valóban elég hátborzongató.

– Az!

Az utolsó vizsgára Hedvig már egyedül ment. A hajdani viráglány nézte, ahogy a fiú vastag fehér pólójában az íróasztalnál ül, csak ül a körberendezett szobában, és gyűlölte, hogy ott van. Mióta megismerte, most először zavarta, hogy csak piszmogott a sarokban, miközben őt idegenek sora kérte számon egy másik nyelven.

– Zen, beszélnünk kell! – fújta ki a levegőt.

– Mondjad – fordult vele szembe azokkal a jól ismert bogárszemekkel az asztaltól.

– Ez így nem lesz jó...

– Nem vagy már boldog velem?

Megrázta a buksiját.

– Nem.

Bólogatott. Behúzta az ajkait, hogy megnyalja. Mindig ezt tette, ha zavarba hozták.

– Értem. Hát akkor ennyi volt. – Hátragurult a székkel, felegyenesedett és folytatta: – Elmegyek.

Nagyon könnyű volt. Borzalmasan könnyű. Annyit sem kérdezett, hogy miért, nem mondta, hogy próbálják meg helyrepofozni... semmit. Felállt, felöltözött, összepakolt. Hedvig főzött még egy fűszeres kávét, rágyújtottak egy cigire, amit felezve szívtak el, mosolyogtak, és szemük sarkából folyt a belenyugvás.

Hedvig lelke nem lett könnyebb, miután Zen kisétált az ajtón, de akkor azt hitte, pár hétre alábbhagy a lelkifurdalása amiatt, amire már lassan fél éve kényszerítette ezt a zöld fiút. „Jobb nekem egyedül", gondolta. Olyannak kellett volna lennie, mint a királylánynak a mesében egy toronyba zárva, nehogy bárki túl közel érjen az átokhoz, amit a tekintetében hordozott.

Aztán már zajlott is. Következett az utolsó gimnazista év.

11

Zajlás

Mióta Zen nem volt mellette kiürült, kifogyott a varázslatból. Csak annyi maradt a fényjátékból, amit Alex mutatott kulisszák mögötti világból a tévés tehetségkutató alatt. Még nem tudta eldönteni, ez mennyiben műanyag. Hús-vér szereplők, Hédi egyik osztálytársa a drámaszakról; Guszti meg Iván, egy csodálatos orosz fiú és Alex. Ők hárman voltak az idény ígéretes szentháromsága a férfi kategóriában. Mivel Hédi minden hétvégén Budapesten járt, ha tehette, látogatást tett valakinél, akinél kaphatott új levegőt. A debrecenit már vagy ő, vagy más, úgy tűnt, rég elszívta. A változatosság kedvéért Ivánnal elcsavarták egymás fejét, de még ez a kis hupilila felhő sem leplezhette a tényt, hogy Lux már vágja maga alatt a fát. Bár a teljes stáb rajongott érte és felkarolta a devianciáját, sőt őszintén tapintható volt a törekvés, hogy a teljes műsort az ő alternatív karakteréhez igazítsák, nem tudta megbecsülni magát. Aláírt egy papírt, miszerint nem áll orvosi kezelés alatt. Ez csak részben volt igaz. Ekkorra már szedett mindenféle golyókat, hogy tompuljanak fejében a hangok. Amíg brahiból haladt előre a műsor kamráiban, nem is volt semmi baj. Azonban ahogyan gyorsult a tempó, a kamerák előtt és mögött mosolygók gyülekezete jobbnál jobb hallucinogénnel kínálta. „Ki volna ő, hogy ellenálljon ilyen kísértésnek?"

És aztán el is tört a korsó ott, a kútnak támaszkodva. Néhány hét alatt elhervadt Iván Hédi irányába pulzáló kíváncsisága, Alex börtönbe, egy fickó pedig, akinek bemosott egyet, nyolc napon túl gyógyuló sérülésekkel kórházba került.

Ezt a közvetítő csatorna nem vállalhatta, hát hazatessékelték a kisvárosába pihenni, oda, a monitor másik oldala elé. Abban a rózsaszín és kék meseházban lett fogoly, amit az apja a két kezével épített. Senki nem gondolt bele igazán komolyan, hogy ez Alexből mekkora darabot fog kiharapni. A józan eszét mindenesetre valahol a színpad közepén felejtette, és eltiporták a fizetett táncoslányok. Nyűgös idők jöttek, de Hedvig kitartott Lux mellett. Sehol nem érezte már a Bóbita-baleset utószelét. Aliz felkereste az elátkozott Kalapost és pátyolgatta. Az édesanyja is megbízott benne; arra kérte, hogy fogja a kezét, amikor botrányt készül csapni mindenféle házibulikban, amikbe elhívták az elbukott csillagot. A világháló hírhedtté tette. Ha nem a tündöklésről, akkor az ámokfutásról kellett, hogy megismerje őt az ország. Legalábbis ő ezt akarta. Egy része biztosan erre hajtott. Mindent szabad volt. A sértődöttség és a felháborodás – pontosabban megháborodás – együtt felruházta őt egyfajta túlvilági hatalommal, és minden olyan néző bálványa lett, aki nem mert engedni a saját extravaganciájának. Alex már nem csak a család közös sötétségének megtestesítője volt, hanem egy egész szubkultúráé. Végtelenül sok nyugtatót nyomott be, rá bort ivott, és megállás nélkül töltötte a cigit. Az első ilyen megborult éjszaka után reggel várt rá egy teleautó, hogy világpukkasztó interjúkra szállítsa Pestre.

Hédi történetesen az ágy mellett, egy matracon aludt. A kedvenc sorozatuk harmadik része ment. Már pirkadt, mire a két mesehős elaludt. Alex szájában még égett az utolsó meggyújtott szál. A bagó kiesett az ajkak szorításából és a paplanra hullott. Hédi megérezte a füstöt.

Látott már lakástüzet. Egerben, a nagyinál, a villában, ittott kisebb-nagyobb katasztrófákhoz vezetett a véletlen. Nem totojázhatott. A villámnál is gyorsabban felpattant, és a párnájával püföli kezdte az ébredő lángokat barátja mellkasán. Az ajtót belülről zárták kulcsra, de fogalma sem volt, hogy azt utána hová dugták el. Nem lehetett szívbajos.

Néhány tompa csapás után a narancsos nyelvek kimúltak. Alex meg sem rándult. Csámcsogott és az oldalára fordult. Három órán belül Nyíregyházán kellett lennie. Onnan indult a kocsi.

214

Alex hamarosan eladta magát, mint a csalódás Prométheusza. Egy ponton túl azzal magyarázta a „slágergyártást", hogy bizony előfordul, hogy le kell menni kutyába. Ha pop, akkor pop. Nincs azzal nagy baj, éppen azért hívják popnak. Többekhez eljut. Mikor már ez sem volt elég, akkor szeretőket gyűjtött. Elhívta őket a saját otthonába, vagy ő utazott hozzájuk pár napi tömör szex reményében. Hedvig egyik éjjel videót kapott tőle, amiben cakkosra vágja a karját, csikkeket nyom el a bőrén és énekel. Győr baromi messze volt. Szólt az anyukájának: „Szerintem baj van". Nem hagyhatta, hogy meghaljon.

Egy másik alkalommal a szegény kicsi Dénes születésnapjára kellett elkísérnie. Miért szegény? Egyszerű. Rajongott Alexért. Az egész famíliája rajongott érte. Ő volt a díszvendég. Téglás magába szívta az újakat. Most, hogy a színek elballagtak, neon-generáció trappolt a Hollókert macskakövein.

A Gréti- és Dénes-félék hada megduzzadt, és végtelen gyermekkorral megáldott, még Hédi számára is idegen nyelvet beszélő csoport lett belőlük. Néha kénytelen volt mégis közéjük merészkedni, például akkor, amikor a Kalapos veszélyes szereplőként lépett fel. Aznap Hédi karján friss tetoválás eregette a tintát, sőt Alex csuklóján is új szimbólum közölte: a bujaság számára szent, nem főbenjáró függelék. Felkarcolt bőrrel toppantak be az ifjú, mesterséges fénygyerekek karneváljára.

Már akkor is tótágast állt a nappali, amikor megérkeztek. Hogy akklimatizálódjon, Alex csúnyán berúgott és mindenre rámászott, ami élt és mozgott. Közben a kölykök bunkerépítésbe kezdtek, Dénes előhalászta a jelmezeit, és beöltöztette a többieket is, elvégre a sztár diktálta a dresscode-ot. Alex arcán, száján, nyakán, karjain fekete rúzs olvadt. Néhány lány az ünnepelttel a bunkerben nevetgélt, a gyertyák sorra dőltek fel, Alex átesett az asztalon, egy kék hajú lányt garatig csókolt, a viasz folyt, a mustármag landolt a kövezeten, a zene torzult, majd a részeg démon kikötött Dénesnél. Félig felfalta. Az arcukon elkenődött festéknyom mutatta a nyál csíkjait.

A főszereplő gardedámja átmenetileg a fürdőben bújt el, ahol egy kádban találta magát Annamarival. Félreértés ne essék, víz nem volt a kádban. Egymással szemben kuporogtak. Alex meg volt győződve róla, hogy Annamari ismeretlenül is ki nem állhatja Hédit, és ezt előszeretettel hirdette. Simon és Rémusz barátja volt a kislány, ez alapján nem lett volna túl valószínű, hogy Hédi ellen fordul. Eljött a szembesítés ideje.

– Na de Hédi, nem ismerlek, ugyan mit utálhatnék rajtad?

– Hát, nem is tudom. Alex azt mondta, van egy versed rólam, amiben leírod, mennyire gyűlölsz.

– Hát ez varázslatos! Micsoda fantáziája van. Igen, egyébként tényleg mondtam olyasmit, hogy valami idegesít benned. Azóta viszont rádöbbentem, hogy hol itt a probléma. Valamire emlékeztettél magamban, amivel nem jövök ki egészen.

– Hát, erre nem igazán mondható, hogy sajnálom, de legalább tiszta a pelus.

– Spongyát rá?!

– Persze. Fátylat!

Még ki sem másztak a kádból, átkarolták egymást, aztán a megbocsátás jeléül nagy puszit nyomtak egymás szájára. Kuncogva folytatták az ölelést, de nem sokáig. Valami nagyot koppant a nappaliban. Kirontva a fürdőből Hedvig megrázta a fejét elborzadva az állatkerten, és inkább megnyomta a telefont.

– Ideje.

Aztán kihalászta a gyerekeket a düledező kuckóból és helyre tolta a székeket. A gyertyák kihűlt maradványait felkapirgálta egy késsel, Alexet letörölgette egy vizes ronggyal, aztán jött a taxi. Hédi karjánál fogva vezette az árnyékát.

– Gyere, anya már vár!

Zennek mindent elmesélt, attól függetlenül, hogy nem egy ágyban tértek nyugovóra. Nem mindent fogadott szívesen, de Hedvig féltékenysége is egyre magasabbra hágott. Tudta, hogy a fiú egyik osztálytársa, fekete garbóval és szőke fürtökkel, néha éppen abban a homályos szobában hevert az ágyon, amelyikben Zen is meghúzódott. Bizonyára fáztak, ezért összedörgölőztek. Hédi homlokán akkor is összeszaladtak a ráncok, ha meghallotta, hogy Doma, egy koravén elsős, mesegyomot oszt neki. Fogyasztás céljával is előszeretettel társult Zentéhez bármelyik délután során. A zöldfiú sok sárkányfüvet elgőzölt akkoriban. Kívül és belül is egyre zöldebb volt. Megnőtt, mióta éjszakái nem fonódtak össze Hedviggel. A lány vágyott rá. Hiányzott belőle, de tudta, hogy csak akkor érheti el, ha már nem számolgat visszafelé. Legutóbb ez vált be. Elment vadászni. Talán éppen Vével ment északra. Egymást vadászni vitték. Egymásra vadásztak. A november huhogott, mint az erdei kísértetek az erdőben. Hedvig gondolt egyet, és engedélyt kért a kerámia fakultáció tanárától meg Ilda nénitől, hogy karon foghassa Edinát. Táncot fognak csinálni ketten! Éppen ideje! Kontakt-imprós megnyitó lesz!

A kerámia elviekben mind a négy elem ötvözete. Az előadást is ilyenre tervezték. Fel akarták eleveníteni a Dantétól tanultakat, úgy, hogy a novemberi szél legyen bennük a lélegzet.

Edina kiváló partner volt. Olyan, akár a hó. Töretlen, óvatos, érintetlen. Az évek alatt tökéletesre faragta magát. A ruhái, a haja, a mosolya, a szemüvege, a lépései, még a cigarettája márkája is EDINA volt nagy betűkkel. Hedvig nem ismert hozzá hasonlót. Tulajdonképpen lenyűgözte. Nagyon közel nőtt a szívéhez. Különös kitüntetésnek ítélte, hogy tánc közben hozzáérhetett. Edi még senkivel nem volt ennyire szoros testi kapcsolatban. Ez szerencsére inkább széles bizalmi teret nyitott köztük, mint zavart. A gyakorlások alatt néma nővérek lettek; karok, lábak és a csípő beszélt a szavak helyett. Edina biztonságos sikátora, amiben elbújt a hirtelen napfény elől, Hedviget is lelassította. Lassan nyílt meg előtte. Bár évek óta tudtak egymásról, nem ismerkedtek még igazán. Hédi nem is emlékezett, hogy még sosem mesélt neki Leanderről.

– Azta. Te még annál is erősebb vagy, mint amilyennek hittelek...

Aztán ő következett. Edinek is akadt elég története hallgatag mélységeiben. Akkoriban fogyott vehemensen, gyorsan szikárra, gyönyörűre, és Hedvig irigykedett. Már vékonyabb volt nála. Nála, a pehelysúlyú virágbajnoknál, és persze ezzel a változással továbbra sem tudott megbirkózni. Éhségfrászok törtek rá, ha újra spórolni akart. Mindene zsibbadásnak indult, szédült, és félt, hogy összeomlik. Félt a színpadra állni. Mi van, ha tánc közben lesz rosszul? Edinának kellett megnyugtatnia a bemutató előtt is. Megfogta hosszú, jóboszorkány ujjaival Hedvig kezeit és levarázsolta a felhőket a boltozatról.

A nézők sorai közt apa is tiszteletét tette. Egy fehér oszlopnak támaszkodott horgolt sapkában és nehéz fekete bőrkabátban, amin keményen kidüllednek a sárgás csatok. Zente, Míra pasija, Csongor és Ádám feleltek a felvétel készítéséért. Szép kis csapat jött össze.

A két lány meghempergett a koratéli sárban, ami leolvadt a közönség cipőiről. Kitört belőlük a lihegés, hogy meghajolhassanak a tapsra.

Apa Hedvighez lépett, mikor már az igazgató beszéde hangzott. Megkérdezte:

– Nem volt ez egy kicsit leszbikus?

Később pedig, a hecc kedvéért, Timi súgta oda Hedvignek:

– Jó volt! De azért sárgulok a féltékenységtől. Edina elég jó...

A tanárok is mellélőttek. A második, újévi előadáson a festőmesterek egyike – maradék borával locsolva a padlószőnyeget – sarokba szorította a két lányt. Úgy ítélete, hogy a véleménye szerint nem-performanszban fellépő nem-profik leszbikusnak mondhatók. Valamit nyilvánvalóan félreértett. Ezt teszi a túl sok szakértelem.

Arra a januári estélyre még Páfrány is beszállt a verseivel. Igaz, Dante csak nézőként érkezett, de Hédivel hárman már megidézték a hajdani szellemet. De ne szaladjunk ennyire előre! Előbb még december.

A következő hétvége volt az utolsó, mielőtt berobbant a hószünet.

Hedvig elhatározta, hogy megszabadul minden gönctől, ami a két mérettel kisebb, sőt inkább gyerekszabású énjére emlékezteti. Turkálót csinált a szobájából és meghívott MINDENKIT, akit szerinte ez a happening érdekelhet. Vagy harmincan tobzódtak az Egyetemkertben. Zentétől kezdve sok-sok drámás és hollókerti lányon át a meleg fiúcskákig... jöttek ereklyét fosztogatni.

Szóval igen. Eljött Zen is, hogy uralkodója legyen annak a lakásnak, aminek minden zugát jól ismeri. Eljött azért, hogy Hedvig mellé álljon a tükörben újra. Hogy ott legyen akkor, amikor levedli annak a lánynak a bőrét, akibe beleszeretett, és meztelen lesz megint. Fehér reggel lett; fehér bent, fehér kint, fehér bennük. Megosztoztak rajta. Testközel.

Az ismétlődés megnyugvása terült szét a lepedőben. A lány Zenbe költözött, csak benne volt otthon, Zen pedig a lányban talált menedékre. Túlságosan megszokta már ezt a lakást. Az ebből fakadó hiánnyal ő sem tudott igazán mit kezdeni. Hedvig más fiúk ajkába harapott, ő pedig fűbe, fába, üvegbe, hosszúra sodort cigarettákra. A kollégium egyik szeglete sem áll senki tulajdonában a benne alvók közül. Az első, aki saját ágyat, saját kakaóval és párnával kínált neki, az Hedvig volt, vele pedig az ő teste és szobája járt. Így mégiscsak könnyebb a hideggel megküzdeni.

Aztán szilveszter.

Hedvig tízfős csapatot invitált Debrecenből a hegyekbe. Hédi egyik osztálytársa, Réka már eleve Egerben héderelt. Szegény lány a nevelőintézeten, a pszichiátrián, a nagyszülei házán túl éppen az anyjánál lakott, aki rendre kilakoltatta, az apukája pedig nem akart hozzászólni, mert attól tartott, hogy nem esik messze az alma a fájától, és anyjához hasonlóan csak a pénzéhség hajtja. Mint általában a többi furcsa szerzetet, Rékát is felkarolta Hédi családja. Kamilla meg is jegyezte, hogy nyugodtan tölthetné velük a karácsonyt, elvégre szinte már családtag. A születésnapja december 30-ra esett, és hát egyáltalán nem tűnt jó ötletnek odahaza tölteni. Inkább Hédi mellett húzta meg magát olyan ablakok mögött, amik a befagyott kerti csobogókra néztek.

Mikor harmincegyedikén anya és apa leléceltek, sorra szállingózott a banda. Zen, Dénes, Réka cimborái, Edina és védence, Martin, az az emlegetett fekete garbós lány, Noel meg Bíbor, egy csaj, akinek a fürtjei akkoriban érdekelték.

Sajnos a szőnyeg-piknik és a csokifondü sem volt elég, hogy elterelje a figyelmet az omladozó vakolatról. Látszott a romlás. Zente, amilyen hamar érkezett, olyan gyorsan veszett el arra az éjjelre is. Hedvig és Edina főpróbát tartottak a januári megnyitóhoz és bár a többiektől vastapsot kaptak, a meghajlás alatt Zen kámforrá változott. Egészen addig nem is került elő, míg éjfélkor a nappaliban Hedvig meg nem próbált az ölébe települni. Olyan görcsös vadsággal meredt a lányra, hogy az megijedt tőle. A többiek nem vették észre. Odakint örvendeztek a környék színes tüzeinek. Hajnalban Zen kifordult a füstölgő fürdőből. Bent égtek a gyertyák, és a törölközők is ontották a mesegyom gőzét. Hedvig elcsípte és elaltatta, mert az arcán megtelepedett a hályogos szürkeség. Nem ismert rá, magára sem ismert.

Később Hédi látta, ahogyan Zen kikanyarodik a fürdőszobából. Kapva kapott az alkalmon. Szerelmeskedett volna vele, de nem juthattak el odáig. A fiú lógó lábakkal süllyedt a felszínen hallgatag gondolattengerbe. Hédi feltápászkodott, és inkább a földszintre somfordált orrot lógatni.

Hedvig bánatát Alma, akinek a pizsamája legalább nem volt fekete és garbós, és az a Bíbor lány tompította. A napfelkeltéig hátralévő időre szárnyaik alá vették az egyre nyilvánvalóbban csapzott vendéglátót, átnézegették a régi naplóit, abban a kis füleket és rajzokat. Hédi úgy érezte, nincs, amit rejtegethetne. Martin is lecsüccsent a megbűvölt konyhaasztalhoz. Az égő gyertyákat a felkelő nap fénye támogatta.

Alma szót kért:

– Tudod, Hédi... nagyon jót tettél neki!

– Mármint kinek?

– Hát Zenteknek! Szerintem még fel sem fogtad egészen, hogy milyen fontos vagy neki. Rólad legalább szokott beszélni! Nem jellemző, hogy egyáltalán bármibe beavasson minket, de állandóan téged emleget. Most is... példának tart.

Ekkor Hedvig végleg elszontyolodott. Furdalta a lelkiismeret, hogy otthagyta Zent az ágy szélén szuszogva. Visszavágyott mellé. Felbattyogott a lépcsőn és hozzábújt, de a fiú nem ébredt fel.

Hamarosan keresték a ház további kósza lelkei, és addig vissza sem került a zöld szoba hatalmas diószín ágyába, fehér paplannal, amíg meg nem repesztette az eget az első napsugár tejszerűsége. Hét óra körül Zente magához tért és felkelt mellőle. Már csak a kis gézengúz Dénes volt ébren, de Zen úgy érezte, hogy pesztrálnia kell. A kisgyerek unalmában máris kirámolta a borospolcot, és az alvók köré rendezte a zöldes üvegeket. Szétcincált egy kotont, és elhajította a kádban szunyókáló Martin közelében, aki gyertyakoppantót szorongatva érte utol azt az álmot. Edina ágya felett gyertya égett, azt akarta őrizni a kis Rómeó. Eztán Dénes fogta a sok szaloncukrot, és a szétrúgott cipőkbe szórta. Ezt meg kellett fékezni egy ponton, mielőtt a lábasok a fákon kötnek ki, a cigaretták meg a pirítóban.

Hedvig ébren forgolódott amíg Zente a kisfiút felügyelte a földszinten. Mikor visszatért, törökülésben az ágy végére költözött. Úgy gubbasztott, mint egy madár.

– Mostantól mindig őszinte leszek! Magányra vágyom. És téged lent várnak a vendégeid. Engem nyugtalanít, hogy esetleg nem figyelünk eléggé oda rájuk.

– Kire gondolsz, Dénesre? Elég nagy már, oldja meg egyedül.

– Ez nem így megy...

– Te dőltél ki az éjszaka közepén, én pedig virrasztottam, várva, hogy felkelj, és együtt lehessünk!

– Ezt meg hogy értsem?

– Úgy, hogy megint fotoszintetizálósra szívtad magad a többiekkel, úgy!

– Nem tudom, miről beszélsz...

– Igazán? Akkor arra sem emlékszel, hogy egész éjszaka úgy néztél rám, mintha a nyakamat akarnád kitekerni?

– Ne hülyéskedj, hogy mondhatsz ilyesmiket?

– Zen, pontosan tudod, hogy mennyire nem vagy magadnál néha. Én viszont igen, szinte folyton átkapcsolsz, higgy már nekem!

– Valóban ez történt?

– Valóban ez.

– Akkor még inkább nem szabad hozzád érnem. Nem vagyok biztonságos a számodra.

– Jesszus, én nem ezt akartam ezzel mondani...

– Most már mindegy. Ezt érted el, de nem baj. Jó, hogy szóltál! Fontos, hogy őszinték legyünk.

– Zen, nem úgy értettem! – A fiú felállt és lelépett.

Hedvig feje és a gyomra hasogatott a hiánytól és a sok olvasztott csokoládétól, amit magába tömött. Sírni szeretett volna, de a zsibbadás és a többiek jelenléte nem engedte meg neki. Mikor mind visszaindultak a sárguló mezőkre, még pár órát rámolt, aztán félholtan rogyott össze, rettegve a magánytól. Újabban ez vette elő, ha egyedül maradt. Nem ismerte a halálfélelmet, míg valóban öngyilkos ösztönökkel éheztette magát, most viszont támadt a rettegés kisangyala, valahányszor eljött a csend és sípolt a fül.

Úgy érezte, hogy a gyerekek, akiket maga köré trombitál, nem őt szeretik. Nem az övé a köszönet, hanem a ceremóniáké, amikkel szórakoztatni tudja a publikumot. Abban nagy volt. Túl nagy. Ezt valószínűleg Kamillától örökölte. Ő szeretett showműsort csinálni a meghívottak szórakoztatására. Az más kérdés, hogy ezen felül vajon neki tulajdonképpen ki maradt, aki később felívta telefonon, ha lelkének nyomorát akarta orvosolni.

Még nem uralkodott el rajta ez a rettegés, mikor betoppant Dominika. Ő volt az őre, de még rá is ragadt ebből a mizériából. Míg Hedvig végre az igazak álmát aludta, őt is megcirógatta az elhagyatottság szele. Volt a házban valami, de meglehet, csak a parti utószele, ami sötéten tátongott a laptopján filmeket bámuló D. háta mögött. Ez őt is arra ösztökélte, hogy semmiképpen ne forduljon hátra. Mintha figyelték volna.

Hedvig fejében visszhangzott Zente szónoklata. Ha Dominika nem lett volna, már a belvárosig szaladt volna. Kiürült koponyát szeretett volna a nyakán érezni, ám az zsongott és tehetetlenül erőlködött továbbra is, hátha néhány könnycseppet ki tud préselni.

Hedvig mindezek ellenére elég erősnek érezte magát egy hétvégente ismétlődő házibulisorozat megrendezéséhez. A szilveszter jobb részleteit összeollózva nagy reményekkel vágott a szervezésbe. Összehívta a város apraja-nagyját, akiket arra még érdemesnek tartott. A színek hiányában kénytelen volt a többi figurával foglalkozni, akik bár eddig független kisbolygóként keringtek Debrecen utcáin, tulajdonképpen megfértek egy kalap alatt. Gyűjtést is rendezett, mondván, hogy a helyszínt, a sütést és a kávéfőzést ő állja, de fejenként egy ezressel tessenek beszállni a kosztolásba. A harmadik buli környékén azonban beállt a teljes összeomlás.

Martin lelécelt a buliból, mondván, neki itt nincs elég narkó, hát keres valamit valahol, amit magába szívhat, aztán elment driftelni a jéggel dacolva. Hedvig aggódott. A mámor egyik kellemetlenebb pontján túl a házigazda kidőlt. Anyáék ágyában szusszant egyet, ahol Zen már lustálkodott egy ideje. Ezalatt Martin harmadmagával beállított újra.

– Rá kellett döbbennünk, hogy itt mégis jobb, Hedvig! Hoztam ajándékot, tessék! Ez egy napszemüveg, neked loptam. Hozzád jobban illik! – nyomott egy szív alakú kütyüt Hédi megszeppent kezébe.

– Kényelmes az ágyad! – nyögte Edina másik oldaláról Geréb, Gerzson egy távoli lélekrokona, aki bár sem a drámára, sem a jogra, sem a Hollókertbe nem járt hivatalosan, mindenütt ott volt, ahol a mágia és az alvilág tengette napjait.

Mikor ez a harmadik hepaj is véget ért és Zen is eloldalgott, a visszhangja is elült a lépcsőházban, a régóta repedező üveg, amit a fáradás és a félelem már ütögetett egy kalapáccsal, nem állta tovább a kalapács-csapásokat. Detonált a kvarc, ömlött a víz, és jajveszékelt az aranyhal. Összegubózva kuporodott a híres-neves kanapéra. Le is fotózta azt az állapotot. Vörös volt a fal, kék az arc, ő maga lila, a szemei rózsaszínben úsztak, alatta zöld karikák. Csak a pulóver bordázata maradt fehér.

A sikítófrászt és a pánikot emlegettem már, akkor be kell ismernem, mindeddig fölöslegesen.

Most érkezett csak el a valódi rianás Hedvig maradék józanságában.

Az elméje fellázadt ellene. Ezúttal sem talált senkit a nála henyélők közt, aki hozzá, aki miatta érkezett volna. „Kényelmes az ágyad!" A kávéjáért jöttek, meg a fürdőért, amiben legális volt füvezni. Hedvig nézte a hosszú papírtekercset, amit hajnalban a dülöngélő ifjúság alakjaival firkált össze. Sehol egy arc, sehol egy igen! A jelenetek egymásutánisága értelmetlen mondatokat ácsolt össze a fejében. Sehová sem illett oda. Egy kicsiny világ Istene lett, amely többé nem igényelt teremtőt. Önműködő lett.

Ekkor csalogató nesz ütötte meg a füleit. A konyha fiókjaiból jött. A mosdó komódjából jött. Apa íróasztaláról és az ő tolltartójából érkezett... minden penge és kés suttogni kezdett. És Hedvig félt, hogy meg fog halni. Hogy önkeze által hal meg, ha nem töri meg valaki a csendet. Tudta, hogy anya és apa még sokáig vendégeskednek valamelyik kevésbé sznob profeszszor még kevésbé sznob feleségénél a szomszéd alvóvárosban.

Őt pedig hívták, csalogatták a szirének. Gyere, ugorj, kicsi Hedvig! Elkapunk.

Könnyebb lesz.

Kétségbeesve kapott a meghasadt akvárium szilánkjai után. Jaj, nem jó, ez is karcol, vág. Egy aranyhal is úszott benne, most félholtan vergődött. „Vigyázok, halacska, nem fulladsz meg! Nem hagyom!"

A rebegő hangok fémesen vájtak dobhártyájába. A nyakán és a vállain libabőr meredezett. A szobájából nyílt az erkély. Az erkély elé tolva egy asztal. Nincs kiút. Az asztalhoz tapadt, két marokkal kapaszkodva annak lapjába. A táskáját, benne a tolltartóval, a bejárati folyosóra hajította. Így esett legtávolabb a tárgyaktól. Csak az ablak tükre fenyegetett. Sötét állat kúszott-mászott benne, majd felfalta belülről. Meg akarta ölni, azt akarta, hogy ott, azon az álomtalan vasárnap estén elvérezzen. A saját elméjének egy darabja gyilkolta volna meg. A végső adrenalin a pszichonénit tárcsázta.

– Segítség, Ibolya néni! Segítség! Meg fogok halni, meg fogok halni, megölnek a tárgyak, suttognak. A fülembe suttognak és könyörögnek. Ki akarnak nyírni, jaj kinyírnak! Bocsánat, hogy ilyenkor zavarom, de muszáj volt, muszáj, nem bírom ki egyedül! Csak beszéljen hozzám, csak ne hagyjon egyedül!

– Semmi baj, Hédi, semmi baj, jól tetted! Még nem aludtam, nyugodj meg, nem lesz semmi baj! Hol vagy most?

– De baj lesz, jaj, baj lesz, meghalok, meg fogok halni!

– Csitt, csitt, csitt, hallod a hangom? Itt vagyok, hallak, nyugalom, nyugalom. Hol vagy most?

– Otthon vagyok.

– És a szüleid hol vannak?

– Még nincsenek itthon. Vendégségbe mentek.

– Hová?

– A Bocskaikertbe.

– Hívtad már őket?

– Nem, nem, nem akartam őket halálra rémíteni.

– Jó, akkor figyelj rám...

– Jaj, Ibolya néni, nem bírom!

– De, bírni fogod, Hédi, figyelj csak ide, nem lesz semmi gond. Hívd fel a szüleidet, jó? Kérd meg apát, hogy jöjjön haza érted. A Bocskaikert nincsen messze. Te hol vagy, az Egyetemkertben?

– Igen, igen.

– Jó, akkor húsz perc múlva, ha most indulnak, ott vannak. Addig pedig maradok, és végig beszélgetek veled!

– Jó, jó...

Hedvig szót fogadott. Máris csörgette apát. Legalábbis megpróbálta, de nem hitt neki.

– Ne hisztizz! Még nem megyünk! Legalább egy óra. Vendégségben vagyunk. Uralkodj magadon! Nincsen semmi bajod, hagyd abba a sírást, attól nem lesz jobb, csak hergeled magad! Arról nem beszélve, hogy anyádat is.

Apa lerakta, Hedvig felsírt és megint a pszichológust hívta, lehetőleg még kétségbeesettebben.

– Próbáld újra!

– Nem fog menni!

– Dehogynem.

Még egyszer. Ezúttal anya vette fel, de apa kikapta a kezéből a telefont.

– Megmondtam, hogy hagyd ezt a cirkuszt, megijeszted anyádat! Tudod milyen, miért van erre szükséged? Megyünk nemsokára.

– Apa, de nem érted?! Rosszul vagyok! Meg fogok halni, gyertek haza, könyörgöm!

– Nem fogsz, és nem hallgatom tovább ezt a hülyeséget.

Apa lerakta a kagylót. Megint Ibolya kellett a vonalba. Félóra múlva mégis itthon teremtek. Százötven perc. Annál is több volt, mire Hedvig kikászálódott a rémületből.

Itt nem ért véget. Bár már tényleg csak kolonc volt a nyakán, Zentére most nagyobb szüksége támadt, mint eddig bármikor. Hédi háta mögött anyáék megkérték, hogy ne tágítson mellőle. Hedviggel mostantól nem lehetett egy estét a városban tölteni. Az arcok és a hangok megsokszorozódtak és cincálni kezdték, ha kilépett a biztonságos menedékből. A vonatozás sem ment, pedig az igazgató tanácsára a lányka benevezett egy tehetség-kutatóra Szolnokon, ahová mostantól egyre rendszeresebben utazni kellett.

Hedvig sokadmagával szavalt – videó, színpad, országhír, de nem bírta a zakatolást étlen és egyedül, hiába távozott végül a főnyereménnyel a tarisznyájában.

Csoportos buszjegyet nyomtak a kezébe a reflektorok alatt.

A káosz megviselte egymás iránti szeretetüket. Már nem lehetett tisztán elválasztani kettejük elméjének keveredő pászmáit. Hedvig aranyhala tóba ugrott, miután az akvárium megsemmisült, de fenyegetően tátongott a torkolat. Mérgezett volt a víz, és a halacska is alig élt. Félig szándékosan Hédi ugrott, és Zent is maga után rántotta.

Maga volt a Holló. Mostanra igazán az. El is szavalta az addigra már a karjára is tetovált verset ezeken a szolnoki deszkákon. Hozzájárult a győzelemhez. Akit egykor Leander olyan könnyen kibillentett a biztonságból, most megnőtt, és dühösen taposott a képzelt mélységbe, ami a tó fenekén tátongott. Álmokat látott, amiket nem mert még álmodni senki sem, és ezt a lidércnyomást uszályként húzta maga után. A félelmetes az, hogy voltaképpen mindezt büszkeségtől dagadva tette. Végre tényleg megbolondult.

A holló azonban magányos az ágon. Párja is ritkán akadt, csak a karó.

Zente feladta. Valakinek őt is támogatnia kellett volna, de erre Hedvig nem volt alkalmas. Nem bírta. A furcsa téli-nyirkos sértődések a sebesvonatokon meg a buszokon lassan elmosták a rózsás ködfátylat arcuk elől és besokalltak újra. Zen megint elcsöndesült. Előfordult, hogy egész éjjel nem szólalt meg, ami Hedvigben ordításként vert visszhangot.

Ezzel megrémítette. Egy éjjelen Zen csak lógatta a fejét, amíg a vécékagyló alulról támasztotta Hedvig fürdése közben. Aztán akár a vitruviusi ember, elterült Hedvig ágyán. A közös ágyukon. Hedvig kikászálódott a kádból. Zen már békésen aludt, akár egy gyerek. Nyúzott volt, mintha most született volna. Kezén az örökgyűrű. A kis pepita tetraédert Hédi varrta oda egy estén, amikor Linda és Teó is egy-egy mintáért jöttek. Már biztosan megbánta. Az a kicsiny felület, ami kettejüket szimbolizálta, megfakult. Ahogy az alvó fiút nézte, Hedvig vizes bőrére tapadt a selyemköntös. Zenét kapcsolt és tudta, hogy vége van.

A legjobban a testiség hiánya zavarta. Ez is szomorú. Nem a játszótárs kellett már, és nem a másik filozófus agyfélteke, hanem olyasvalaki, aki Hedvig új, megnövekedett, kikerekedett idomait is kényeztetni tudja. Pontosabban nem csak tudja, hanem akarja. Üres kráterként tengett a csípő, amiben egyre csak hűlt a láva. Zenben a test nem keltett semmiféle izgalmat vagy vágyat. Nem serkent benne tűz a lány iránt már hónapok óta, ami a megváltozott körvonalú Hedviget halálra rémítette. Mi van, ha az a baj, hogy már nem elég finom, hogy nem elég vézna, hogy nem elég kecses? Talán már túlontúl női, és ez Zent nem izgatja?

Utólag Zen azt mondta: kár volt feladni. Kár volt feladni egyetlen (a második) rossz hullámban kettejüket, de mégsem tett úgy, mint aki kész a küzdelemre. Ha nemet mondtak neki, távozott, ha igent, akkor sem ragaszkodott, de a maradást még éppen meg tudta volna engedni magának ebben a rideg formában.

Hedvig számára Zen volt a drog. Az elvonás kezdetén még elhangzott pár szóváltás telefonon. Zen akkor is néma volt. Húsz percig csak szuszogás hallatszott, és Hedvigben az üres düh kimondatta a végszavakat újra.

–Nem bírtam tovább, Zen.

– Nem bírtad? Gyenge vagy. Nekem bezzeg bírni kellett téged!

– Hogy lehetsz ennyire kicsinyes? Ez övön aluli volt. Tudod, hogy sajnálom. Nem kényszerítettelek, szerettél!

– Ezzel csak rontod a pozíciódat...

És csönd. Ennyit erről. A csönd végére Zente elfelejtette, hogy miről beszélgettek.

Igaza volt. Hedvig nem váltotta be az ígéreteit, és nem nyújtott kapaszkodót, mikor Zente alatt gördült a szikla. Megfeledkezett a tanév elején tett fogadalmáról, miszerint nem terhelheti tovább a fiút – sőt lehetőleg senkit sem – önmagával. Innentől kénytelen volt tűrni, ahogy zuhan a saját középpontja felé.

– Annyira sajnálom, Zen. Annyira, annyira végtelenül sajnálom! Úgy látszik, az a fal újra és újra közénk áll, erősödik, és fogalmam sincs, mivel tudnám betörni. Nem is tudom, hogy akarom-e?

– Én nem akarom – és ezzel úgy döntött, hagyja magukat megszűnni.

Közben pedig az első igaz nyár, nyári gaz szárba szökkent.

12

Lilith

Akármilyen különös, Hedvig mindezt szent meggyőződéssel hajtotta végre. Vaskos szövetté alakult rajta ekkorra valami spirituális maszlag, ami megvédte a következmények belátásától. Minden csalárdságban, erkölcstelenségben talált valami dimenziókat öszszekötő kényszert, egy felsőbb indokot. Ölébe dőltek a hollókert romlatlan zöld lovasai, de ugyanolyan kacér bájjal cirógatta Balázst, vagy az előkészítő hajdani, kicsit sem ártatlan katonáit. Vadászott, és vadászatában csak ő szabott határt. Úgy határozott, hogy felkeresi Leandert, hogy számonkérje. Először a drámaszak vizsganapjain látta. Meghívót kapott egy „rajongójától". Még mindig legendának számított a kisebbek számára. A régi falak a régi neveket hajtogatták. Gyűlöletet sugározva sétált a pódiumfolyosón. Megpróbálta tartani a három lépés távolságot Leandertől, de nem járt sok sikerrel. Leander lakásán kötött ki negyedmagával, és egy elborult szertartás végén egyszál bugyiban álldogált a rugós matracon ácsorogva. Kezein mellek, mellein kezek. Egy megőszült fickó irányította Lean gondolatait, és kétes színjátékokra kérte. Az egyik ilyen alkalom volt ez az este is.

– Mutasd meg, mekkora is vagy, te színésznő!

– Ó, mester, hidd el, ő a legnagyobb! – közölte Leander, ezzel a „mestert" és Hédit is arra buzdítva, hogy vágjanak bele valami kicsit sem normálisba.

A mester a Fekete misét olvasta, aztán őrült jelenetet rendezett. Ennek a következménye lett a meztelenség, amibe Hédi hagyta magát belehajszolni. Utána hányingerrel indult haza.

Tudta, hogy nagy hülyeséget csinált. Zavartan szaporázva lépteit elé ugrott egy hajléktalan. A csöves kezébe nyomta egész napi gyűjteményét. Bort kunyerált. A lány igent mondott. Sorban álláskor már oly távol jártak gondolatai a valóságtól, hogy a saját elemózsiáját is a kéregető vagyonából finanszírozta. Otthon már ép, emberi arcot kellett vágni. Mégsem Pygmalion teremtménye volt, ahogyan azon az ágyon, csak egy kis taperolt szuka.

Aztán újra látta Leandert. A gála fő műsora idén már az ő régi osztályára volt kihegyezve. Ők voltak a végzősök, a fő attrakció. Sárga ruhát húzott, és bemerészkedett a színfalak mögé. Már dübögött a színpad. Lean a mikroportját igazgatta egy tükörbe bambulva. Hedvig nekirohant, kishíján fellökte.

– Hé, hé! Te jó ég! Tudtam, hogy itt leszel! Bassza meg, Hédi, tudtam! Éreztem!

Hedvig röhögött, aztán feltápászkodott. Maga is összecsuklott a lendülettől.

– Itt a helyem, nemde?

– És színesben vagy!

– Így van, csupa sárga!

– Így is rikítasz – húzta el a száját jobb füle felé Lean.

Úgy rohantak, homlok és hanyatt, mintha tizennégyévesek lennének. Körös-körül, a hátsó lépcsőkön, fel egészen a zsinórpadlásig, míg rájuk nem szóltak. Kapj el, ha tudsz, érj utol, ha gyors vagy! A lépcső-csigákon le ne ess! Kipirultak és lihegtek, mintha ez a pír elfedhetné az egészet. Mintha soha semmi tragikus nem történt volna. A kisebbek rajtakapták őket, és a fináléra betoloncolták Hédit meg Leandert is a színpad körforgásába. Játékkardokat nyomtak a kezükbe. „Na, most játsszatok!" Meghajláskor a sárga ruha virított a sok vörös és fekete brokát között.

– Nem volt jó! Nem voltál színben! – lökte később oda az öltözők előtt egy hajdani tanárnő.

– Látja, hogy nem a fekete volt itt a lényeg! – vágott vissza Hédi, nem feledtetve a család üldöztetése óta dédelgetett sérelmeket.

A viháncolás aztán a villamos felé rohant a két gyerekkel, akik azért nőttek fel olyan hamar, mert egymást túl jól megismerték. Azt hitték, hogy vége. Hogy ez jó volt. Hogy aufgangnak beillett. Aztán mégsem.

Lett harmadik viszontlátás is. Fordult az évkerék és eljátszották ott, az Egyetemkertben, a fák alatt, mintha ötödjére is ugyanolyan forró lenne az a tizenkilencedike, mint amikor legelőször álltak itt. Most még csak mentolos sem lett. Bűzlött, de Hédi még nem vette észre.

– Azért csak tudd, hogy az nagyon fájt – mukkant meg Lean.

– Mégis micsoda?

– Hogy tavaly eldobtál. Tudom, hogy Zente jött helyettem.

– Sajnálom, de csak a fájdalmadat. Az a fiú életem legszebb időszakát adta nekem.

–Tudom, hogy a végzetünket basztam el. Közös lett volna. Régi fáma.

– Egy darabig talán lehetett volna, de már nincs az a közös jövőnk, ez az egész is most éppen csak a búcsúnkról szól. Arról, hogy mielőtt új életbe vágunk ezen a trágyadombon túl, letisztázzuk magunkban egymást. Hogy könnyebben lépjünk tovább.

– Azért nem vagy te semmi, Valentin Hedvig! Bármikor csőbe húznál...

Hedvig felnevetett.

– Na, nem tagadom!

– Figyelj, szóval gondolkodtam, és arra jutottam, hogy az az érzésem van, hogy megöltük. Azaz, inkább, hogy te megölted.

– Micsodát?

– Azzal a tablettával. A közös gyerekünket.

Hedvig tekintetében kialudt valami. Újra az undort érezte, amit a Fekete mise után. A durva az egészben az, hogy ráadásul egy pillanatra még el is hitte.

A negyedik alkalom az érettségi bankett éjszakájára esett. Múzeumok éjszakája volt egyben, azaz Szentiván-éj. Ugyanabból a célból mind a ketten a Déri téren kötöttek ki és sorban álltak, hogy ingyen betülekedjenek a város leghíresebb festményeit megtekinteni.

Leander Hedvig nyakába ugrott. A köztük megköttetett kapocs távoli megfigyelésre késztette őket az utóbbi három évben, pedig két félként együtt tökéletes barátságot is alkothattak volna. Talán. Az egésznek az elején. Valamikor.

Az éjszaka szekerének előrehaladása más cimborákat is kicsalogatott a térre. Egy olyan lány is itt lézengett, aki régóta egy hullámhosszon volt már Hédivel, de egymással igazán még csak egy zajos házibuliban találkoztak. Tünde már végzős volt a drámán, mikor Hédi és Leander kezdte. Azóta váratott magára, hogy szóba elegyedjenek. Talán ez a pár mondat, amit ebben az árnyékos shakespeare-i álomban váltottak, alapozta meg azt a néhány hónapot, amikor aztán lakótársak lettek Budapesten. Nem hitték volna ekkor még, hogy őket később csak egy ajtó lesz, ami elválasztja.

Hedvig aztán Ádám mellé huppant, aki levált Zen jobb oldaláról.

– Szia, Ádi, mondd, hogy vagy?

– Elég magányosan.

Ha nem lett volna elég, hogy Zen újabban hanyagolta, ehhez a magányhoz hozzájárult egy túlvilági lány is. Hédi egész közelről ismerte Gyöngyvért. Varrt az oldalára és egy alkalommal kísérteties beszélgetésbe bonyolódtak. Az a lány is látta. Látta őket, látta az eltesttelenedetteket, akik elbújnak a sarkok között, akár a percek.

– Gyöngyi a baj?

– Azt hittem, hogy végre maradhatok egy kicsit többet valakivel. Igyekeztünk, de elszúrtam. Jobb lesz egyedül. Nekem az való. Legalábbis ide lyukadtunk ki.

– Zennel ugyanez...

– Ja, hát igen. Ja! Azt nem is tudom, hogy hogy' történt?! Olyan varázslatosnak látszott.

– Látszott. És szeretünk hinni annak, ami látszik. Eljött az az idő, amikor jobban ismertem önmagamnál is. Érted te ezt, Ádám? Vigyázott rám, amikor én már nyomokban sem tartalmaztam azt a valakit, aki meghódította. Olyan borzasztó, hogy az örökkéknek vége van, hogy ez a mi mesebeli egészünk is el tudott törni. Túl vékony volt a kristálypohár. A marok pedig erős, ami fogta.

– Ez nagyon szép volt, Hédi. Tényleg meghatottál! Bárcsak nekem is lenne egy ilyenem, mint te.

– Találsz majd! Mindenkinek jár – közben Ádám térdére tette a kezét– Még én is keresem a saját Hédimet!

Ádám felnevetett. Ezután Hedvig Leanderre mutatott.

– Látod őt ott? Rendeznem kell a sorokat, hogy emlékezzek, milyen volt az ő Hédijének lenni.

– Meg tudom érteni.

A srác reszketett. Megölelte, nyomott egy puszit szakállas, szemüveges arcára, aztán a rükvercben iramodó Lean oldalára pattant.

– Gyere, induljunk! Mindjárt fölkel a Nap. Záróra.

A Nappal együtt emelkedtek egyre magasabbra, fel a világ tetejére, Leander lakásába. Most nem volt olyan állott és gonosz bent a levegő, mint azon a legutóbbi szeánszon. A Nap első fehér fátylai áttörtek a nyitott ablakon és az ágyra hevertek. Ők meg bele. A fény volt a paplan, a lepedő, a párna és a huzat a paplanon. Nem is aludtak, csak lélegeztek és szavakkal gurigáztak.

Négy nap telt el. Hedvig azt remélte, megvolt a búcsú. A fehérség nem-meztelen hempergése és tapogatózása már elégtétel lehetett volna, de valami nem így akarta.

Hédi úgy számolt, hogy nem jön többet a városba. Azt szerette volna, hogyha végre felszívódhat, és búcsút inthet – legalább pár hónapokig – a gimnazista élet hülyeségeinek. Az nem volt valószínű, hogy később már sosem látogat erre, de a Leanderrel kötött egyezség lényege az lett volna, hogy most párszor találkoznak, aztán mindenki megy, amerre lát. A várhatóan elérkező egyetemi éveknek egyáltalán nem lett volna szabad egy irányba kanyarítani az útjaikat.

Azonban ezt elszámolta. Hédi megint Debrecenben volt, még mindig Debrecenben volt. A felvételiig még volt pár nap hátra. Igazán maradhatott volna egyedül, de meggondolatlanul felemelte a mobilt. Leander szintén meggondolatlanul felkapta.

Ha a farkas a házban van, ott bizony meg fogják kóstolni Piroskát.

Az érkezett el, aminek soha nem kellett volna bekövetkeznie.

Sem most, sem öt évvel korábban. Semmi erőszak. Igazából nem is lett volna kifejezetten rossz élmény, ha nincs az a múltidő mögöttük meg az ágy alatt. Így azonban hiba volt. Illetlen és mocskos. Zente óta Hedvig fetrengett ebben a mocsokban. Érezte magán a mások leheleteit, az összes érintést, amit pár hónap alatt összegyűjtött. Nem volt olyan habfürdő, ami ezt lemosta volna. Mondhatta volna, hogy Leanderé nem oszt, nem szoroz, de szorzott. Próbálta, próbálta a spirituális kotyvalékkal csitítani lelkiismeretét, de az továbbra is sivalkodott.

Bűzlött valami előtte és utána, mint egy gödör a középkori piacok mellett. Patkánynevelde. Fertő. Feketeözvegy-öltánc. Nem akart semmit tőle. Nem akart újra meg újra hozzáérni. A gyomra forgott, és nem tudta józanul cselekszik, vagy mégsem. Sötét teremtményeket kívánt, akik a maguk kegyvesztettségében őt tartják a fényesnek. Lilith hamarabb kiűzetett a paradicsomból, mert túl hamar felébredt. Ellenállt teremtőjének, és bosszúból torz lények szeretője lett. Mindenféle alaktalan, névtelen lényeké. Ilyeneknek tanyája volt Leander lelke is, és Héditől tisztítókúrát kívánt.

Épp időben távozott. Még volt idő a szoknya és az ágy ráncba szedésére. Anya nem sejtett semmit.

Hedvig tudta, hogy ha a szüleinek feltűnik, hogy Leander megint belevilágított a lányuk szemébe, annak sarkalatos és visszavonhatatlan vége lesz. Maradt tehát a saját enyves, kacér fogásainál. A titkokat megőrizni nem hazugság. Hazudni bűn, titkot tartani kéj.

Végre felvételi jött. Végig telefonnal, végig Leander hangjával a telefonban. Az elmúlt tanév hétvégéin, amikor Hedvig Budapestre utazott rajzot tanulni, megismerkedett Teklával. Ő is debreceni volt, a vicc kedvéért Leander nagy pártfogója. Tudott a köztük feléledt lagymatag kötelékről, és spirituális elragadtatottságból drukkolt az egésznek.

Aztán jöttek, megint csak jöttek a lidércek. Anya szagot fogott. Pontosabban meghallott egy beszélgetést a közép és harmadrosta között, amikor Hedvig Egerben tartózkodott, várva az eredményt. Ha igent mondanak, akkor jöhetett a harmadik forduló, de senki nem lehetett biztos a győzelemben. Ebben a várakozásban a fürdőszobaajtón átszűrődött néhány hang és ez bőven elég volt ahhoz, hogy felbőszítse Kamillát. Nem csak rá hatott.

– Tudom, hogy vele beszéltél – kezdte anya.

– Ugyan kivel?

– Vele.

Hedvig megint kijózanodott. És felhívta Leandert, de közben le is írta, hogy nyoma legyen, hogy elutasítsa, hogy lerázza, hogy nagy, szőrös pontot tegyen a mondatok végére. Csak egy örökké volt az övék a sok végtelen közül. Rengeteg örökké megfér egy és kettő között, más kérdés, választunk-e még egy számot, hogy kinyújtsuk azt a fikarcnyi végtelent még egy idejére. Süket dumák, satöbbi, satöbbi. Nem volt mit tenni. Ez már egy viszont-nem-látásra. Hedvig nem kívánt hármat a kettő után. A pillanat töredékéig úgy tűnt, Lean is megértette. Jobban tette, ugyanis a felvételi harmadik fordulójának végén, amikor Hédi már a szülők kocsijából ülve integetett jövendőbeli osztálytársnőinek, apa is rázendített. Újat fabrikált egy meglévő népdalból, ami most úgy hangzott, mintha Leandert akasztották volna fel benne.

Aztán valami váratlan úszott a képbe.

Az éves egri borfesztiválon egy régi, már-már elfeledett ismerős arca. Péntek volt.

– Várj, nem te vagy...? – guggolt mellé Hedvig.

– Hanga volt faszija? De. Te pedig Hedvig vagy, Hanga ex táncostársa. Csüccsenj le. Bemutatom a barátaimat! Srácok, ez Hedvig. Szerintem öt éve láthattam utoljára...

Barnának hívták. Ő volt a nyárból hátralévő másfél hónap koronája. Így igaz, Hedvig együtt járt táncórákra általános iskolás korában azzal a Hangával, aki vagy négy évig díszelgett Barnabás oldalán. Már vége volt, elviekben. A valóság azonban nem egészen így nézett ki. Bár belevágtak egy egyéjszakásnak ígérkező kalandba, mint ahogy a mellékelt ábra mutatja, amíg Hédi Budapestre nem költözött, egymás mellett ragadtak. Bizarr adalék a történetben, hogy sem Hanga, sem pedig Niki, Barnabás másik „anno”-ja nem volt hajlandó felszívódni, és folytonos jelenlétben kísértett Barna és Hédi párosa mellett. A poén pedig, hogy Hedvig volt a gyertyatartó.

Különben nem volt semmi ez a fiú. Kert, benne kézzel épített skandináv faház, szőrmék, pavilon, dézsa, kicsi kutya, motor, autó, hangfalak... Szagok és hangok elegye, amik nem elég édesek, és amik nagy összességükben nem csalogatóak. Hedvigre már várt az a nyereménytúra, amit ajándékba kapott Szolnokon a virágcsokrok és az elismerés mellé. Elutazott. Egy hét Barnával, és egy másik Franciaországban. Egyenesen Párizsba gurult a járművel, huszonnyolcad-magával. Felkészült az egyhetes távollétre. Minden szokásostól messze, Leandert hátrahagyva, az új idők kapujára nagy remények fejét tűzve.

Mikor a busz beparkolt a francia szálloda kocsiszínébe és megtelt a regisztrációs pult, bejelentkezett Leander.

Hedvig összecsuklott. Senki nem vette észre a csoportból, de térdre roskadt a hallban. Mindenki más masírozott a lifthez, ő pedig a bejáratot fürkészte. Párizs máris elárulta őt. Felfedte búvóhelyét, és Leandert egyenesen hozzá vezette. Nem volt menekvés, most már gyónni kellett.

Az ajtóban támaszkodott diadalittas, kaján fejjel, büdösen, ragadva az egész napos izzadtságtól. Épp csak leszállhatott a repülő. Hedvig összeszedte magát és elé tipegett az ajtó szorításába. Megölelte zavarodottan. Mikor engedett a hurok, hátrébb lépett.

– Leander?

– Szia, Hedvig! Olyan, jó, hogy...

– Mondd, te mit keresel itt, áruld már el nekem?!

Leander értetlen fejrántással kihátrált a fotocellák ütközőjéből.

– Mi van? Te most hülyéskedsz velem?

– Leander, menj haza! Nem adhatom meg neked, amire vágysz! Pontosan tudod! Megbeszéltük, hogy nincs közünk egymáshoz többet!

– Azért jöttem, hogy veled legyek, még négy éjszaka erejéig, mikor sem az anyád, sem az apád nem látja végre. Hoztam volna gyűrűt is, csak hát minden pénzem elment a jegyre... Meg hát, nem is akartalak testileg így magamhoz kötni.

Hedvig gyomrában emelkedett a gomoly. Az ezotéria útvesztőivel könnyű volt csapdába csalni, ekkoriban hajlama volt rá.

– Ez nem lehetséges, Leander! Egyáltalán honnan tudtad, hogy éppen itt leszek?

– Miért nem? Nem látja senki. Tudom, hogy nem is vagy köteles részt venni ezeken a programokon.

– Te kutattál utánam?

– Nem lényeges, csak tudom, hogy milyen egy ilyen buszos út. Tudod, az anyám idegenvezetői irodában dolgozik. Bárhová követnélek!

– Aha. Hogyne. Márpedig de, vedd, kérlek, tudomásul, hogy nem, nem leszek veled. Befizettem ezekre a napokra, és szeretném is élvezni őket. Még csak azt sem akarom, hogy csatlakozz! Egyedül akartam lenni végre.

– De hát itt az egész csoport...

– Tök mindegy, egyrészt idegenek, másrészt nem az a fontos, hanem az, hogy TE végre már ne legyél a napjaim része!

– Nem tudlak felfogni, Hedvig!

– Mégis mit nem értesz? Torkig vagyok veled. – A recepciósok gyanakodva néztek. – Gyere, ne itt az ajtóban, sétáljunk! – Közben páran kiléptek a csoport ismerős arcai közül az ajtón, és bagózni kezdtek. Hedvig szerencsére – teljesen véletlenül – az egyik egy olyan nő volt, aki hatéves korában megállapította, hogy a rajz olyasvalami lesz, amivel hivatásosan foglalkoznia kell. A jelenléte biztonságot sugárzott, de tisztes távolból. Most túl tisztesnek tűnt ez a távol.

– Figyelj, én nem értem – vágott bele türelmetlenül Lean.

– Ne itt már... – Hédi karon ragadta, és cibálni kezdte a még mindig hőséget árasztó külvárosi utcán.

– De máris, és de, itt!

– Megbeszéltük, hogy elengedjük egymást... tudod, külön utakra! Hol jártál ez idő alatt? Csak mert...

– Lehet, tudom, ott voltam, beleegyeztem, leírtam, de most itt vagyok, körülnézek, és érzem, hogy otthonra találtam. Ez az előző életünk díszlete, Hedvig! Minden utca és ház ismerősen mosolyog rám. Mi itt is találkoztunk, csak egy korábbi életben.

Szerintem koldus lehettem, és te mentettél ki! Mostanában látomásaim vannak, idegen, más dimenziókban élő lényekkel, és ők is megmutatták ezt a múltat! Mégis hogyan másként találtalak volna meg?

– Ez kész őrület. Leander, ezt te sem hiheted komolyan, mit vársz tőlem? Bitófán fogsz lógni, ha a szüleim meglátnak téged. Apám egy dalt is kitalált, hogy ezt alátámassza.

– Szembe merek velük nézni. Mondtam már neked, hogy készen állok rá! Készen állok rá, hogy eléjük kerüljek és a bocsánatukat kérjem, hiszen nekünk együtt kell...

– Nem, nem ez hazugság! Te nem vagy magadnál! Végleg elszívtad azt a maradék eszedet? Fejezed már be, nem világos, hogy elváltunk?

– Mi hazugság, Hedvig? Maximum az, ahogyan ezt magadnak sorolgatod, mondj más indokot, mert sem a legutóbbi hetek beszélgetései, sem a szüleid nem tarthatnak távol!

– Jól van, bassza meg, akkor kimondom. Meg akartalak kímélni, de rákényszerítesz!

– Mire?

– Én összejöttem valakivel, Leander!

Itt végre lelassított a spirituális zöldséghányás közepén, és befogta.

– Összejöttem egy sráccal – nyelt egyet Hedvig, most már végre nem kétszázzal rohanva. Egyhelyben álltak. Szemben az indiai százforintos boltból kétes alakok léptek ki.

– Mi? Alig egy hónap alatt?

– Igen, Egerben. Mi ezen olyan meglepő?

– Na, szép!

– Leander, nem tartozom neked semmivel. Nem voltam a barátnőd pár héttel ezelőtt sem, és most sem vagyok. Már kibaszott régóta nem vagyok. Ez különben is egy futó kaland volt, és annak is elég helytelen.

– Akkor miről beszéltél? Akkor te tényleg hazudtál!

– Nem hazudtam, Leander, mindent akkor és ott igaznak találtam, valahogy a helyére tologattam magamban, ahogyan most ezt is igazinak és fontosnak találom. És nem, nem hagyom neked, hogy rumlit csinálj. Nem engedhetem meg. Szükségem lett erre az emberre. Ő a földön jár. Programoz, sátorozni megy, kirándulni, biciklizni, vannak gyerekkori barátai, akikkel leül egy társasra, krumplistésztát eszünk, meg kiflit joghurttal. Ha veled maradnék, nem is álmodhatnék arról, hogy stabil életem legyen. Emberi. Olyan, ami éppen a végességétől gyönyörű, érted?

Itt megálltak, mert Hedvigben lezuhant a vércukor. Leander pénzével betámolygott a riasztó kisboltba.

– Vegyél egy cigit is! – szólt Lean utána.

Leander rázkódott a hidegtől, a dühtől és a hitetlenségtől. A félholtra vált fiú hagyta, hogy Hedvig egy kihalt piactérre vonszolja, ahol felpattantak egy bungaló tetejére. Míg nem figyeltek, valaki máris ellopta azt a doboz cigit.

– Leander, hallasz engem?

Összegubancolt lábakkal ültek. Hedvignek úgy kellett beszélni vele, mint egy gyerekkel.

– Hallak.

– Én egyszer sem hazudtam neked.

– De akkor miért?

– Azt hittem megértettél... azért, mert vége van. Szabad vagy. Nincsenek láncaid ezentúl. Sem nekem nincs, sem neked nincs.

– Én értelek, Hedvig, de akkor most miért beszélsz úgy, mint aki soha nem szeretett igazán? Ilyen ridegen.

– Megint hülyeségeket beszélsz. Dehogynem, Leander, az egész pár hetes kis kalandozásunk azért volt, mert nagyon is szerettelek, az egész kibaszott világnál jobban, de annak már három éve minimum... és most úgy döntöttem, jól akarok rád emlékezni. Jól is. Azért csináltuk, hogy helyrehozzuk azt a nagy kupac szart, amire emlékszünk egymásból.

– És Zente?

– Mi van vele?

– Őt hogyan szerethetted? Nekem kellett volna lenni az egyetlennek, ahogyan nekem voltál az te!

– Hiszen neked is voltak csajaid?!

– Csak pótléknak; helyetted.

– Nekem nem, engem Zente mentett meg abból, amibe te löktél! Majd' megszakadt benne szegény. Ezt tudnod kellene, elmondtam! Lehet, ha nagyon akarom, el tudom képzelni, hogy te lehettél volna az igazi párom ezen a bolygón, de már rég másként van. Évek távlatában beszélünk.

– Nem várhatok egy következő életig, hiszen mindenütt téged kereslek! Lehetnénk együtt most is?!

– Azért keresel engem, mert furdal a lelkiismeret! Ha nem veszed tudomásul, hogy bántottál, már régen túl lennél rajtam. Az, hogy kínlódsz, legalább bizonyítja, hogy nem szabadulsz attól, amik velünk történtek. Ez jó jel. Nem az én dolgom, hogy bosszút álljak azért, mert megnyomorítottál. Elintézi más, mondjuk a Világegyetem. Sőt, ütősebbet mondok, ha nem bántasz, még együtt is lehetnénk, de tönkretettél. Fel tudod ezt fogni? Meg akartam mutatni neked, hogy túléltem. És egy pillanat erejéig azt akartam, hogy ne legyen olyan végeláthatatlan a gyötrődésed a saját bűntudatod miatt. Megmutatni, hogy eleven a testem, és tele vagyok vágyakkal. Hátha akkor nem fogsz ragaszkodni és szenvedni, valahányszor felmerül a nevem. Ha velem akarsz lenni, úgy tűnik, tényleg várnod kell, Leander. Várni egy másik életig, mert ebben nincsen helyed. De tudod mit, lehet, hogy azt meg már én nem akarom. Nem akarom, hogy megkeress. Mindegy, mennyi reinkarnációs tévedésben lenne esélyünk összefutni. Isten ments! Intézzük el. Megtöröm a láncot, és mostantól nem együtt utazunk. Nekem jó ez az dimenzió, de talán szűkös kettőnknek – Hedvig ügyesen lavírozott a spiritualitás elvakult erdejében, és Leander ellen a saját kését fordította.

– De hiszen te nem ide tartozol! Az angyalok mondták: kiválaszthattalak. Te vagy az utolsó tiszta lény az univerzumban, de ebben egyre inkább elveszítem a hitem... Viszont még meggondolhatod magad! Ha most igent mondasz, jöhetnél velem egy új világba!

– Te kurvára megháborodtál. Tudod mit? Akkor azt mondom neked, hogy értsd! Én komolyan ezt akarom. Azért lettem ember, hogy az emberek szabályai szerint éljek. Te nem olyasvalaki vagy, aki mellett ez sikerülne. – Hedvig belelendült. Azokat a húrokat pengette, amelyik Leander gitárján feszültek.

– Honnan tudod, hogy nem én foglak feleségül venni? Itt már szinte nevettek, talán éppen a fájdalomtól.

– Csak tudom és kész. Mi már végeztünk, Leander. Másra vágyom, más után kell néznem!

Elmúlt éjfél és gyanús, sikátori alakok kúsztak köréjük. Hedvig egy darabig még támasztotta Leandert, mintha részeg volna, és fojtogatta őket a sírás. Hedviget abszurd, de furdalta a lelkiismeret. Lilith, aki benne bújt meg, újabb áldozatot szedett. Leander nem búcsúzott el, dühösen tűnt el a metróaluljáróban. Hedviget ottfelejtette a járdaszegélyen.

A visszaúton, amire csoda, hogy emlékezett, Barna végig a drót másik feléről tartotta benne a lelket. Nem állítanám, hogy repesett a boldogságtól az elmondottak hallatán, de legalább támadt egy jó ötlete: megesküdtek a recepcióst, hogyha bárki kérdezi, mondja, hogy itt nincs semmiféle magyar lány.

A másnapi program a Louvre lett volna. Ez szimpla. Mindenki, aki Párizsba látogat, eljut az üvegpiramis alá a múzeum aulájában és néhány órát rááldoz az álmélkodásból. Hedviget is lenyűgözték az aranymetszések; a csigák, amik megbújva kavarogtak a köbméterekben. Figyelte őket hátrahajló nyakkal, míg alatta emelkedett a mozgólépcső.

A következő minutumban már nem volt áhítat. Szőke bestia kúszott a csigák közé, és a metszést aránytalan pontokon keresztülhasította.

– Ezt olvasd el! – mondta a fiú, aki szemből, lesből támadott, és a megrökönyödött lány kezébe nyomott egy paksaméta verset. Egész éjjel írta, egyetlen tompa ceruzával. A lépcső tovább lódult, a lányt föl, a fiút lefelé vonta.

Az utastársak előtt ez megint csak láthatatlan maradt. Senkinek nem tűnt fel a zaklatás.

A holtra vált Hedvig hitéből kitérve rohant a csoport után. Minden arcban Leanderét látta. Ez a révedés nem tört meg a hazatérésig. Úgy érezte, üldözik.

Kapott még néhány üzenetet:

„Gyere velem! Együtt kell elhagynunk ezt a testet, és mindeneken túl maradhatunk kettesben!" Leander leírta, hogy bizony Hedvig téved, elfelejtette az eredeti szerepét, kiesett a játékból, és nem veszi észre, hogy Barna nem más, mint egy korábbi életből visszatetsző szerető, akivel megcsalta a kolduslétből felemelt és rajongó Leandert. E miatt az előző életben elkövetett bűn miatt lépett félre azzal a kóristalánnyal Leander. Hedvig így válaszolt:

„Takarodj az életemből!"

Barna autójában és szobájában technofények csúsztak-másztak, ráadásul annyit evett és azt, amennyit csak akart. Hedvig ráébredt, hogy nem szeret fürdőbe járni, de Barna mellett megkockáztatta. Nézhettek rá török mozaikok a talpa alól, vagy az édesvíz zavaros homokszemei, viszolygott tőle. Hédi is sátoros túrára vetemedett biciklivel, volt stop meg utcafesztivál, meg verejték, meg váltóvonat, meg kiskutya, meg a nagyifőztje... de mégsem. Nem működött, nem ment. Ez a fajta valóságadalék ekkor kapóra jött, de nem illett hozzá, nem érhette be vele. Barna elsősorban a Leander-pajzs szerepére bizonyult kiválóan alkalmasnak, de Hedvig mellette sosem lakhatott jól.

Új volt, más és megszokhatatlan, még önmaga számára is, és egyik pillanatról a másikra az az érzése támadt, hogy Barnának semmi helye nincs az egyenletben. Nem beszélve az apróságokról, amik napról napra hűtötték a szépnek, és akár végtelennek induló románcot. Hedvig olykor arra eszmélt, hogy mire reggel magához tért, már ejakulátum folyt belőle. Úgy, hogy annak tulajdonosa nem kért engedélyt tőle. Hedvig újra rákényszerült a tablettákra, hisz' Barnából kitelt, hogy már csak dühből is beleeresztette az áttetsző örökítőanyagot variáns testnyílásaiba. Elkezdték taszítani egymást. Hedvig túl kedvesnek és túl ragaszkodónak bizonyult, és a titkon agresszor Barna mellett elcsöndesedett. Pont ő? Még ha beszélt is, más hangon szólt; egy zavarodott, elnyomott menyecske hangján. Passzív lett és rezignált. Ráébredt: Barnának még a szagát sem képes elviselni. Nem akarja többé a volt barátnők levetett ruháit próbálgatni, és nem akar a volt barátnőkkel együtt kirándulni. Nem akarja, hogy Barna a volt barátnők bútorait szerelje, és nem akarja, hogy a volt barátnők kollekciójának darabjait – például egy plüsspónilovat – kerülgetni kelljen a hálószobában. Barna mindörökké Hangát akarta, a tejfölszőke jégkirálynőt, aki érzelemmentességgel tartotta négy éven át láncon, mint egy kutyát. Hedvig erre alkalmatlan volt. (Elsősorban a jegességre. Így nyalt vissza a Lilith-fagyi.) Újdonságok tömkelege következett, és érezte, hogy efféle kékszakállú hercegeket a jövő jobb, ha nem tartalmaz. Zentén tűnődött. Hiányzott neki. A fiú fogcsikorgatva tűrte a történeteket Barnabásról, de maga is megszaporázta az eseménygyűjtést. Hédinek is volt min rágódnia. Zen újabban férfiakba kóstolt. Mind egy-egy gyümölcs lett számára egy hatalmas tálon, ami az ismeretlen mámor asztalán feküdt. Még maga sem tudta eldönteni, ízlenek-e neki. Hedvig elsorvadt a fájdalomtól, amit a coming out okozott. Zennek sosem mondta el.

A nyár végével Lilith, a dög elszunnyadt benne. Megválva a savanykás félszerelemtől, jöhettek megint a tervek. Hol kell lakni, hogyan kell lakni, hogyan kell élni, ha egyszer lebomlik körülöttünk a négy fal, ha ereszt a fészek? Felvették. Várta Budapest, és a Képzőművészeti bástyái közül az egyik.

13

Átkötés

/arról, ahogyan tovább-kezdődünk/

Hiányoztok. Mindannyian veszettül zengtek bennem űrként, pedig soha nem találkoztunk. Elnémulás. Ha torkom szakadtából ordítok is, csöndesebb leszek a hegyek közt alvó medernél. Nincs fájdalom, ami ne tompulna a magány zsibbasztó fürdőiben. Pedig a magány maga is visít. Komisz önvádja önszeretetté korcsosul, és utódot csakis saját magával nemz. Béklyóim, akár a déligyümölcsön a héja: fogvatartónak hiszem, habár az egyetlen védelmezőim a valósággal szemben. Az eszmélet szaga jégszerű. Beleroppannak idegvégződéseim a rianásba, ami a legelső orgazmuskor keletkezik. A fekete nem szín. Abyssus abyssum invocat.

Most árnyékom fehér, minden, ami eddig volt, hamis utópiája egy rég elmúlt évtizednek, ami még csak most következik. Saras tenyérrel fátylat simogat, és reméli a vérből megújulást. Fertőzött városunk színét kifordítva sírban keressük és leheljük újjá. Itt van vége tévedéseinknek. Minden egynemű, a lemondás a tagadás legméltóbb ellenfele. Beleolvadunk tükröződő különbségeinkbe három neoncső árkádja alatt, ott, ahol a molekuláris végtelenekben nincs többé rezgés. Emberi hangokon. A lélegzetvételt helyetted is végzem bőrömön. Fotofil álmodók EKG-ja a bal tenyér jós-sötétjébe pulzál, és két redő között eggyé leszünk mind. Megint, hogy aztán elölről kezdhessük már megtett lépéseink. Eszerint.

A szerző

Turchányi V. Zsófia Budapesten született, 1998.05.08-án. A rajz és a tánc gyermekkora óta része az életének, most már az írás is. Az előadóművészi pálya helyett a Magyar Képzőművészeti Egyetemet választotta, jelenleg is ott tanul, képgrafika szakirányon. A kortárs kontakttánc-improvizáció, éneklés, nyelvtanulás is részét képezi napjainak. Mindez jól megfér az emberben és együtt különleges gyümölcsöt terem.

A kiadó

*Aki feladja,
hogy jobbá váljon,
feladta,
hogy jobb legyen!*

E mottó alapján a novum publishing kiadó célja az új kéziratok felkutatása, megjelentetése, és szerzőik hosszútávú segítése. Az 1997-ben alapított, többszörösen kitüntetett kiadó az egyik legjelentősebb, újdonsült szerzőkre specializálódott kiadónak számít többek között Ausztriában, Németországban és Svájcban.

Valamennyi új kézirat rövid időn belül egy ingyenes, kötelezettségek nélküli kiadói véleményezésen esik át.

További információkat a kiadóról és a könyvekről az alábbi oldalon talál:

www.novumpublishing.hu